ステリ

OSBORNE

ただの眠りを

ONLY TO SLEEP

ローレンス・オズボーン
田口俊樹訳

TOKYO
HAYAKAWA
BOOKS

A HAYAKAWA
POCKET MYSTERY BOOK

ONLY TO SLEEP
by
LAWRENCE OSBORNE

Translated by
TOSHIKI TAGUCHI
First published 2020 in Japan by
HAYAKAWA PUBLISHING, INC.
This book is published in Japan by
arrangement with
THE CHENEY AGENCY
trough THE ENGLISH AGENCY (JAPAN) LTD.

装幀／水戸部 功

カ・トンテミキコ・アネリ
ティネミコ・イン・トゥルプク

それはほんとうではない
それは、そう、ほんとうではない
われわれが地球に住みにきたというのは
われわれはただ夢見るために
ただ眠るためにきただけだ

――アステカ族の歌

ただの眠りを

登場人物

フィリップ・マーロウ……私立探偵
ドナルド・ジン……………溺死した不動産業者
ドロレス・アラヤ…………ドナルドの若き妻
デニス・ブラック…………ドナルドの友人
ポール・A・リンダー……ドナルドの船に乗っていたらしき男
ボンホッファー……………エル・セントロの刑事

1

一九八四年、私はメキシコのバハカリフォルニア州エンセナダの数マイル北——スペインの布教所のすぐ南——にあるラリー・ダニッシュの家を買った。そして、そこに今も老探偵として、あるいは頭は固く心はヤワな男として、中年の家政婦マリアと、ゴミ捨て場から拾ってきた野良犬一匹と一緒に住んでいる。決して眠らないイルカがそばの海に生息するここラ・ミシオンは、何十年ものあいだラリーの異郷暮らしの地だった。岩場にぽつんと建つこのスペイン風の家からはラ・フォンダ・ホテル&バーが望める。ホテルの従業員のことばを信じれば、カクテルのマルガリータはリタ・ヘイワースを崇《あが》める幾多の祭り《フィエスタ》のさなか、そのホテルで初めてつくられた。その話がほんとうかどうかは別にして、ラ・フォンダはラ・ミシオン唯一のホテルで、私としてもなじみのあるホテルだ。五〇年代には車でよく来たものだ。この世が満足を知らない十代の妄想の掃《は》き溜め——目論見《もくろみ》ばかりのゴミ捨て場——と化すまではここもまだ美しかった。サンコール社がゴルフリゾートを造りまくって、海岸を汚すまえの話だ。あの頃は学生が春休みにやってきて、ロサリオ・ビーチで騒ぐようなこともなかった。ロサリオ・ビーチへは私も昔よく行ったものだが、それは暗い部屋に置かれたベッドに横になってアルコールを断つためだった。アルコールは七〇年代になってもまだ断っていたが、一夜のうちに数十年が過ぎてもはや気がつかなくなっていた。

テディベア・チョーヤ（サボテンの一種）の生える崖は今で

もある。内陸を這《は》う淋《さび》しげな道路。交通事故や癌《がん》による死を錫板《すずいた》に描いた聖壇画のある小さな教会。海藻の群れが揺れる太平洋。霧と水煙に靄《もや》る岩だらけの岬に打ち寄せる冷たい波。その昔、アメリカのカリフォルニアも大半がこんな景色だった。眼を閉じて思いを馳《は》せればすぐに思い出せる。実際、私はよくそういうことをする。破壊することのいかに簡単だったことか。プラスティックのフォークでチェリーケーキを壊すより簡単だった。金がすべての世の中とはいえ。

　それはともかく、ここは老人には悪くないところだ。澄んだ風と一年に晴天の日が二百日ある。まさに天国だ。週末にはエンセナダのカジノに出かけるのだが、そのカジノには〈ポルトフィリオズ〉——たぶんそういう名だ——というバーがあり、その店のカウンターにはエル・エレクトルカドールという機械が置いてある。それはふたつの指パッド付きのヴァンデグラーフ起電機みたいなもので、指を二本そのパッドに置くと、バーテンがなにやらぼそぼそ唱えながら電気ショックを与える。それに耐えられれば、メスカル酒を一杯ただで飲める。ことさら金に困っているわけでもないが、私はよくそれをやる。電気ショックが内臓と髪の毛根にいい刺激を与えてくれそうな気がするのだ。事実、そんなことをして週末を過ごし、家に戻ると、ずいぶん若返ったとよく言われる。〝死から生還した〟みたいに見えると。この歳になると、そんなことばさえお世辞に聞こえる。

　夜には、われわれ守旧派はラ・フォンダ・ホテルのテラスで仔豚のローストを食べ、そのあとヤシ葺《ぶ》き屋根の東屋《あずまや》でよくカード遊びをする。勝ち負けはすべてつけにして。〝生きている〟とは、そういうときのわれわれの様子を言い表わすことばの親戚みたいなことばだ。

　音響システムからはロス・トレス・アセスやトリオ・ロス・パンチョスが流れ、彼らの歌声を聞いて、すばらしかった時代に思いを馳せる者もいるにちがいない。ここではそんなふうに昔がちょこちょこ顔をのぞかせる。われわれがそんな顔を拝めるのは、もしかしたらもうこれが最後かもしれない。すべてがただの四世代でこれほどまでに決定的にひっくり返ってしまうなどということが、史上一度でもあっただろうか？ ほかでもないこの場所での一九五〇年の夏を思い出す。昼間にスーパーマーケットに行くだけなのに、映画スターのようにドレスを身にまとった女たち。フランネルのスーツでびしっと決めた男たち。あれから三十八年——振り返れば大した時間ではない——スウィングのやさしい音はガンズ・アンド・ローゼズに取って代わられた。あの頃はまだ古いメキシコがあった。古いメキシコがまだがんばって人生を粋《いき》に過ごしていた。映画のスクリーンにはペドロ・インファンテの姿があり、ラジオからはマリオ・フェリックスの歌声が流れていた。結局のところ、彼らも抹殺《まっさつ》され、マドンナに道を譲らざるをえなくなった。

そんなある日——怠惰《たいだ》と衰退とロナルド・レーガンの約十年が過ぎたある日——〈パシフィック相互保険〉の男がふたり、ラ・フォンダ・ホテルのテラスバーにやってきた。葬儀屋みたいな恰好《かっこう》をしたふたりで、ホテルより高い位置にある道路から歩いてやってきて、サングリアのピッチャーと石突きに銀をあしらった杖をお供に、テーブルについている私を見つけた。バハの崖の上に建つ私の家が見えるそのテーブルについて、私がひとりぽつねんと坐っていることが初めからわかっていたようだった。崖の上の家が私の家であることもふたりは知っていた。眼を上げ、私の家を眺めて笑みを浮かべたところを見ると。サラリーマン特有のあの軽侮《けいぶ》を込めた笑みながら。

彼らは私が引退したことも知っていた。が、ラ・ホーヤ在住のある男——信頼できる男——が私のことを金では買えない最高の探偵だと推薦したらしい。それは、そう、もちろんその日の午後一番のジョークだ。ふたりは早い夕食を一緒にどうかと言ってきた。その日の狩りを終えた愛想のいいハイエナみたいな歯を見せながら。年嵩《としかさ》のほうが名刺を出した。それにはマイケル・D・キャルブと書かれていた。もうひとりはただオケインと名乗った。キャルブのほうがオケインより二十歳は年上に見えたが、ふたりとも葬儀屋と言っても充分通るほど痩せていた。私は手に持っていた葉巻《ハバネロ》を下におろした。ふたりは椅子に腰を落ちつけた。年嵩のほうが話した。その声音は行動障害のある子供に就寝まえの物語を読んで聞かせている父親を思い出させた。時折、バハのビーチのほうを眺めやったが、その眼は死んでいた。東屋では少年たちが牛の頭を模した民芸品や海から採ってきた海藻を売っていたが、キャルブがそういった少年たちの世界を知っているとは思えなかった。私の世界も。これほど南に来たのもこれが初めてなのではないだろうか。だから、陽の光が今でもこれほどやさしく射している世界があるのを知って、もしかしたらびっくりしているのかもしれない。

「お会いできてよかったです、ミスター・マーロウ。サンディも私もここであなたにお会いできるかどうか、確信がなかったんで。あの崖の上のお屋敷を買われたんですよね？」

「"ダニッシュ・マンション"なんて呼ばれている。生涯をかけて人をぶん殴ってきたおかげで手に入れられた」

ふたりは笑った。が、驚くほど声がしなかった。

「マルガリータをもらいましょう」とキャルブがより大きな声で言った。「冷やしたグラスのふちに塩をつけたのが好きでしてね」

「マルガリータはこのホテルで発明されたんだ」と私は言った。「このホテルにはリタ・ヘイワースがよく来てたんだよ。マルガリータ・ヘイワースが」

誰が私を推薦したのだろう？　探偵のためにつくられたような靴を履き、歩道を歩きまわって最後に事件を調査してから、もう何年も経っていたが、依頼人の多くはまだ生きている。サンディエゴ郡デル・マーのディアドラ・ゴーワン。かなりの老齢にはなっているだろうが、私が彼女にしてやったことはまだ覚えているだろう。一九七九年に娘が失踪したガーランド家。彼らが幸せを取り戻せたのは私のおかげだ。彼らもまだ幽霊にはなっていまい。

「簡単な仕事です」と若いほうが言った。「ここラ・ミシオンでドナルド・ジンというアメリカ人に会ったことはありませんか？　その人物はよくメキシコに来ていたということなんですが」

名前を聞いたこともない、と私は言った。

「そうですか。てっきりご存知かと思いました。でも、いずれにしろ、ミスター・ジンは不動産業者で、多額の借金を遺したまま先月、ミチョアカン州のカレタ・デ・カンポスというところで水泳中に亡くなりました。私どもの生命保険にはいっておられましたので、当社としてはミセス・ジンに保険金を払わなければなりませんでした。ただ、メキシコ側の書類には何も問題はなかったのですが――」

「ただ――」とキャルプが横からはいって言った。「うちとしてはまったく問題がないというわけでもなかったので――」

「ほう」

「ミスター・ジンとうちとの契約は何年もまえからのもので、七年まえに奥さまが受取人になられました。だからそういうことで言えば、今度の出来事に不審なところはありません。ただ、ミスター・ジンはカレタ・デ・カンポスにこれまで何度も行っておられます。ご本人も危険がともなうようなことは避けられる方でした。私どもはそう理解しております。あるいは、健康を損なうおそれがあるようなことは避けられるお方だったと」

「たとえばドラッグとか」とオケインが言った。

「私どもはミスター・ジンとの契約がそもそもリスクのあるものだったとか、保険料を増やす必要があったとか、そういうことを申し上げているのではありません。そのように考えなければならない理由などどこにもありません。ミスター・ジンの経済状態は別にして、当社は彼をリスクのある契約者だったと考えているわけでもありません。ただ、亡くなったのがメキシコということで、ほんとうのところ、いったいどういう状況だったのか、われわれには知りようがないということなんです」

「たとえば」と若いほうが横から続けた。「彼が自殺をした場合、あるいは、何か犯罪を犯して亡くなった場合、当社の負う責任にちがいが生じてきます。話が変わってきます」

「おわかりと思いますが、ミスター・マーロウ、賄賂《わいろ》を使って死亡証明書を書き直させるくらいのことは、国境のこちら側では簡単にできます。現にそういうことは始終起きています。カレタ・デ・カンポスはかなり辺鄙《へんぴ》なところにある海岸沿いの村で、アメリカとの国境から南に少なくとも千七百マイルは離れています。メキシコシティにあるわれわれの大使館は、地元の警察と検死医の報告書を私どもに送ってきました。ただゴム印を押しただけのものにしろ。保険請求の大半はそのまますんなり認められます。保険会社は金だけ払い、あとはノータッチというのが普通です。それでも詐欺《さぎ》行為があったようなときには、おのずとわかるものです。今回の件は詐欺ではないのかもしれません。一方、死に関わることで、本来本人が負うべき責任を軽く見せるために、ちょっとばかり事実に脚色が施されているというのも考えられないことではありません。たとえば、そう、ドラッグの影響下にありながら、ミスター・ジンはカレタ・デ・カンポスの湾を泳いで渡ろうとしたのだとしたら、ちょっと話がちがってきます」

「つまり、保険金の支払いが少なくてすむ?」

「もしかしたら。火葬についても疑問があります。ミスター・ジンは亡くなった現地で火葬されたんですが——それもいたって迅速に——これはひかえめに言っても大変稀《まれ》な例です。ですので、私どもといたしましては、これはしっかりと調べ直す必要のある事案だと判断したわけです。つまり、私どもといたしましてはその調査のために、あなたに現地に行っていただけないかと——」

「現地とは?」

「ミスター・ジンはかなりあちこちに足を運んでいます。カレタ・デ・カンポスもそうですが、マサトランでも大物釣りをするのがお好きだったようです。亡くなるまでの足取りがわかれば、本件の詳しい内容も少しは明らかになるのではと思っています」


彼らは封筒を持ってきており、それは今テーブルの上に置かれていた。

「ミスター・ジンに関する情報が少しあります。未亡人はドロレス・アラヤといって、エル・セントロの近くに彼らが建てたリゾート施設を今でも経営しておられます。アメリカ側の砂漠の中にある施設です。まずはその未亡人の話をうかがうのがよろしいのではないかと」

「まだ仕事を引き受けたとは言ってないよ」

「これはこれは、失礼しました! マルガリータをもう一杯いかがです?」とキャルブはテーブルの隅を平手で叩きながら言った。「おもねって言うのではありませんが、あなたはご自分でやりたいと思った仕事しかおやりにならないと聞きました」

「まあ、そんなふうに考えてはいるかな」

飲みものが届けられた。私はここ十年仕事をしていない。それでも、実際のところ、引退するのが遅すぎた。まだ仕事をしていた最後の日々、私はエネルギーより勇気が枯渇《こかつ》してしまっていることをつくづく実感した。七十二というのは悪い歳ではない。が、仕事をするには六十二でも老《ふ》け込みすぎている。自分がかつてそうであった人間をただ真似ようとしているだけになる。だから引退することがなにより死なないための最善策に思えたのだ。そうやって一度でも自分でタオルを投げ入れてしまうと、枯れたアドレナリンが甦《よみがえ》ることはない。歳を取っても、本もあれば映画もある。白昼夢も見られれば、太陽の下で愉《たの》しいひとときを過ごすこともできる。もちろんそんなもので人は救われないが。人は皮肉には救われない。それと同じことだ。

私はビーチを眺め、ゆうべと同じ退屈を覚えた。テラスで一夜を過ごすごとに終焉《しゅうえん》に近づいている異郷生活者との会話。常に変わらぬ隣人のゴシップに、不動産売買の相場に、古色蒼然《こしょくそうぜん》たる浮気の話に、エンセナダの海岸沿いのけちな犯罪。どうでもいいことに対する、常に変わらぬ誇張された義憤。そんな毎日を過ごしていれば、自分が少しも愉しんでいないことぐらい馬鹿でも気づく。歳を取るのも、人から必要とされなくなるのも、決して愉快なことではない。それが今、私は世故に長《た》けた話し方とスリムな黒のスーツを身につけたふたりの男に、なんとなんと、おだてられているのだ。オケインがこんなことを言ったときでさえ私は誉められているような気がした。「この仕事にあなたはうってつけです。私どもはめだたない方がいいと思っておりまして」

それはつまり、峠《とうげ》をとうに越したやつ、ということなのだろう。

キャルブが骨の折れる仕事でも身に危険が及ぶような仕事でもなんでもないと請け合った。昔のようなことにはならない仕事らしい。ヒーローになるにはもはや私は年老いすぎている。しかし、そもそもヒーローになる必要のない仕事らしい。

「あなたはスペイン語を流暢《りゅうちょう》に話される。それも重要な点です。私どもといたしましては情報が欲しいのです。やっていただけるかどうか、二、三日お考えになりますか?」

私はテーブルに置いたままのキャルブの名刺を見た。私はただ彼の眼をのぞき込みたいがために、それを突き返す誘惑にいっとき駆られた。

「仕事はいつもその場で決めてきた。悪い習慣だ。それでも長い習慣だ」

「となりますと――?」

私は二杯目のマルガリータを飲み干し、頭の中でコインをまわした。表が出た。表が出たときにはいつもそれに従うことにしている。

「まあ、やれなくはないかな」

「よかった」とキャルブは言った。いささかほっとした声音になっていた。「明日私のオフィスで契約書を交わせれば幸いです」

そのあと彼はあれこれ細かいことを言いかけた。

「経費付きで一日三百ドルにしてもらえるかな」と私は彼のことばをさえぎって言った。「まずサンディエゴに行って、ドナルド・ジンがサンディエゴのどこでどんな人生を過ごしていたのか、見てくる。それからリゾート施設とやらに行って、ドロレス・アラヤと会ってくる。他人の女房に会うのはこの仕事の常に変わらぬおいしいところでね」

「では、お引き受け願えるということで」

われわれは握手を交わした。ふたりはほっとした様子で、それまでわれわれのあいだにずっと置かれていた封筒を私のほうに押し出した。中にはジン夫妻の写真が何枚かと、夫妻が愉しいひとときを過ごしによく行った場所が書かれた用箋《ようせん》がはいっていた。その場所の中にはサンディエゴのメリディエン・ホテルのレストラン〈マリウス〉もあった。年に二十万ドル稼ぎ、コロナド・ケイズにマリーナハウスを持つ夫婦のポートレートだった。未亡人は、今はもうそのマリーナハウスには行かないようだったが、キャルブたちはそこの鍵を持っており、オフィスに来てもらえれば、それを渡せるということだった。保険会社がどうしてそんな鍵を持っているのかについてはなんの説明もなかった。

「彼らの家に許可なくはいるのは法に触れるんじゃないかな?」と私は尋ねた。すでに彼らのささやかなチームに参加していた。

「故ドナルドには多額の借金がありました。そのためその家から何から何まですべて銀行に押さえられています。銀行とは常に連絡を取り合っていますが、それでも、そうですね、家の中にはいることは法に触れます。なので、中をご覧になりたければ、こっそりとやってください」

「つまりミスター・ジンは破産してた?」

「からからの干物《ひもの》ほどにも干上がっていました。そもそもどうやって金を手にしたのか、それは謎です。もしかしたら、ほんとうは自分の金など持っていなかったのかもしれません」

「詐欺師は髪がふさふさなのが一番なのだそうだ」と私は写真を見ながら言った。

ミスター・ジンは個性的な顔だちで、なかなかの美形だった。年齢はけっこういっているはずだが、そのわりに髪は少しも薄くなっても、禿《は》げかけてもいなかった。眼は悩みに満ちていた。常に人目にさらされ、常に追われている者の恐怖をたたえていた。見るからにサンディエゴのくそ野郎だった。それも第一級ではない部類の。ただ、創造主からは立派な鷲鼻《わしばな》で見てくれを祝福されていた。重量感のあるヘビーコットンの高価そうな服を着ていた——魅力的な男であることはよくわかった。同じように高そうな車の一部と一緒に写っている写真も何枚かあった。

「だいたいわかったよ」と私は写真の束を置いて言った。「彼は死んだ。でも、まだ生きてる。死んでたとしても、場合によっては、私は彼の幽霊に会うかもしれない。もしそんなことになったら、そのときは別料金ということで」

「わかりました」とキャルブは氷のように冷ややかな笑みを浮かべて言った。

私は空《から》のグラスを掲げて、リタ・ヘイワースに乾杯、と言った。ふたりにはそれが誰のことか、さっぱりわからないようだった。

ふたりが帰り、一番星がまたたきはじめるとすぐに丘の中腹の教会の鐘が鳴りだした。私は心が現在から過去にあとずさりするままに任せた。海はいつのまにか静かになっていた。杖は私の両脚のあいだにあった。ロブスター漁船の明かりが海に現われ、私はひとりテキーラをストレートで飲んだ。暗くなってから、頭をすっきりさせるためにリュウゼツランの密生する崖に沿って海岸沿いを車で走った。これは毎夜やっていることだ。〈レアル・デル・マー〉のアメリカ製のゴルフタウンまで走るのだ。吹きすさぶ風の中、木も生えない荒れた丘の中腹に、製鉄会社の〈フリサ・グループ〉と〈レイダー・コミュニケーションズ〉の本社が建っている。ジンはそういうものが見える景色の背後で暗躍していたのだろうか。

家に戻ると、マリアはもう寝ており、犬は私が外に出したままビーチをうろついていた。バーボンを生《き》で飲んで、寝室のベッドに横になったが、眠れなかった。寝室のただひとつの窓は海に面しており、ビーチの雑音が直接、中にはいり込んでくる。たいていは三時間眠れるのだが、その夜は二時間も眠れなかった。ビーチの電気の照明は午前零時に消えたが、ホテルのテラスの明かりが砂浜をぼんやりと照らしていた。ロブスター漁師が何人か籠《かご》を持って、風で消えた焚《た》き火のまえに立っていた。私は不眠症から逃れようとその姿をじっと見つづけた。何かが外の暗がりから私を呼んでいる――そんな気がした。

その呼び声は嵐の中、一マイル沖に浮かぶ漁船の明かりのほうから聞こえているような気さえした。人間、最後のひと踏ん張り、最後のヒロイックな声明を求められ、それに応じようとすることもあるのだろう。自分から居心地のよさや確かさを公道に投げ出す者はあまりいないだろうが。しかし、実のところ、その声は自分の頭の中から聞こえているのだった。浪費し尽くした過去の深奥から。そういう求めに応じるときには、誰しもその出発には盛大なトランペットや号砲が欲しくなる。ひそやかで絶望的な病院の換気扇の音のようなものではなく。敗北ではなく、勝利をめざすのだからら。完全武装をして門を出るのはこれが最後だ。それは十二分に承知している。そのことが私を絶えてないほど好奇心旺盛な人間に仕立てていた。

2

それから数日後の空気の乾燥したある日の朝、私はサンディエゴまで車を飛ばし、ヒルクレストにある、昔から知っている小さなホテルにチェックインした。昔はなかなか洒落《しゃれ》たホテルだった。あらゆるもの同様、今は色褪せ、ただ単に保存されることにも失敗していた。それでも、バルボアパークのそばにいるというだけで刺激を受けた。夜遅くなると、チンピラがたてる暴力的な雑音にも。近頃は野蛮人が門のあたりだけでなく、堂々と中にはいってきて、日に日に図々しくなっている。暗くなると、エンチラーダがたらふく食べられる旧市街ファアン通りの〈カサ・デ・ピコ〉に行った。深みのあるダブルベースに、銀の刺繡《ししゅう》を施したソンブレロ。それがその店のマリアッチ・バンドで、見ていてどこか淋しさを感じさせるバンドだった。が、私にはそれがよかった。馴染《なじ》みのあるものにはどんなものにもそういう利点がある。それは淋しいものについても言える。

その夜はいささか飲みすぎて、店の紳士たちにつき添われないと、自分の車にも戻れない体《てい》たらくだった。その紳士たちもスパンコールつきのソンブレロをかぶっていた。紳士たちには、ホテルはすぐ近くだから自分で運転できると言い張りはしたものの、結局のところ、けっこう長いことボンネットにもたれ、酔いを醒《さ》まさないと運転できなかった。ホテルに戻ると、服を着たままベッドに倒れ込んだ。嫌な予感を覚えつつ。こういうことはまた飲むようになった頃、しばしば起きていた。また飲むようになったのはアメリカでひとりぼっちになってすぐのことだ。家政婦がいて、安心できる知り合いもいるメキシコでのことではない。が、いずれにしろ、それはいきなり明かりが消え、闇を這《は》いずりまわるようなものだ。ひそかに喜びながら。ひそかにうっとりしながら。酒飲みというのは望ましくないものを正常に戻す術《すべ》を決して学ばない。そして時々倒れる。それでも、だ。われわれが生き延びる方法はこれをおいてほかにない。

翌日の午後はメリディエン・ホテルに行ってみた。ジン夫妻がよく来ていたというのなら、ホテルの従業員が彼らを覚えていても不思議はない。彼らに関するなんらかの情報が得られるかもしれない。もしかしたら、夫妻は公《おおやけ》の場で口論をしたことがあったかもしれない。もしかしたら、ドナルドが誰かと会うためにひとりで来たことがあったかもしれない。レストランではあらゆることが起こる。そのホテルはまわりを見事な庭園と池に囲まれて、湾のコロナド側に建っており、池にはハクチョウとコガモが鎮静剤でも打たれたかのようにじっと静かに浮かんでいた。ホテルのテラスからは下に位置するコロナドの海岸沿いのダウンタウンの高層ビルが眺められた。夜ともなればほかのレストランにも明かりがともり、さながらキャンドル付きのガラスの檻《おり》が浜辺に置かれたような様相を呈するのだろう。ごぼごぼと音をたてる小さな流れに青い環礁《かんしょう》。水の迷路のような眺めだ。まさに新世界。ただ、レストラン〈マリウス〉には窓がなかった。人目にはつかなくとも、単純に息がつまりそうなところと言えなくもない。むしろ秘密の逢瀬《おうせ》にこそ似つかわしい場所だった。床はベージュの石灰岩で、壁は蜂蜜色の光沢を放っていた。支配人は驚くほど協力的だった。私はジン夫妻の写真を見せ、ふたりの予約の記録が確かめられるかどうか訊いてみた。ふたりは数ヵ月まえに来ていた。支配人はその記録をわざわざ私に見せてくれさえした。ふたりを覚えているかと私は支配人に尋ねた。

「ムッシュー・ジンをですか?」と彼は訊き返してきた。「ムッシュー・ジンはご常連のお客さまでした。ほぼ毎週いらしてました。いつもボルドーワインのポムロールをご注文なさっておいででした」

「ポムロール?」

「さようでございます」

「彼のチップは気前がよかったかい?」

「おっしゃるとおりです。あんなに気前のいいチップを置かれる方を私はほかに存知あげません」

「夫妻は人前で口論をしたようなことはなかっただろうか?」

一度も見たことがない、と彼は請け合った。ふたりはいつもめだたないようにしており、いつも壁ぎわのテーブルにつき、いつもふたりだけだったということだった。ただ、ウェイターのひとりはこんなことを言っていたという。ふたりがそのレストランを気に入っているのは窓がないからだった、と。

「レストランを好きになるにはちょっと変わった理由

だね」

「うちにお越しになるお客さまはだいたいプライヴァシーを求めておられます」

「ミスター・ジンがここで誰かと会っていたようなことは？」

「週の半ばに見えて、男の方とランチをなさることはありました。お相手がご婦人のことは一度もありませんでした。お会いになった方と一緒に連れ立ってお帰りになることもたまにありました」

「相手はどんなタイプの男だった？」

支配人は肩をすくめて言った。

「紳士の方です」

「つまりエイブル・グレイブルじゃなかった？」

「はい？」

その名前を知っているには支配人は若すぎた。私は自分の愚かさを笑ってごまかさざるをえなかった。

「すまん。女のことだ。それもあまりお堅くないタイプの。そういうタイプの女を昔はそんなふうに呼んだんだよ」

私はそのあとそのばかばかしいホテルのまわりを歩きまわり、ドナルド・ジンのような男にはこのホテルのどこがよかったのか、どれほど彼がこのホテルを気に入っていたのか考えた。彼の世界を理解しようとした。が、実のところ、そんなことはもうとっくにわかっていた。彼が過ごしたような人生は世に腐るほどあり、彼のような男も世に腐るほどいる。彼らは造られた景色の中に閉じ込められたハクチョウやコガモと少しも変わらない。ただドナルドはコクチョウだっただけのことだ。

ホテルで昼食をとったあと、今は誰も住んでいない彼のマリーナハウスに向かった。

コロナド・ケイズはコロナド市の南、インペリアル・ビーチ寄りのシルヴァー・ストランドと呼ばれるあたりにあり、人工の環礁のまわりに西インド諸島風の建物が並んでいる。どのタウンハウスも自分たち専用の桟橋《さんばし》を持ち、そこにはそれぞれ一艇のクルーザーが舫《もや》われている。ジン夫妻の家も例外ではなかった。コミュニティの門のところに、白いジャケットにピスヘルメットというバミューダ・スタイルの警備員が立っていた。タウンハウスの建物自体は、チョークのように白い壁にアーチ形をした両開きの窓、それに青い石灰岩のこけら葺き屋根といった造りのものが大半だった。金《きん》と白のストライプの寄せ棟屋根に風見をのせたクラブハウスがあり、ジン夫妻の家は〝グリーン・タートル〟と呼ばれる環礁の上に建っていた。

ケイズ住宅所有者組合のオフィスが閉まるまえに立ち寄って、グリーン・タートルに建っているあの美しい家々はだいたいいくらぐらいするのか、無遠慮に訊いてみた。七十五万ドルだった。知って悪いことではなかった。ジャパン・マネーがはいり込んでいるせいだ。オフィスのスタッフはそう認めた上で、近頃はケイズに住むのがいわばトレンドになっていると言った。ことさらきれいな場所でもなんでもないが、そのことばを疑わなければならない理由もなかった。私はジン夫妻の家のまえに車を停めて、玄関まで階段をのぼった。鍵は保険会社から渡されていた。手焼きのタイルが外壁に埋め込まれ、ドナルドの名前と家の所番地が書かれていた。私は中にはいった。はいってすぐの部屋が細長い居間で、インディゴブルーの十八世紀風の模様のカーテンが掛かっていた。銀行の人間による家具の棚卸しはすでに終わっているようだった。洒落たアンティークの置物のいくつかに小さなタグがつけられていた。

金に狎《な》れ、金を失うことをなにより恐れる男の家だった。二階にあがって三つの寝室を見た。マントルピースの上に額に入れた夫妻の写真がいくつか飾られていた。ポロの競技場で撮ったものもあれば、パリのレストランで撮ったものもあった。物質的な富と互換性のある飾り。ドナルドの豪勢な衣装が何着もまだその家に置かれたままになっていた。ヴェルヴェットのスモーキングジャケットに〈ハンツマン〉のスーツ、ローマ（あるいはサンディエゴの〈ホートン・プラザ〉）の店のタグがついているシャツ。いかにもスモーキングジャケットが似合いそうなヴェルヴェット張りの椅子に坐ってから、白い雨戸のあるバスルームにはいってみた。そのバスルームには、夫妻はついさっき出ていったばかりで、今にもティータイムに戻ってきそうな雰囲気があった。

しかし、それらはすべて借金によって成り立っているものだった。それがジン夫妻のキーワードだ。借りて返さず。夫妻にしてみれば、借りを返すというのは下衆《げす》や人間のクズがやることなのだろう。そういうことは手品師がやってみせるようなことなのだろう。

私は最後にデル・マーにあるジンの会社〈デザート・ブルームズ〉に行ってみた。それはカミノ・レアルという名の通りにあった。まわりをカエンカズラの咲く緑豊かなサンディエゴの峡谷に囲まれ、木陰豊かな地所に建つ屋敷と洒落た集合住宅が並ぶ通りだ。競馬場とシーサイドホテルがあるので、デル・マーはマフィアのお気に入りの場所でもあった。少なくとも五〇年代には、マフィアの幹部《カポレジーム》がよくブラックジャックをやっていたような土地柄だ。私もよく知っているが、ことさら好きな土地ではない。その頃は私もよくブラックジャックをやった。が、今のデル・マーは変わってしまった。出世したのか、落ちぶれたのかは、見方によるだろう。私は〈デザート・ブルームズ〉の建物を見つけ、通りから玄関まで階段をのぼった。ガラスのドアにはちゃんと会社のロゴが描かれていた。が、営業中でないことはガラス越しにも容易にわかった。オフィスはたたまれていた。見るかぎり比較的最近に。といって、倒産したとはかぎらないが、もうカミノ・

レアルにはいないことだけはまちがいないようだった。封をした段ボール箱が受付デスクの横に山積みされていた。

私は閉じられたオフィスの写真を何枚か撮って通りに戻った。通りでも何も私を待っておらず、何も見つからなかった。未亡人は亡き夫の業務をいたってすみやかに処理したのにちがいない。売れるものはもう全部売ってしまったのだろう。きっと効率の権化《ごんげ》みたいな女なのだろう。これと指差すことはできなくても、〈パシフィック相互保険〉の連中が何かしら不審に思ったわけが、私にも段々わかってきた。

3

翌日、エル・セントロに向かった。州間高速道路《インターステート》八号線を走れば二時間ほどで行ける。ドロレスには暗くなるまえに彼女のリゾート施設で会いたかった。が、まずは国境の市《まち》サンディエゴが砂埃と霞《かすみ》と化すあたりで——レタスとダイコン畑のへりで——開かれている救世軍主催の野外市に寄りたかった。着くと、会場は春の熱気に包まれていた。夕暮れに向けて準備を整えている観覧車に、背の高い白いステットソン帽をかぶって、ガールフレンドを腕に抱いたメキシコ人。国境まではまだ二マイルあってもそこはもうメキシコだ。気温は日陰でも摂氏三十六度ほどあって、おまけにそこには日陰がなかった。春にしては、あるいは地獄の始まりにしては、暑い日と言ってさしつかえない。あるいは、アンザ・ボレゴ砂漠のど真ん中にいると言っても。

　砂糖をまぶしたチュロスを買って、この隠された世界のへりをぶらぶら歩いていると、数年ぶりに若返ったような気分になれた。そういうことは長続きはしなくてもたまに起こるものだ。そんな気分のときには七十二歳という歳を忘れられる。フォークイエリアの木に紙コップのような赤い花が咲き、メスキートの木には鳥が群れていた。新しい人生の始まりのサインのように。よれよれのカウボーイハットをかぶった老人が眼をぱちくりさせてその群れを見ていた。もしかしたら、自分にはあとまだ一年残されているのかどうか考えながら。一年か、あるいは二年。私は時計を見た。三時を過ぎていた。

　一時間後、サザン・パシフィック鉄道の貨物駅のまえを通り、さらにゲットーのへりを行き過ぎ、貸し倉庫と放置されたサイロと砂漠の低木が生えている未使用地の脇を何マイルも走った。〝ノースサイド〟と呼ばれる一帯では、歩道の縁石の側面に地元のギャングのしるしとともに〝ヌエストラ・ファミリア&ラ・M〟とスプレー塗料で書かれていた。ファーマーズ保険グループとシャーマ・ホームズ不動産の利点を訴える広告板、それにジャカランダの木が道路脇にぬうっと立っていた。エル・セントロの北にはブロウリーとカリパトリアの市《まち》があるが、寂《さび》れて荒れていた。私はソルトン湖も知りすぎるほどよく知っているが、この十一年であそこがそれほど変わったとは思えない。その近くのスラブ・シティも。スラブ・シティなどという名の町がよくなるわけがない（〝スラブ〟には〝死体の置台〟の意もある）。その昔、私はコークスの燃え殻色をした山々の裾のボンベイビーチやダーミッド（ともにソルトン湖畔の町）で、今は亡き人々と面談して幸せな日々を過ごしたものだった。だからいつかは観光客として訪れてもいいが、それは現世の話ではない。

　ジンの〈パーム・デューンズ・リゾート〉のための用地は幹線道路から一マイルほど離れたところにあった。ヤシ《パーム》の木が移植されており、オアシスと言えなくもない。工事をしていた建設労働者はみな、ある晴れた日にセメントミキサーも除草機もそのままあとに残して出ていったのだろう。そんなふうに見えた。ほかにあるのは、観賞用のベンケイチュウ（サボテンの一種）にまわりを囲まれて建っている日干し煉瓦《れんが》のバンガローと、水がなくてもアールデコ風のモザイクのせいできらきらしているプールだけだった。風が砂を運び、共有スペースには泥が溜まり、鍵をかけられたドアや窓敷居には砂の畝《うね》ができていた。車を降りて歩いてみた。警備員に制止されかけたが、曖昧《あいまい》なスペイン語と私の魅力で取り入った。その警備員はその用地がどれだけのあいだ閉鎖されているかまで教えてくれた。事業者《エル・パトロン》はどうなったのか、と私は訊いてみた。警備員は肩をすくめて、わからないと言った。ただ、事業者が〈パーム・デューンズ〉建設のための資金を使い果たしたということだけは知っていた。

「セニョーラはどうした？」と私は尋ねた。

「彼女はまだここにいるんじゃないのか？」

　警備員は警戒もあらわに見知らぬ老人の眼とアメリカ人のにやにや笑いをじっと見て、言った。

「それより、あんた、なんでスペイン語を話してるんだい？」

「引退して向こうに住んでるんでね」

「メキシコに？」

　それはあんたにはどうでもいいことだ、と私は応じ、知りたいのは今日の午後セニョーラ・ジンはここのオフィスにいるのかどうかということだ、と言った。

「もちろん《クラロ・ケ・シ》」

　私は彼に心づけを渡し、許可を求めることもなく、門のところまで歩いて中をのぞいた。彼は私の動きを眼で追っていたが、何も言わなかった。施設はジェリコの墓地さながらだった。からっぽのプールを陽射しが満たしていた。ヤシの木が場ちがいな感じがした。結局のところ、サンディエゴの金持ちは誰も訪れなかったということだ。

私は薄暗い受付エリアを抜け、オフィスにはいった。そこでやっと数時間ぶりにエアコンにありつけた。そのエアコンは、従業員を全員解雇しても、負けを認めまいとする事業者側の意志の表われでもあるかのようだった。私は名を呼んで未亡人に声をかけた。もう一度呼ぶと動きがあった。彼女はひとりだった。ガラスのドアから出てきて、驚いたような戸惑ったような顔をした。彼女の顔は保険屋から写真をもらっていたのですぐにわかった。私はまえに出て、名を名乗り、冴《さ》えない用件について話した。名前はフィリップ・マーロウで、隠居の身だったのだが、昇格したのだと。

彼女は私をとくと見た。その眼つきに私はいささかうろたえた。何かに驚かされた。彼女の眼は私に向けて閉ざされてはおらず、しっかりと開いていて、もの問いたげだった。それでいて答を得ようとはしていなかった。いわば何か新しいものに対して豹《ひょう》が持つような率直な好奇心とでも言おうか。獲物を仕留めようかどうしようかと考えているあいだは、捕食者の眼も驚くほどやさしくておだやかなものだ。

背は高くはなかった。顔も小さく、繊細な線で描かれていた。歳は三十かそこら。あえて推測するならメキシコ人、少なくとも半分は。写真から受ける印象よりはるかに魅力的だった。黒のスカートにジャケット、ジャケットの下にはぶ厚いコットンの白いブラウス。肩パッドが芝居がかって見えた。ちょっと大きすぎた。昔のあのひどいファッションみたいだった。顔には完璧な化粧が施されていた。日本のイケバナのように隅々にまで神経が行き届いていた。こんなどうでもいい場所なのに、これからデートにでも出かけるような装いだった。いつもこんな恰好をしているのだろうか。それともこれから誰かと会う約束があるのか。古い曲の数小節が不意に私の心に浮かんだ。『ビギン・ザ・ビギン』。聞こえると、私の腰が今でもそのリズムに合わせて動く四〇年代の名曲。彼女を抱え上げ、踊ったらどんな気分のものだろう？　一瞬、私はそんなことを妄想した。実際、どんなものか。

かぶっていた麦藁帽《むぎわらぼう》を取って、私はミセス・ジンかと尋ねた。彼女は私を値踏みし、私がひとりであることと、帽子を取ったのは挨拶《あいさつ》でもあり、お悔《く》やみでもあることを瞬時に見て取ったようだった。その一瞬だけ彼女の眼の様子が変わった。エレガントな化粧でも隠せない静かな怒りに紫に燃えた。彼女は私がやってくるのをずっと待っていたのではないか。今の今までずっと演技していたのではないか。ふとそんなことを思いながら、私は保険金を支払った保険会社に依頼されてやってきたことを説明した。

「いずれにしろ、わざわざこんなところまで来られたのには何か理由があるんでしょ？」

「私の理由じゃなくて保険会社の理由がね。あなたのご主人は生命保険にはいっておられた」

「わざわざ教えてくださらなくても知っています。保険会社がどういうところかも」

「彼らの感情的な面だけに眼を向ければ、彼らはやさしい人たちです」

「奥のオフィスにはいります？」

「話はここでできそうですね。ほかには誰もいないようなんで。もうこのリゾート施設は閉鎖するんですね？　それでまちがいありませんか？」

「ええ、そういうことになると思います」

オフィスの中の埃まみれの椅子のひとつを勧められ、私はその椅子に坐った。足が少し疲れていた。咽喉《のど》も渇いていた。

私のそんな様子に気づいて、彼女は言った。「何か飲みものでも？」

「水をいただければ」

「なんなら年代物のラムがありますけど」

結局、ふたりとも酒には手をつけなかった。

彼女の背後に大きな窓があり、窓越しにヤシの木が何本か見えた。強い陽射しに照らされていた。ただ、常にゆっくりと降り注ぐ砂のせいで、強い陽射しもおとなしい金色に変わっていた。これがジン夫妻の夢だったのだろう。カレタ・デ・カンポスの浜辺にミスタ－・ジンの溺死体《できしたい》が流れ着くまでは。彼女の顔にはその事故がもたらしたヒステリーの残滓《ざんし》がまだ残ってい たが、私が悔やみを口にすると、そのことばを鷹揚《おうよう》に受け流した。私がその場にいること自体が彼女の悲しみに疑いの影を投げかけるものだった。私の存在自体が彼女にとっては侮辱《ぶじょく》となるものだった。

「あなたのようなお歳でこういうお仕事をなさっているとは」オフィスの唯一の机につくと彼女は言った。「まだ現役で仕事をなさってるの？」

「いや、ほんとうはもう引退してたんです」と私は言った。「でも、古い友人にこの仕事をやるよう頼まれましてね。未亡人に金を払う段になると、保険会社はどれほど気むずかしくなるか。それはあなたもご存知だと思うんで、どうか特別に思わないでください。ただ形式的な質問をするだけですから」

彼女の視線は耄碌《もうろく》して霧をまとった私の心臓にまで達した。一瞬、心が萎《しお》れた。が、悲しみにどっぷりと浸った後知恵ながら、すぐに思い出した。彼女の眼の明るい輝きなど無視して彼女に飛びかかるには、私はすでに歳を取りすぎている。

「だったらどうぞ」と彼女は面倒そうに言った。「このあとエル・セントロでディナーの約束があるんです。それまで一時間ぐらいあります」

一時間――彼女はその一時間がちょっとした永遠で

でもあるかのように言った。冷やかし気分で埋めることになる空いた一時間。そういうことなのだろう。私のほうはと言えば、不思議の国にしばし足を踏み入れる今年最高の一時間になりそうだった。今や彼女はくつろいでいた。同時に、どこからともなく突然生じたものうげな雰囲気をまとっていた。口元には茶目っ気さえ浮かべ、落ち着き払っていた。日向《ひなた》ぼっこにちょうどいい場所を見つけた蛇《へび》のように。

その一時間が始まった。

私は独創性のかけらもない質問をした。彼女の亡き夫とふたりの結婚生活について尋ねた。ふたりが結婚したのは今から七年まえで、ふたりは不動産会社を共有していた。私の理解では、その商売が(彼女は否定したが)その後、立ち行かなくなったのだった。ふたりのあいだに子供はおらず、彼女の両親はメキシコのマサトランに住んでいた。夫婦で週に一度、成り金がよく行きたがるような店——ランチョ・サンタフェの〈ミル・フルール〉や、私が訪ねたばかりの〈マリウス〉——でディナーを愉しんでいた。特に後者はふたりの金曜日のロマンティック・ディナーのためのお気に入りレストランだった。ドナルド・ジンは享年七十一。彼女の二倍を超える歳だが、それでも私よりちょっと若い。そのことにほんの一瞬、私は嫉妬《しっと》した。ミスター・ジンはこの美女の横に夜な夜な寝ていたわけだ。自らの幸運が危険にさらされているとも知らず、海の妖精の中で眠るマハトマ・ガンディみたいに。

彼女に支払われた保険金は二百万ドル。その金を彼女はどうするつもりなのか、当然疑問が湧くが、それは本人に直接訊けることではない。

「ここに来ると、淋しさが募るんじゃないですか?」と私は言ってみた。「ご主人と一緒に造った場所なんだから。ここをたたまれるのはご主人のことがあったからですよね?」

「もちろん。あなたならどうします? ここに居残りつづけます？」

「無理ですね」

「幽霊屋敷に住むようなものです。わたしに根性があれば、続けられなくはないのかもしれないけれど。でも、そんなものはわたしにはありません。それにもう疲れました」

「じゃあ、ここはもう売ったんですか？」

「ええ、ミスター・マーロウ。〈ドラゴン・タワー〉いう会社に売りました。その会社はきっとここを更地にして、初めからやり直すんじゃないかしら。どうなるのか。わたしはまったく知りません」

「残念ですね」

「ドナルドが生きていたら、さぞがっかりしたでしょうね。でも、わたしも現実的にならないと」

「われわれみんなそうです。誰もあなたを責められない。動きださなきゃならないときは必ずやってくる。そんなことわざだってあるんだから」


「そういうときがわたしのところへもやってきたということね。施設をご覧になります？ どっちみちそうなさったと思うけれど」

彼女はなぜか私に取り入るようにそう言うと、ドアのほうに歩きだした。私は笑って彼女のことばを認め、ふたりで外に出た。そのとき肩と肩がもう少しで触れ合いそうになった。外の熱に一瞬、眼がくらんだようになり、私は体のバランスを崩しかけた。暗がりの中から茶目っ気のある心地よい笑みが現われた。それは発展途上のエイブル・グレイブルが見せる笑みだった。老いぼれをいっときうわついた気分にしてくれる笑みだった。だから、もちろんインチキな笑みだった。それでも、だ。火ぶくれができそうな遅い午後の風の中、私たちはリゾートの施設内を歩いた。かなりの部分、私は杖に頼った。唇が急に乾いて皺《しわ》ができた。眼も同様。プールに残っていた水にさざ波が立ち、デッキチェアのあいだに砂が溜まりはじめていた。荒廃は進んでいたが、まだ完遂はされていなかった。プール脇のバーには、ビニールカヴァーの掛かったストリチナヤのボトルがまだ置かれていた。宿泊施設の窓にはカーテンもまだ残されていたが、施設の隅は砂の侵食がより激しかった。ただ、スプリンクラーは作動していた。施設を買い取った会社としても芝生は枯れさせたくないのだろう。金を使ってでも。芝生はドナルドが自分で植えたんです、と思い出したように彼女が言った。シャベルや移植ごてを使って？　と私は思った。メキシコ人の手伝いなしに？

「遺体の処理に関してはメキシコまで出向いたんですか？」と私はわざと不意を突いて尋ねた。が、彼女はいつも用意しているように見える鏡のような冷ややかさで応じた。

「ええ。辛《つら》い体験でした。ドナルドは泳ぎが得意だったんです。だからどうしてあんなことになったのか、今でもわかりません。水死体を見たことはあります？」

「ええ、何度も。みんなおだやかな顔をしていた」

「彼は全然そんなんじゃなかったわ」

「こう言ってはなんだけれど、えてして起こるものです——潮の流れとかで。泳ぎがどれほど得意でも関係ない」

「向こうの警察の説明では、ドナルドはかなり飲んでいたということでした。それからその浜辺では麻薬の売買がおこなわれてたみたいです。彼の血液中からマリファナが検出されたのは知ってますか？」

「そう聞きました」

「わたしも一緒に行けばよかったんです。でも、釣りというのは男の人がするものです。主人はマサトランには友達とよくカジキを釣りに行ってたんです」

彼女の口調はむしろ快活だった。恨《うら》みがましいところが少しもなかった。私はそこが気に入った。夫が自分の時間に自分の好きなことをしていたことについては、そもそも気にしていなかったのだろう。

「ご主人とはマサトランで出会ったんですか？」

「ええ、わたしはマサトランのバーでウェイトレスをしてたんです」

「ご多分に洩れず」と私はひとりごとのように言った。

「別に悪いことでもなんでもないわ。男の人はしょっちゅうウェイトレスと結婚してるけど。悪いことでもなんでもない」

彼女の表情を見るかぎり、彼女は私を小馬鹿にして言ったわけではなさそうだった。私たちは、砂漠の中に造成するのにジン夫妻が大枚を注《つ》ぎ込み、今は〈ドラゴン・タワー〉がその肩がわりをしている大きな庭園のところまでやってきた。チョウセンアサガオが貝殻を敷きつめた小径《こみち》に影を落としていた。

「ご主人の遺灰は今はどこに？」と私は尋ねた。

「ここにあります。ご覧になります？」

「いや、特には」

彼女は自分の皮肉にさほど効果がなかったことに顔をしかめた。

私は言った。「今さらですが、ご主人がこんな亡くなり方をされたことには心からお悔やみ申し上げます」

そう言って、内心思った――これ以上ないほど曖昧な人物に起きた、これ以上ないほど曖昧な事故ながら。

「わたしたちは問題を抱えていたって、あなたはそう思ってるんでしょ？」彼女は自分のほうから言ってきた。私たちはチョウセンアサガオがつくる日陰を歩いており、花の甘い香りがわれわれのあいだの雰囲気を少し変えていた。私は不意に魅惑のリズムを感じた。熟達したパートナーと言えなくなってすでに久しいのに、ダンスの始まりに感じるようなリズムだ。「そう、確かに問題を抱えていました。でも、だからと言って、そのことに何か意味があるわけではありません。事業をしていたら問題はつきものです。あなただってそういう経験はこれまでになさったと思うけれど」

「実のところ、今がそうです」

「だったらおわかりね。そういうのは一時的なものだということも」

〈パシフィック相互保険〉は数字をきちんと調べていた。その数字を見るかぎり、このリゾート施設計画の失敗による夫妻の損失は数百万ドルに及び、愛すべきドナルドは返済能力を十倍も超える借金をしていた。その昔、ドロレスを誘ったときの魅力――若きウェイトレスのまるで知らない世界に彼女を誘《いざな》ったときに使った魅力――をとことん駆使《くし》して、借金しまくったのだろう。何枚かの写真に写る彼はどの写真においてもその部屋で一番粋な男だった。美においても粋においても、中流クラスの中では少なくとも誰より垢《あか》抜けて見えた。もっとも、その点以外はエル・セントロの泥が爪に詰まっているような田舎者だったが。それでも、私は彼に会うことがなくてよかったと思った。ドロレスのことで彼を羨《うらや》ましく思うのと同時に、きっと彼を嫌いにもなっただろうから。いずれにしろ、事業を起《た》ち上げては失敗続きでいながら、立ち直れないほどの打撃からはどういうわけか常に免《まぬが》れていたのだろう。それはつまり、ドナルドというのは、私が人生を通じてよく知っている連中――騙《だま》し屋――のひとりだったということだ。毒に免疫のある昔ながらの蛇使い。だから法がゆるくて、より逃げやすいメキシコをあちこち点々としていたのだ。よくある話だ。そのことはドロレスもよく心得ていた、私同様。ところが、ある夜の午前三時、彼はテキーラと麻薬をしこたま食らって、カレタ・デ・カンポスの海に泳ぎ出た。彼の幸運続きの人生に終止符を打ったのが潮流だったのか、クラゲだったのかはわからないが、いずれにしろ、あばよ《アディオス》、このクソ馬鹿《ペンデホ》と相成った。そういうことだったのだろう。ただ、ちょっとした運命のいたずらで彼は若き未亡人に充分すぎるほどのものを遺した。それが悪いことだなどとは私の教科書にはどこにも書かれていない。そういうことについてはむしろいいことのほうが多く書かれている。

われわれのささやかな見学ツアーは門のところで終わった。その向こうには黄色いウチワサボテンが彩《いろど》りを添える涸《か》れ谷が層を成す砂漠が広がっていた。地平線上の威圧的な山々が砂漠の凶兆のように見えた。どこまでも果てしない時間と不毛。私はそんなことを思った。

「ここをたたんだら、ドロレス、そのあとどこに行くんです？」

「まだ決めてません。故郷に帰るかもしれないわね」

「それは常に正しい選択だ。生きていたら、ドナルドはあなたに何を望んだと思います？」

「故郷に帰ることね。それはまちがいないわ」

しかし、正確なところ、彼女の故郷はどこなのだろう？　彼女はいわゆる〝故郷〟を持ち、いわゆる〝故郷〟に焦がれるようなタイプには見えなかった。彼女の〝故郷〟はその眼の中にあった。根無し草のすばしこさ。彼女のよく動く眼は汚水に浮かんだり沈んだりしている林檎《りんご》を思わせた。そんな彼女がそろそろ私の相手をすることに苛立ちはじめていた。そのせいか、私はそれとはなしに入口の門のほうに移動させられているような気がした。その動きを抑えるために私は言った。

「ひとつ気になっていることがあります」

「はい？」

そこでまた不思議なことに彼女の眼から敵意も不安も消えた。

「あなたはご主人のどんなところを一番愛してたんです？　最初に会ったときに何に一番魅《ひ》かれたんです？」

彼女は立ち止まると、しばらく考えた。そして最後に言った――〈クロコディロ・クラブ〉でのある夜のこと、若い娘をふたり連れたワインレッドのヴェルヴェットのスモーキングジャケットを着た男がやってきて、葉巻はどんなものが置いてある？　と尋ねてきた。それはなんとも陳腐な決まり文句だった。彼女にもそれはわかっていた。それでも自信に満ちた決まり文句だった。それが彼女を笑わせた。そもそも決まり文句でどうして悪い？　実際、その店では葉巻を売っているのだし。それがドナルドよ、と彼女は言った。決まり文句にスモーキングジャケット。でも、センティメンタルな大きなハートとたまらないほどブルーな眼を持っていた。それがドナルドだった。

「ご主人の眼はブルーだったんですね？」

「そう、ブルーでまちがいないわ。少年の眼のようなブルーだった」

私たちはメインオフィスまで戻った。風が寒々しいアーチを抜けて荒々しい熱気を運んできた。私たちは手で顔を覆った。彼女はオフィスの中にはいるように私に勧めなかった。私はそのことを強要できる立場にはいなかった。私に割り振られた短い時間はもう終わろうとしていた。彼女に導かれ、杖の力を借りて門まで歩いた。突風に舞い上げられた砂が眼にはいった。

「保険会社がどうしてあなたを寄こしたのか、今もまだわからないわ」と彼女は日陰から言った。私のほうは勇気を振り絞って太陽がぎらつく中に出ていた。

「カレタ・デ・カンポスの警察はちゃんと書類を書いてくれたし、大使館の人もその書類を見て何も問題はないって言ってたのに——」

「保険会社は保険会社で自分たちの仕事をしてるんですよ、ドロレス。これは特別なことでもなんでもない」

「だったらいいけど」

私は彼女と握手を交わし、礼に適《かな》った別れの挨拶をした。また会えるかどうか尋ねた。すると、彼女はいきなり警備員に声をかけ、車まで私のエスコートをするように言った。「いや、けっこうだ《ノ・メ・ネセシタ》」と私が警備員に向かって言うと、警備員は引きさがった。彼女は私がレンタカーまでよろよろと歩くのを見送った。片手を眼の上にかざしていた。陽の光をよけるのと車のナンバーを見るために。私には彼女がナンバーを覚えようとしているように思えた。一週間か、あるいは二週間すれば、彼女はどこかにいなくなるだろう。そうなると、〈パシフィック相互保険〉にはもう彼女の居所がわからなくなる。彼女は憂《うれ》いを漂わせ、壊れた門がつくる日陰に、エレガントに静かに立っていた。手を眼の上にかざし、唇をすぼめて。私を追い払ってほっとしていることだろう。からっぽの部屋のどこかに置かれた骨壺を心置きなく守れるようになって、それにも安堵《あんど》していることだろう。〝さようなら《アスタ・ラ・ブエルタ》〟と私は胸につぶやいた。が、声には出さなかった。

エル・セントロのアダムズ・アヴェニューにあるコンティキ・モーテルに着いたときには、もう暗くなっていた。夜の到来とともに、通りの上に突き出している、緑と黄色のヤシの木を描いた派手なネオンの看板がパチパチと音をたてはじめた。砂利を敷いた中庭には、インペリアル・ヴァレーのレタス畑で働く移動農業労働者たちのポンコツ車が何台も停まっていた。モーテルのオーナーは中国人で、娘が奥の部屋でヴァイオリンの練習をしていた。ロマンティックなロシア風の曲だった。彼らの暮らしは引かれたカーテンの向こうにあった。私は二階にあがり、ドアを開け、バッグをベッドの上に放り出し、ドアの鍵をかけた。部屋の中はただの部屋と一時的なサウナの二役をこなしており、エアコンのスウィッチを入れると、壁がぶるぶると震動してから三十分ほどかかって、やっと涼しくなりはじめた。

ライウィスキーを一瓶持ってきていたので、紙コップに注いで、ベッドに仰向けに寝そべって飲んだ。それなりに旨《うま》い酒だった。それで一息つけた。いつものことだが。杖を脇に置いて小一時間眠った。寝ているうちにヴァイオリンの音が聞こえなくなり、どこかで眼を覚ましたような気もするが、勘ちがいだったかもしれない。ほんとうはまだ寝ていたのかもしれない。手入れのされていないウラシマツツジの上空に、赤黒い月が出ていたが、その明かりでは何も見えない。実際に眼を覚ましたときにはもう朝で、私は前日着ていたのと同じ砂まみれの服を着ていた。十二時間飲まず食わずで、体の内側から萎《しぼ》みかけていた。七十二歳。自分の歳を自覚した。この歳になって、昨日の服を着たまま朝の六時に眼を覚ますとは。

　アダムズ・アヴェニューのダイナーに行って、クリームたっぷりのチミチャンガ（味つけした豚肉や鶏肉などを包んで揚げたトルティーヤ）とアグア・デ・ジャマイカ（ハイビスカス風味の紅茶）を注文した。窓の外の広い通りに人影はなく、砂漠の風に吹かれた砂が舞っていた。そのゴーストワールドが放つ光が砂糖入れの脇に置いた私の両手に射していた。自分の手が永劫《えいごう》に向けて心の準備をし、岩盤の上で丸まっているひとりぼっちの化石のように見えた。ウェストハリウッドを走っていたパシフィック電鉄の赤い路面電車ほどにもお役御免になった代物《しろもの》みたいに。アダムズ・アヴェニューの熱気の中、ヤシの木の下を走るフィン付きの巨大な車には誰が乗っているのだろう？　そんなことを思っていると、いきなり窓に影が差し、マリアッチ・バンドが現われた。朝の獲物を見つけられない捕食者さながら。二十年経っても、いや、三十年経っても、変わるのは表面だけだ。一九七一年にもこの窓と同じような窓のそばに坐って通りを走る砂糖運搬車を眺め、自分の手はどうしてこうも老けて見えるのだろう、などと思ったものだ。その頃、私の心を消耗させていたのは殺人のメカニズムだった。が、引退してからの私の心はもっと単純なものに向かうようになった。ウィスキーの蒐集《しゅうしゅう》とか、アマチュア天体観察とか、ドルフィン・ウォッチングとか。そういう趣味にも徐々に関心が薄れ、今はたまたま坐ったのがどんな窓辺にしろ、その外に広がる景色にそこはかとなく心惹かれるようになった。

それでも何も変わらない。眼と眼を合わせて、ミセス・ジンにすでに会ってしまった今、私は今度の仕事に昨日より興味を覚えていた。美しい詐欺師はふたつの要素が合体して出来上がる。そして、その合体でどこまでも強固になる。ただ単に美しいだけでも、ただ単に不正直なだけでもなくなる。そういう者の中には常にわれわれを生き返らせてくれる者がいる。

ほんとうはこのまま家に引き返し、こんな仕事はきれいさっぱり忘れるべきなのだろう。十年ほどまえ一緒に仕事をしたことがある刑事のいる警察の分署まで車を走らせながら、私はそう思った。しかし、金の問題があった。保険会社のいけすかない男たちにはああ言ったものの、金が要《い》らないわけではもちろんなかった。それと自分は世の中で今、まったくの役立たずというわけでもないという感覚。それも影響していた。それがため私は分署をめざして運転しつづけた。分署はインペリアル・アヴェニューから数ブロック離れたところにあり、分署の建物は六〇年代に建てられた低層建築で、一階のロビーにエアコンはなかった。かわりに夥《おびただ》しい数の写真が壁に飾られていた。法執行機関におけるこれまでのヒーローの写真で、古くは二〇年代にまでさかのぼり、その写真には帽子を斜めにかぶり、車の踏み板に乗って短機関銃を構え、ポーズを取っている警官が写っていた。クモが何にも邪魔されることなく天井を這っており、暑さの中、ホームレスが何人か留置場の中で体を横に向けて寝ていた。

私が知っている刑事はボンホッファーといった。彼の写真もそんな中にあり、私を見下ろしていたが、過ぎた年月のせいで今の彼の顔には苦悶《くもん》の跡があり、より複雑な感情が浮き彫りにされていた。私と彼が関わったのは、三人の男が切り刻まれ、スーツケースに詰められてソルトン湖に沈められた事件で、三人は麻薬の運び屋だった。私はそのうちのひとりの妻に依頼されて、その男を捜しており、結局のところ、夫を見つけたわけだが、彼女が望んだ形では見つけられなかった。ボンホッファーは私よりおとなしい男で、喧嘩《けんか》をすることも声を荒らげることも決してしてなかった。本人は必ずしも気づいてはいなかったが、彼のまわりには恐怖のオーラが漂っており、たぶんそれが野卑《やひ》な行為を起こりえないものにしているのだろう。また、彼は人を見るときにも、片眼は開けていてももう一方の眼は閉じているのではないかと思わせるような見方をした。そんな彼が言った――テイクアウトのコーヒーを調達して、少しドライヴしよう。

「なんだかひどい顔をしてるね」と彼は言った。「こんなふうにもっと外に出て、日光を浴びたほうがいいんじゃないか？」

「大丈夫だ」

「ほんとに？」

「だからこうやって仕事をしてるんだろうが」

「そこが一番まずいね」

その日もよく晴れていた。雲ひとつないことがこのあとも約束されているような空の下、砂漠はチョークを粉にしたような白色に光っていた。ユハ・カトフとシグナル・ロードがぶつかるところまでやってきた。マウント・シグナルはメキシコからのすべてのコカインがはいり込む場所だ。ボンホッファーはなぜか浮《ふと》かれた気分のようだった。最後に会ったときより肥って いた。正直なお巡《まわ》りという肉体にとらわれ、正直なお巡りを演じつづけているイカサマ野郎。私は彼のことをそう思っていた。しかし、そういう演技をずっと続けるというのはそれはそれで大変なことだ。で、最後には演技がほんとうになり、今ではもうイカサマ野郎ではなくなっているのではないだろうか。そんな気がした。

車を降り、砂漠の静けさの中でコーヒーをすすりながら、私は彼にドナルド・ジンという人物を知っているかどうか尋ねた。

彼はちょっとたじろいだような顔をしてから遠くを眺めた。ほんとうは遠くのものになどなんの関心もないのに、人はよくそんな仕種《しぐさ》をする。

「まあ、ジン夫妻はここじゃよく知られた夫婦だよ。ドナルドは陽気なやつだしね。ああ、ドナルドのことは知ってる。酒酔い運転で何度捕まえたか数えられないほどだ」

「前科はない？」

「なんでおれたちは今こんな砂漠の真ん中でこんなおしゃべりをしているのか、それはやつには前科がなかったから。そういうことになるんだろうな。救いようのないクソ野郎だったとまでは言わないけど、でも、おれはやつの女房のほうがどっちかと言えば好きだね。だから今度のことは気の毒だと思ってる。それはあんたも同じと思うが。やつが死んだとはいまだに信じられないよ。死ぬべきときが来ても、やつなら口先だけで逃れるんじゃないか。そんな気がしてたもんでね。いや、ほんとうに。やつのところに死神がやってきて、やつに不利な地獄行きの契約を提示してきてもね」

「そりゃなかなかの才能だ」

「ああ、そうとも。だけど、あんたのことを言わせてもらうと、フィリップ、こんなあやふやなことに首を突っ込んじゃいけないよ。その歳で。どんな条件を提示されたんだ？」

「悪くない条件だ」

「だったらメキシコにも行くつもりか？」

「私はもうメキシコに住んでる」

「だけど、もう引退したんじゃないのか？」

彼は車にもたれ、ボンネットに片手をついた。見渡すかぎり、光り輝くウチワサボテンが起伏のある涸れ谷に花の地雷原のように広がっていた。

「おれなら行かないね」と彼はぼそっと言った。「向こうに家でもないかぎり。あんた、ラ・ミシオンの近くに家を買ったって聞いたけど。ほんとうかい？」

「そこに住むようになってしばらく経つ」

「こっちはまた別の世界だ。言うまでもないけれど。あんたはうまくやってここから脱け出した。七九年にソルトン湖から引き上げた死体のことは覚えてるかい？　結局のところ、イタリア系の不動産屋がからんだ事件だった。あいつはエル・セントロのバーでドナルドと怒鳴り合いの喧嘩をしたという話だ。あくまで噂にしろ」

これは貴重な情報かもしれない。私は心のメモ帳に記入した。

「フィリップ、今はいい暮らしをしてるんだろ？　人を殴り倒したりするには、あんた、もう歳を取りすぎてるよ。あっちにいて、釣りでもしてろよ。保険屋がそんなにいい条件を提示するわけがない。それよりあんた、ほんとうは退屈してたんじゃないのか？」

「それは言える。引退というのがこんなにもの悲しいものだとは思ってなかった」

「好きなことがやれる身分のどこが悲しい？」

「私はまだそれほど歳を取ってるわけじゃないのかもしれない。時々こんな朝がある——車に乗って道を走らせ、どこかに消え去りたくなるんだ。いや、ほんとうに。こんなふうに言うと、いかにも馬鹿げて聞こえるかもしれないが」

〝だったら言うな〟と彼の眼が言っていた。どういうわけかいかにも嬉しそうに。

「あっちに女はいないのか？　昔のあんたにはいつもいたけど」

「昔はね」

「だったら、新たな暮らしの始まりとしては確かに淋しいな」

「知ってると思うが、結婚は一度したんだ。だけど、結婚生活というのがどうも私にはなじめなかった。なんだか落ち着かなくなるんだよ」

「よくある問題だよ」と彼はうなるように言った。

ほんとうに？　と私は内心思った。それは当時誰もが知っていたことなのか？　結婚生活においてはどんな曲がり角にも悪運がひそんでいる。それは自明の理だったのか？


そのあと何日か、私はサンディエゴで過ごし、ボンホッファーが教えてくれた不動産業界のいくつかの名前にあたってみた。が、誰も食いついてこなかった。ドナルドがとんずらして、元探偵がそのあとを追っている、とでもいった噂が広がってしまったのだろう。そんな〝物件〟にわざわざ時間を割いて協力しようなどと思う不動産業者はいなかった。いずれにしろ、マサトランには遅かれ早かれ行かなければならないだろうが、行くこと自体は少しも苦にならなかった。そもそもマサトランはリゾート地だし、あそこの謝肉祭《カーニヴァル》は世界一だと言われている。だからまえまえから行ってみたいと思っていた。強い陽射しにドルフィン・ウォッチング。最後に行ったのは五〇年代の終わりか六〇年代の初めだったと思うが、そのあと時間がマサトランをひっくり返してくれているかもしれない。悪くすると、ひっくり返って、いい面が表に来ているかもしれない。

4

私は謝肉祭の十日まえにマサトランに飛んだ。クロコダイル革のバッグをさげ、それと釣り合う革の財布に〈パシフィック相互保険〉から受け取った金を詰めて。バッグには珍奇な道具も詰め込んだ――盗聴機能のある小型送信器にオペラグラスに〈ミノックス〉の超小型カメラ。オペラグラスは仕事のときにはいつも持ち歩くようにしている。遠くからオペラグラスで人を観察していても、案外めだたないことに気づいてからはいつも。それに一九七七年に脚を骨折して以来、私の常なる下僕である杖。その杖には東京で刀匠《とうしょう》につくってもらった日本刀が仕込んである。〝仕込み杖〟というやつだ。六〇年代に見た映画『座頭市』から思いついたのだ。映画の中では盲人のための武器だったが、私の場合は無力な老人の狡猾《こうかつ》さの賜物《たまもの》だ。

マサトランの街の通りはすでに黄色い風船とピニャータ（中におもちゃや菓子を詰めて派手に飾りたてた陶器の壺、または張り子の人形）と音楽と少女で埋め尽くされ、酒場《カンティーナ》には高級な葉巻が用意されていた。私はメキシコ革命で破壊されたままになっている家々が並ぶ中にホテルを見つけ、バッグひとつとフラスクひとつを携えて階上《うえ》にあがり、窓の鎧戸《よろいど》を開けた。

〝サイコロの最後の一振り〟。私はそんなことを考えていたが、沈むにしろ浮かぶにしろ、それに適した場所はどこにもなかった。マサトランの街は私の眼には〝昔ながらの田舎町〟、地上の最後の魔法の場所、神話の中心地のように見えた。

レンタカー屋で借りる車種も、食事をとるレストランも、酒に浸るカンティーナもすでに調べて決めてあった。これできっと体重が増えることだろう。現世の美を決定している神々は口を押さえて大笑いすることだろう。それでも、マサトランは北回帰線上で私に微笑んでいた。

　海辺では女たらしたちが成果を上げていた。そんな景色の向こうに、鍾乳石《しょうにゅうせき》のような形に翡翠《ひすい》のような緑色をしたカースト地形が見えた。新世界を照らす過去の光のごとく。ただ、空港から車でやってきた私はあちこちの壁に〝腐敗をなくせ！《フェラ・ロス・コルプトス》〟という真面目な落書きを見かけてもいた。この国の役人たちの腐敗はそう簡単にはなくならないのだろう。

　サンディエゴからの短いフライトだったが、風呂にはいった。そのあとボンホッファーが教えてくれた〈マーリン・スポーツ・クラブ〉のドナルドの友人たちの電話番号にかけてみた。それがどれも空振りに終わると、私自身の古い知り合いであるカリフォルニアの不動産屋数人に電話してみた。それでいくらか情報が得られた。その情報によれば、ドナルドの友達は――


――〝験担《げんかつ》ぎ〟にメキシコ人の金持ちの友人も何人かいたということだが――みなアメリカ人のようだった。そうした友人の中にはドナルドを昔から知っているまともな市民もいて、さらにその中には――これは保険会社の予備調査からすでにわかっていることではあったが――調査に役立ちそうな人物もいそうだった。たとえば、エドワード・デラハンティのような。

　デラハンティはルビオという名のホテルのオーナーで、そのホテルは夜になると、騒がしくもいかがわしくもなる場所だった。マレコン（マサトランの海岸沿いのリゾートスポット）の西の彼方に陽が落ち、雰囲気が夜向きに変わったところで、私は彼に会いにそのホテルに出向いた。

　デラハンティは、歳はドナルドと同じくらいで、日がな一日自分のホテルのバーのカウンターに腰を落ち着け、商売の現状を見るのが好きな男らしかった。私には彼の髪が最初、鬘《かつら》に見えたが、そうではなかった。自分の髪を美容院でクモの糸ほどにも細く〝紡《つむ》いで〟

もらい、油で炒《いた》めたナスのような色に染めているのだった。そういうことが彼には科学の偉大な進歩に思えるのだろう。〝残念な退歩〟というのが真実なのに。

時刻は八時、彼はヤシの木をモチーフにした柄のシャツを着て、銀の腕輪と安ピカの腕時計をしていた。南国というのはけっこう儲《もう》かるところなのだろう。深海魚釣りを愉しむ観光客というのはけっこういるものなのだろう。でもって、そういう連中はホテルに泊まり、カクテル・シェーカーと危なっかしいヒールを履いた女たちにまみれて、ヘミングウェーよろしくたそがれを味わいたがるのだろう。女たちの浅黒いうなじと腹に圧倒されて。ほろ酔い加減の幸せに浸って。

　デラハンティには二日まえに電話して、会う約束は取りつけてあった。しかし、私の年代物のネクタイにもかかわらず、彼は私にさして感心しなかった。

「あんた、なんだかお化けみたいだな」と彼は私の杖をちらりと見ていきなり言った。そして、椅子から立ち上がることもなく私と握手した。「ここにネクタイなんかしてるやつがひとりでもいるか？」

「メキシコ人はしてるよ」

「まあ、飲みなよ。お勧めはルビコン。うちのハウスカクテルだ。わかるかい？　ルビ－コン、だ」

「しかもルビー色をしてる？」

「いや、メスカル酒をグレープフルーツジュースで割ってシロップを加えたものだ。ローサ、ルビコンふたつ《ドス・ルビコネス》！」

　私はこういうときに男がいかにも口にしそうな台詞を言った。「いいホテルだね」

　ところが、彼は顔をしかめた。

「ここは過去の残り滓《かす》みたいなところだ。マサトランは近頃落ち目だ。家族連れにやさしすぎる場所になっちまった」

「そうみたいだね」

「あんた、二十年まえにここにいたか？」

「三十年まえと言ってもいい。ああ、あの頃のことはよく覚えてる」

「あんたも恐竜みたいなものか。いいことだよ。昔はドナルドとよくカミノ・レアル・ホテルへ行って、あそこの〈チキータ・バナナ〉でよく食べたもんだ。あそこが好きだったんだ」

　飲みものがやってきた。ブランデーグラスに注がれたカクテルで、驚くほど冷えていて、暴力的なまでに赤かった。

「アリバ・アバホ・アル・セントロ」と言って、彼は掲げたグラスを私のグラスに合わせた。「パ・デントロ！（〝グラスを掲げたら一気に飲み干せ〟という意のメキシコの乾杯の音頭）」

　メスカル酒が甘く私を叩き、私は宵《よい》のための元気を自らの内に再発見した。

「で、あんたはドナルドのことを訊きにきたんだね？」とデラハンティは椅子の背にもたれて言った。

「彼が亡くなったという話は聞いたよ。最初、サメにやられたのかと思った。だけど、ビーチで酔っぱらった挙句、溺《おぼ》れ死んだというじゃないか。ま、それも悪い死に方じゃないが。長い眼で見たら」

「彼が最後にマサトランに来たのは？」

「死んだのと同じ週だ。ここへは釣りをしにしょっちゅう来てた。もちろんビーチもぶらぶらしてたけど」

「なんのために？」

「人はなんのためにビーチをぶらぶらするのか。そりゃ女とクスリのためだろうが。彼は〝心の純粋な〟サーファーじゃなかった。そういうサーファーはファロ・デ・ブセリアスあたりに行くものさ。カレタ・デ・カンポスはアカプルコ・ゴールド（高級マリファナ）を求めていくところだ。あそこの丘陵地帯で栽培されてるんだよ。あとクルーザーも停泊できる」

「ということは、彼は、車は運転しなかった？」

「車？　ドナルドはあっちにはクルーザーで行ってた。友達のデニス・ブラックと。お互い女房は連れていかずに。ブラックは今確かマンサニージョにいるはずだ。そこがあいつの冬のあいだの寝床なんだよ」

「カレタ・デ・カンポスにはよくふたりで行っていたんだろうか？」

「たぶんふたりの年中行事みたいなものだったんじゃないかな。デニス・ブラックのクルーザーで行ってたって話は何度も聞かされたよ。そのことをドナルドは女房に話してたんだろうかね？」

「彼女のほうも亭主に訊いたのかどうか」

「ドナルドのカミさんには会ったことがないんだ。でも、ここの出《で》なんだよな？　きれいな人かい？」

「われわれみたいな男にはちょっともったいなさすぎるね」

彼はにやりとした。

「いいことを聞いたな。ドナルドが期待を裏切らない男だったのはいいことだ。いずれにしろ、カミさんは金持ちになったことだろうよ。グリンゴ（メキシコ・中南米で外国人、特にアメリカ人のこと）ってのは利用のし甲斐ある人種だよ」

そう言って、彼はグラスを手の中でまわし、その中のどろっとした冷えた液体をじっと見つめた。

「そういうところは公正にできてる」と私は言った。

「どんなことにも時間給が支払われる」

「そういうことだな」

「そうじゃなきゃ女はわれわれ爺《じい》さんなんか相手にしない」

「それは言えてる」

と言いながらも、彼にはどうでもいいことのようだった。

「こうするといい」と彼は続けて言った。「〈マーリン・クラブ〉に行って、ブラックはどこにいるか訊いてみろ。あそこの人間ならたぶん知ってるはずだよ。で、海岸沿いに南にくだれば、きっとどこかで見つかるよ。ブラックは冬のあいだずっと港から港へ移動してるんだ。クルーザーに乗っておんなじことをしてる仲間がいるんだよ。で、そういうやつらをおれたちは〝ワイルドバンチ〟なんて呼んでる。あの映画はよかったな（滅びゆく無法者を描いたサム・ペキンパー監督の同名の西部劇のこと）。見たかい？」

「ああ、もちろん」

「彼らはあっちのディーラーからブツを仕入れて、こっちに帰ってきてそれを売ってる――なんて噂があるけど、まあ、おれがやってることは一日じゅうここに坐ってることだけだからね。おれは自分が思ってるほどにはものを知ってるとは言えない」

「いや、あんたは充分知ってると思うな。だからあと十杯ぐらいおごりたい。いや、あと九杯でいいか。ウェイター――」

「そう来なくちゃ！」と彼は大きな声をあげた。

私は彼にドナルドのことをどう思っていたか尋ね、もう亡くなっているわけだから、正直なところを聞かせてほしいとつけ加えた。

「ドナルドのことをどう思っていたか？　この世で一番気前のいい男だったよ。その気前のよさで身を滅ぼしたようなもんだ。自分にまとわりつく寄生虫を分けへだてなく愛してた。初めて会った相手に一晩に何千ドルも使うのを見たことがある。ああいうのも病気だとすれば、それにはちゃんとした名前がついてるはずだよ」

「今夜ホテルに帰ったら調べてみよう」

「これは個人的な意見だが、結局のところ、彼は死にたかったんじゃないかね。つまり人間は歳を取りすぎるということさ。そういうことさ。歳を取ってある程度のところまで行くと、急に死に対するためらいがなくなる。そうなると、どんな方法であれ、死に飛びつこうとする」

「それが彼のしたことだった？」

「かもしれん。海の危険な区域に真夜中に泳ぎに出たわけだろ――たぶん一リットルぐらいテキーラを飲んで」

「しかし」と私は言った。「彼はこっちで第二の人生を送ってたんじゃないのかね。アメリカにいる彼の知り合いは誰もそのことを知らなかった。それはたぶん彼がそうしておきたかったからだろう」

「たぶん」

デラハンディはまた笑うと、その眼で私の眼をとらえ、いっとき私をじっと見つめた。明らかに愉しむように。どんな男もどこか今とは異なる場所での第二の人生を夢見る。あるいは、今の人生と並行する人生を。私自身、そういうことを考えないで過ごした年月のほうがはるかに短いだろう。どこか別の場所でつけひげをつけて、フィリップならぬドン・フィリッポになるのだ。税金も払わずにすみ、思い出に心が苛《さいな》まれることもない場所で。

「ひとつ言わせてくれ、フィリップ、今度のことは休暇にしたほうがいいんじゃないかね？　おれがあんたならそうするね。カレタ・デ・カンポスじゃ何も見つからんよ。向こうの警官《フェデラーレ》は昔ながらのいいお巡りだよ——あんたも知ってると思うが。金を出しゃ、なんだって話してくれる。だけど、やつらの話を聞いてもなんの役にも立たないだろう。ドナルドは自分のやってることがちゃんとわかってる男だった」

「で、彼は何をやってたんだね？」

「必要なものはなんでも手に入れてたんじゃないかな。あんたは——あんたはどうだね？　今夜女が入り用なら、手配できるが」

「もう戦闘地域からは撤退した身でね」と私は彼の申し出を手を振って断わって言った。「でも、ありがとう」

「だったらルビコンをもう一杯やろう。ローサ、ルビ《ドス・》コンふたつ《ルビコネス》」

愉しむのも悪くなかった。彼が言ったように、これを休暇と思って愉しむのも。昔のように恋というおまけ付きの仕事の旅とはいかなくても。私のパイロットランプはとうの昔に消えているが、それでなんの文句もない。それはパイロットランプをつける必要がもうないからだ。女たちの出現に水銀柱のように眼がいきなり動くこともはやない。もう興味がなくなったのだ。私はさらに注意深くまわりを見まわした。ここは妻を伴わないドナルドの秘密の世界だった。小さなダンスフロアでは持ち帰り可能な女たちがクンビアのリズム——エル・トロピコンボの曲——に合わせ、体を揺すって踊っていた。紙のパラソル付きのカクテルにマラスキーノ酒に他人の肺から吐き出された煙。ワイルドバンチがいる、外洋に面した街の夜。私はなんだか自分がドナルド・ジンと段々仲よくなってきているような気がした。すでに死んでしまっている男と。

「ドナルドのことはきっとあんたも好きになってたよ」とデラハンティはまるで私の心を見透かしたかのように言った。「彼とならきっと愉しいひとときを一緒に過ごせたんじゃないかな。いや、実際、あんたたちには共通の知り合いなんかがいても不思議はないな。わからんもんだぜ、そういうことは。彼は笑えるジョークもいっぱい知ってた」

ヤバい世界の。つまりヤバい世界ともつながりがあったということか。

「そういう世界からはしばらく遠ざかっているけど、昔はむしろどっぷりと浸っていた。今は釣りとレストランのために生きてる」と私は言った。

「今さら言うのもなんだが、ドナルドのことはかえすがえすも残念だよ。そう言えば、彼のこんなジョークを覚えてる。こういうやつだ——カタツムリの一団に襲われて、金を盗《と》られた亀が警察に行くんだ。お巡り亀は彼に尋ねた、何があったのかって。ところが、被害者亀はきょとんとしちまっててさ、こんなことを言うんだ——それが覚えてないんです。何もかもがあまりにすばしこかったんで——」

そう言って、彼は持っていたグラスをカウンターにどすんと置き、逃れられない爆笑の直前、まるで脳卒中でも起こしたみたいに眼を飛び出させた。

「まったく！《ラ・チンガーダ》」

「そのジョーク、自分で考えたんだろうか」

私はルビコンを飲んだ。不思議なくらい酒が効いていないのがわかった。

「それでも何か手がかりを探しにカレタ・デ・カンポスには行くのかい？　遺体はすぐに現地で焼かれたと聞いたがね。そうなのかい？　浜辺に打ち上げられた死体というのはどうするものなんだろうね？　身元がわかったら大使館に知らせて、そのあと故郷に送られるんじゃないのかね？」

「必ずしもそうじゃないようだ。何か理由があったんだろう。デ・カンポスは小さな町だそうだね――まわりの世界からちょっと隔絶されたような」

「ドナルドにしてみれば持ってこいの場所を見つけたわけだよ、ちがうかね？」

「かもしれない」

デラハンティは壁をちらっと見やった。そこには小さな酒瓶が数字がわりに描かれている時計が掛かっていた。

「今どこにいるんだろうね？」と彼はまた笑みを浮かべて言った。それは実際に答があったとしてもおかしくない質問だった。

翌朝、タクシーで〈マーリン・クラブ〉に行った。ホテル・プラヤの北側、マリーナに近い海辺にあった。マリーナに停泊している釣り船の所有者のための格式張らないクラブハウスで、ロニー・シュガーというアメリカ人がオーナーだった。そのシュガー本人がいた。肥っていたが、同時に釣り人用の椅子《ファイティング・チェア》で竿《さお》を操ることぐらい楽にできそうな筋力も備えていそうな男だった。今は海を離れ、陽射しの中、その巨体をデッキチェアに沈めて、われわれの眼のまえの海に浮かんでいるぼんやりとした形のふたつの島を眺めていた。眼にかざした手の指にはアステカ族の指輪がいくつもはめられていた。まず私の名前を尋ねてきた。私は彼がミスター・ブラックを知っているという事実を引き出すためだけでも、持てる自分の魅力を総動員しなければならなかったが、私の名前には何も思いあたらなかったようだった。幸いなことに。

「で、デニス・ブラックにどんな用があるんだ？」

私の影が彼の上に差した。坐れとは言ってくれなかったので。私は古代ギリシアの哲学者ディオゲネスを思い出した。このあと、彼は日陰になるのでそこをどいてくれとでも私に言うのだろうか？（訪ねてきた王に対して、ディオゲネスは王のせいで日陰になっているので、そこをどいてくれと言ったという逸話がある）

「デラハンティに言われたんだ。あんたならブラックがどこにいるのか知ってるかもしれないとね。私は保険会社の依頼を受けて調査をしてるんだが、そのことと彼とは直接関係はない」

「というと、ジンのことかな？」

「このあたりじゃ、彼はなかなかの有名人なんだね」

「ブラックはすぐに見つかるよ。別にやつは隠れてるわけでもなんでもないから。だけど、おれなら彼には充分気をつけて近づくね。最近はおれの船に乗せるのもやめてるくらいでね」

「それはまたどうして？」

「鉈《マチェーテ》を持たせると、ちょいと陽気になるからだよ。でかい魚を下手にさばく方法なんてものはいくらでもある。わかるだろ、この意味？　ほかに用がないようなら——」

「あとひとつ訊かせてほしい。ジンとは親しかったのかな？」

彼はその質問には用心深く答えた。

「彼はおれの船でよく釣りをした。今の質問がそういう意味なら。酔っぱらうからといって彼を拒否したことはない。釣り人としちゃ上級とはとても言えなかったが、いたって社交的な男だった。だけど、彼の何を知っているかと訊かれたら、何もと答えるしかないね。海辺のリゾートで不動産の商売をしていたみたいだが、それはおれにはなんの関係もないことだ。そう、女房と来たことは一度もない。ちょっとイカれたところもあったけれど、こっちはもっとイカれたやつも見てきたからね。あの歳でイカれているというのは少しばかり気にはなったけれど。そう、決して大人になりきれない男だった。一度うちの船のクルーを怒鳴りつけたことがあって、そのときはおれもこのくそ野郎と逆にどやしつけてやったよ。そういう真似は誰にもさせない主義でね。そりゃ彼にも嫌なところはあったよ。だけど、そういうことを言えば、たいていのやつがそうだ」

「それはつまりジンはちょっと頭がおかしかった《メシュガ》ということかな？」

彼は表情を変えた。私にからかわれたとでも思ったのかもしれない。

「イカれてたかと訊いてるのか？」

「そう、とことんイカれていたわけじゃないにしろ」

「ああ、それは言えるかもな。しかし、メシュガとはな！　マーロウ、あんた、まだ二十五歳みたいな話し方をするんだな。メシュガなんていうのは氷河期のスラングだよ」

「古い習慣というのはね。なかなか抜けない」

「いや、気に入った《ファンキー》よ。あんたが着てる古色蒼然たるそのいかしたスーツも。お洒落な爺さん、それはいつ仕立てたんだ？　連合軍がノルマンディに上陸した日か？」

　私は自分のぼろ服に眼をやって自分でも思った。幅広のチョークストライプにハイウェスト。しかし、少なくともズートスーツ（四〇年代に流行った、だぶだぶのズボンに襟幅の広いジャケットといったスーツ）ではなかった。私の服装はだいたいのところ保守的で、ニューヨークの〈ハート・シャフナー＆マークス〉の古いスタイルが私の好みだが、たぶん彼の言うことは正しいのだろう。川の水が橋の下を流れるように長いときが過ぎたのに、私はほとんど気づきもしなかったのだろう。

「体に合ってりゃ、それだけで見てくれはよくなる」

「だけど、今は一九八八年だぜ、兄さん《オンブレ》」

「ジンはどうだった？　今風の恰好をしてたのか？」

「彼はとにかく洒落た恰好をしてたよ。あんたよりずっとな。だけど、見たところあんたのほうがずっと人はよさそうだ」

「それでも、時々、かっとなることはあった。そういうことかな？　別に彼を非難してるんじゃない。かっとなることは誰にだってあるからね」

「いや、そうでもない。あいつはやっぱりくそ野郎だった。だからあいつのことなんかどうでもいいよ。もっとも、おれはあんたともランチをともにしようとは思わないがね、ミスター・マーロウ。あんたと関わりたいとは思わない。知りたいようだから教えてやろう。ブラックはプエルト・バヤルタにいる。わかってると思うが、海岸だ。つまり通り道だ。ブラックを見つけても、おれから聞いたなどとは言わないでくれ。そんなことをしたら、バヤルタまで行って、あんたを殺すからな」


明るい午《ひる》の陽射しの中、ホテル・プラヤに戻り、ビーチのそばで、ホワイトソースをかけたスイス風エンチラーダとバハの白ワインを一瓶という昼食をとった。ここはドナルド・ジンが時間のあるときに気ままに過ごした世界だ。が、彼がこの世を去ったことについてこれまでのところ嘆きの声はどこからも聞こえてこない。どうやらここではいつまでも若い気分が抜けない男と見られていたらしく、その実像は誰にも知られないまま、永遠の眠りについてしまったということなのか。ボトルを半分ほど空けたところで、ホテルのスタッフに、プエルト・バヤルタのコンチャス・チナスという村の名前がそのままつけられたホテルの予約を二晩頼んだ。そこまでは車で四時間ちょっと、私はその日の夕方にはそこに着きたかった。何か勘のようなものが働いたのだ。ブラックがそこにいるなら、カレタ・デ・カンポスに行くまえに不意を突いて会っておきたい。そう思ったのだ。

結局のところ、それは長いドライヴになった。

暑さが老骨にこたえ、まっすぐで長い道路が神経に障った。当然ながら、ブリキ造りの小屋が建ち並ぶところがあり、そこでは小銭めあてに子供たちが車めがけて走ってきた。スラムの庭に人を惑わす色を与えているスベリヒユ（匍匐性の草）がそこここに生えていた。

ゆるやかな起伏の緑の丘では、どこでも見かける見捨てられた建物とのあいだに車を停めた。口の中にも疲労を覚えて芥子《けし》の原っぱでしばらく横になった。濃いブルーの中、フォークの形をした、丈のあるベンケイチュウがそそり立って迷路をつくる焼き畑では、銀の石突きのある杖に添い寝をしてもらい、これまでに見てきた数々の死体の夢を見た。夢に出てきた死体には今自分が寝ているような畑に横たえられていたものもあれば、酒場でこめかみを撃たれてぐったりとなっていたものもあった。不運なやつらはどこでも死ねる。その様子が子供の寝姿みたいに見えることがよくある。顔だけはまだ生きているときに私が知っていた大人の顔ながら。

5

プエルト・バヤルタは私にとってノスタルジーがぎゅっと詰まった場所だが、こっちは歳を取ったのに、この市《まち》のほうは逆に若返ったようだった。ここの黄金時代は一九六四年――まさに映画『イグアナの夜』が公開された年――前後のことで、私もその頃ここで黄金の日々を何日も過ごしたものだ。当時知っていた人々は今はもう亡くなっているか、どこかに引っ越したかしていることだろう。『イグアナの夜』が撮られたコンチャス・チナスの村はプエルト・バヤルタの南にあり、深い青緑色の海に裾を呑まれた崖の上に、古いホテルが何軒か建っていた。一九五八年のことだったと思う。私はスミッソンの件で仕事をしていて、カリフォルニアで拾ったモナ・コッツェンという娘とここに来たことがある。当時、彼女はまだ二十三歳だったはずだ。ウィットリー・ハイツで彼女の父親と話しているときに初めて会ったのだが、まさに驚きの〝一品〟だった。そのあと私の神聖なる車で、波が夜じゅうずっと岩だらけの崖を叩く入り江まで連れていったのだが、その夜、われわれはいったい何を話し合ったのか。きっと大切で、美しいことだったはずだが、今となってはまるで覚えていない。ことばもモナも今では過去のエーテルの靄の中に溶けてしまった。そのときのホテルはまだそこにあった。長年の知り合いであるホテルのオーナーもまだそこにいた。ダニー・コームズ。折れた鼻と、簡単には決して死なない眼をして、いつもカラフルな柄シャツを着ている男だ。

部屋からは入り江とささやかなプライヴェートビーチが見渡せた。地元の少年が口にナイフをくわえ、波をめがけ、光り輝くオルガンパイプサボテンに覆われた崖から宙に飛び出していた。カワセミのように。ただホテルの客を喜ばせるために。昔もそういうことをやっていた。ホテルのバーからマリンバの音が漂ってきた。夕日が槍のような形をしたリュウゼツランの向こうに沈む頃、バルコニーで夕食をとった。

金持ちたちはプエルト・バヤルタのまわりに秘密の隠れ家を持っている。さらに南にくだり、コスタ・カレイェスやテナカティタといった海岸沿いの町にも。だいたいがフランスのプロヴァンス地方の別荘に勝るとも劣らない美しい屋敷で、海岸になじんだそのさまはコートダジュールを思わせなくもない。でもって、そうした別荘の持ち主は、遠い道のりにもかかわらず、洒落たレストランで食事をするためにわざわざプエルト・バヤルタまでやってくる。そして、その多くがその夜はコンチャス・チナス・ホテルに泊まる。

一時間ほどの調査仕事で、デニス・ブラックのクルーザーがヌエボ・バヤルタの北寄りにあるパラディソ・マリーナに停泊していることがわかった。ブラックは夜な夜なガールフレンドを連れて街中に出てきて、〈シェ・エレーナ〉の屋根のあるテラスで夕食をとることもわかった。九時、私は運がよければクルーザーにいるブラックに会えるかもしれないと思い、ボタンは真鍮《しんちゅう》、色はネイヴィというブレザーを着て、マリーナまで歩いた。マリーナにいた男たちが、その夜ディープ・ブルー・デヴィル号ではちょっとしたパーティが開かれていると言って、そのクルーザーを指差し、教えてくれた。私は杖をついてマリーナを歩いた。時折悩まされる関節炎がぶり返しており、歩くのにちょっと難儀した。そのクルーザーに架けられたタラップのまえに立つとすぐにわかった。パーティでもなんでもなかった。そこにいたのはメキシコ娘を連れた中年の男とクリーム色の制服を着た船長だけだった。中年の男がおそらくブラックのようで、日焼けした海賊顔の男だった。顎ひげを生やしており、愚かしくも眉毛と一緒に染めていた。染めたというより日本の書道の筆で塗ったみたいだった。加齢のしるしに抗《あらが》おうとする者はどこかしらおぞましい道化を思わせる。ただ、着ているものは申し分なかった。三人はハブス・ラムのボトルを脇に置き、ボブ・ディランを聞きながら、ガラスのテーブルについてカードで遊んでいた。ブラックは白いシャツの上にVネックのイェールセーター、さわやかな白のズボンにダークブルーの〈スペリー〉のボートシューズという恰好だった。『オフィシャル・プレッピー・ハンドブック』（八〇年代の中上流階級のアイヴィー調のファッションを揶揄した本）に取り上げられていてもおかしくないような恰好だ。われらの時代の見てくれの〝正しさ〟を論ずる際、リサ・バーンバック（同書の著者）はブラックを思い描いていたのではないだろうか。実際、そんなことさえ思わせるような男だった。少なくとも、私が予期していた恰好ではなかった。もっとも、だったらどんな恰好を予期していたのかと問われても返答できないが。いずれにしろ、その場の雰囲気はしっとりとして落ち着いていて紳士的で、時代がかっていて、もっともらしかった。テーブルの脇には、シェーカーに、柄《え》の長いスプーンに、いかにも高価そうなグラスが並べられたリカーキャビネットが品よく置かれていた。タラップを最後まで渡りきった私がいきなり現われると、漠然とした警戒心からだろう、三人がそろって顔を起こした。執事が出てきて、フィリピン訛《なま》りで訊いてきた。「失礼ですが……？」

　若い女はくすくす笑っていた。フォーマルすぎる私のなりが可笑《おか》しかったのだろう。ブラックと思《おぼ》しい中年男は椅子から立ち上がると、私をもっとよく見ようとクルーザーのへりまでやってきて、いきなり笑みを浮かべた。

「そこのあんた、われわれは知り合いかな？」

　私はできるだけ気さくに聞こえるよう話をつくり、ジンのことを調べているのではなく、彼の友達だったふりをした。いずれにしろ、ここでもまた私の名前はどんな錆《さ》びついた鐘も鳴らさなかった。

ブラックは連れのほうを見て言った。

「ドナルドの友達だそうだ」

若い娘が疑わしげに言った。「ほんとに？」

ブラックはまた私のほうを向いて言った。

「なんの連絡もなしに来られるというのは妙な感じだが、実のところ、私はそういうことをあまり気にしない男でね。よかったら一杯飲んでいってくれ」

執事に手を貸してもらい、私はクルーザーに乗り込んだ。脚がガクガクした。堂々たるクルーザーだった。数百万ドルはするだろう。〈ナイト＆カーヴァー・リヴィエラ〉というやつだ。私の記憶にまちがいがなければ。私が席に着くと、ブラックは執事にカンパリソーダをつくるように命じた。それが彼らの飲んでいたものだったので。ブラックはそのあと私とジンに関する避けがたい質問をしてきた――あんたはジンのサンディエゴの友達なのかい？　私は、ジンのことは何年もまえから知っているが、たまたまアカプルコに行くことになり、ふと思い立ってここに寄ってみたのだと言った。彼はいったいどんなふうに死んだのかわかるかもしれないと思って。彼の訃報に触れたときにはいささかまいったよ――そんなことも言い添えた。

「それはみんな同じだ」とブラックはため息まじりに言った。「私はマンサニージョにいるときに聞いたんだ。想像できるかね――」

「ということは、彼が死んだとき、一緒に旅していたわけじゃなかったんだね？」

「まさか。いや、彼はひとりだったと聞いたけど。ただ、あそこはけっこう危険な場所でね、カレタ・デ・カンポスというところは。でも、ドナルドの隠れ家のひとつだった。もちろん、一緒に行って一緒に錨《いかり》をおろすこともたまにはあったけど、行くのはたいてい冬だった。湾も悪くないし、ビーチのバーも悪くない。

船を沖に出して泳ぐこともできる」

「だったら去年の七月、彼はどうやってそこに行ったんだね?」

「あそこに行く船を見つけて、ヒッチハイクしたんだよ。一年のこの時期はパーティシーズンだからね。で、しこたま飲んで船から海に飛び込む――まあ、ああいう事故は往々にして起こるものだ」

「なんだか馬鹿げて聞こえるが」

若い女が私を冷ややかに疑わしげに値踏みしていた。その娘には一目で正体を見破られてしまったような気がした。娘は古い井戸の底に沈んだコインのような、濃いグリーンの眼をしていた。

「車で来たのか?」とブラックが陽気に訊いてきた。

「ここらを車で移動するのも悪くない。私もそのうち試そうと思ってる。ただ、夜になると、けっこう荒っぽくなったりする。九時以降は近づかないほうがいいような通りもあるそうだ」

「ほう?」

「誘拐だよ。人生にはそんなふうに感心できないこともあるもんだ。私ならドライヴは昼間だけにしておくね」

「夕方だって駄目よ」と女がやっと口を開いた。

彼女の名前はエルヴィラといった。訛りからすると、アメリカ人のようだった。

「私はまず最初」と私は言った。「ドナルドは今あんたが言ったように誘拐されたんじゃないかと思った。そう、正直なところ、それがまず心に浮かんだことだった。あっちには敵も少なくないだろうから、身代金めあての誘拐にあったんじゃないかとね。実際、そうであったとしても驚かなかっただろう。でも、ほんとうに残念なことだ。あんなに愛すべき人物だったのに。ちがうかな、エルヴィラ?」

「ただの道楽者よ。事実とはちゃんと向き合わないと」

ブラックは笑い声をあげた。

「道楽者というのはわれわれが死んでも冷淡なものだろうな。もっとも、そういうことを言えば、冷淡なのはわれわれが生きていても同じことだが。いずれにしろ、彼が道楽者だったのは事実だ。私も昔はそうだった。ミスター・マーロウ、あんたはどうだった？」

「同じようなものだね」

「ということは、同じ穴の狢《むじな》が同じ穴の狢を裁いても意味はないか。しかし、道楽者であること自体は別に悪いことじゃない。少なくとも、彼はそのせいで死んだわけじゃない」

いや、と私は思った。それはまだ答の出ていない疑問だ。

「不幸なことに、マーロウ、このあたりじゃ、年寄りの白人が毎年何人も死んでいる。それはもう毎年の収穫みたいなものだ。しかし、彼らがここに来る理由を考えてみれば、驚くにあたらない。みんなスリルを求めにやってきて、それを見つけてるわけだから。私に言えるのはそれだけだ」

「気が滅入るね」と私は嘘をついた。

「でも、そういうことだよ。彼らが心の底では何を望んでいるのか考えてみればいい。誰しもどこかで死ななきゃならない。だったらどうしてここじゃいけない？　いろいろな観点から言って、ここは死ぬにはもってこいのようなところだよ」

「確かにここより美しいところはほかには思いつけない。もしかしたら、イタリアのカプリ島あたりがそうかもしれないが、でも、あんな物価の高いところなんてな」

ブラックはグラスを掲げ、ジンに献杯した。

「ドナルドに。あの世でも道楽ができていますように」

執事が一口サイズのトルタサンドウィッチを持ってきた。私はビーチでの〝アメリカン・ワールド〟について尋ねた。がっしりとした肩をジャケットで包んで葉巻を吸っている男たちや、カジキ釣りの男たちや、手に負えない南国で警察に追われているヒモたちの世界について。

「人は変われど、相も変わらずだよ」とブラックは言った。「人は誰しもこの世の何かを必要としてる。人はみんなそういうものが手にはいらないところからやってくる。私も分単位で金がもらえてもアメリカに住もうとは思わない。あっちの病院で死ぬなんて考えられない。官能《センスアリダード》の夜を金で買おうなんて思うか？ ある一点を超えると、怒れる青年でいることにも飽きてくる。五時間の睡眠とたえまない雑音にも。そうなると、人は国境の南をめざしたくなる。一方、同じ国境を反対側から駆け込んでくる連中も何千といる。そういう連中を見ると、人間の性《さが》というものを思い出させられて、それもなんだかなあ、という気にもなるが、それでもだ。人間、世界とは折り合いをつけなきゃならない。でもって、死に場所は自分で見つけることだ。それと同時に、ちょっとだけ自分の限界に挑んで《プッシュ・ジ・エンヴェロープ》いれば、それでいいんだよ」

「それはどうかな——どれほど封筒《エンヴェロープ》を押《プッシュ》しても動かないこともある」

「それでもだよ」と彼は応じて、声音を変えて続けた。「いずれにしろ、あんたはわれわれの共通の友にご執心のようだが、あんた、ほんとうに通りすがりなのかい？」

「まあ、だいたいのところは」

私は腕時計に眼をやり——なんとも古典的な仕種ながら——もはや儀式と言ってもよさそうなため息をついた。そろそろ行かなきゃ。体をもぞもぞさせると、私に手を貸そうと執事が飛んできた。ブラックが手を振って、少し待つように指示し、おだやかな声で言った。

「われわれもこれから南にくだる。クルーザーでマンサニージョに行くんだ。なんなら歓迎するが。途中、カレタ・デ・カンポスに寄るよ——どうだい？」

その招待にはどこかしら脅迫めいたところがあった。とても小さくて可愛《かわい》い手袋の中で握られた拳《こぶし》のように。

「それはどうも。でも、クルーザーはどうも好きじゃなくてね——閉所恐怖症のようになってしまうんだよ」

「そういうことならしかたがないな。サム、ミスター・マーロウがタラップを渡るのを手伝ってあげてくれ。その杖が逆に邪魔になりそうだ」

私は昔ながらの一礼をして、そこで自分の顔一面に汗が噴き出していることに気づいた。その汗は桟橋の病んだような黄色い明かりを受けて光っているにちがいない。そのことにも気づかざるをえなかった。

「あんた、震えてるじゃないか」と執事が私をタラップのほうに案内するのを見送りながらブラックが言った。「サムのつくったカンパリソーダが濃かったのは認めるけど、それでも——」

「大丈夫？」と女の声がした。

「大丈夫」と私は答え、そのあと「それではまた《アスタ・ラ・ブエルタ》」とスペイン語でつけ加えた。

そして、まるでケープをさっとまとい、くたびれた義足をつけ直すみたいに杖を取り上げた。クルーザーを降りるだけで、ちょっとした見物《みもの》になった。

さきに船を降りて桟橋に立っていた執事が心配げに私を見ながら訊いてきた。

「ホテルへの帰り道はわかりますか？」

その質問の陰には奇妙に暗号化された警告がひそんでいた——とっとと消えてもう二度と来るな。私はむしろその警告に感謝した。彼は車のところまでエスコートしてくれた。

「ちょっと変わってるね、あんたのボスは」と私は歩きながら言った。「彼は朝食にサソリでも食べてるんだろうか？　いや、なに、ただの好奇心だ」

「クロワッサンを召し上がられます」

「それは驚いた。でも、ほんとうに明日マンサニージョに行く予定なのかい？」

「いいえ」

「なるほど。いずれにしろ、みなさんによろしく」

「あなたも道中お気をつけて」

結局、私はコンチャス・チナスにもう一泊し、昼のあいだ街でドナルド・ジンのことを訊いてまわった。が、結局のところ、ジンは〝誰でもない男〟だった。暗くなると、バルコニーで酒を飲みながら、ターザンの子供版みたいに少年たちが崖から海に飛び込むのを眺めた。そして、彼らは私が一九五八年に初めてここに来たときに出会った男たちの孫の世代にあたることを今さらながら思った。時間というのは残酷なものだ。より悪くなったのはこの私だ。塩入れに手を伸ばして震えるのはほかでもないこの私の手だ。ブラックの言ったことは正しいのかもしれない。南国というのはすべての蠅《はえ》を吸い込み、蜜の中に溺れさせてしまう蜂蜜入れなのかもしれない。その意味ではジンも私もさほど変わらないのかもしれない。何かから逃げていて、忘れる値打ちしかない過去を持つ哀れな虫けらであるところは。ジンのほうは自ら出口を見つけて、若い妻に充分なものを遺した。考えてみれば、それは不名誉なこととはとても言えまい。

6

正午、クトランの市場《いちば》で水を買うのに車を停めた。市《いち》が立っているその通りは、道端にカエンカズラとアメリディゴの花が咲いており、軽くショックを受けるほどの色に染まっていた。海沿いの町なので、そよ風にも塩気があった。ライムホワイト色の家々のまえの縁石に沿って、アステカ族を思わせる顔だちの女たちが、刻んで半焼きにしたココナツを詰めたゴルディータや、カエンカズラの真っ赤な花びらを詰めたバスケットを売っていた。すでにプエルト・バヤルタとは異なる地に来ていた。いくらか当惑させられながらも、同時に元気を与えられたような気分にもなって、道に敷かれた丸石についた杖が音をたてるたび、思いがあちこちに飛んだ。聖なるコリマの火山が近くに見え、通りで交わされる人々のことばもナワトル語に変わっていた。火山の影の中にはいったということだ。ココナツ林が別世界のような涼しい木陰をつくり、その林の中を小川が何本か海へと流れ込んでいた。

林の中をさらに進むと、道路は曲がりくねり、起伏を何度も繰り返した。そんな道で少なくとも一度は車を停めた。タランチュラが眼のまえを横切ったのだ。老婦人が道路を渡るのを待つように私は待った。山が波の砕け散る海へなだれ込んでいた。海岸には流木が何本も打ち上げられ、浜辺までの斜面では不気味なシェービングブラシツリーの花が咲き乱れていた。

陽が天頂に昇ったところで、カレタ・デ・カンポスの村が見えてきた。無視されることによってのみつくられる美をたたえて、荒涼たる丘に横たわっていた。何本かの未舗装路がふたつの湾をつなぎ、それらが交わるところに、すぐに眠くなるような村が築かれ、その中に〝ロス・アルコス〟という小さなホテルが建っていた。海へと延びる斜面に建てられた家々は大方が廃屋《はいおく》のように見えた。ホテルの裏手に村の広場と酒場《カンティーナ》があり、その向こうに延びる道路と山々がサボテンとともに光って見えた。多くて数百人、もしかしたら数十人程度の集落で、ネオンのような白昼の強い陽射しのもと、どっちを向いても人影はなかった。

ホテルのそばの木陰に車を停めてロビーにはいった。扇風機が空気を掻き混ぜ、フロント係の若い女は前腕に顔を埋《うず》めて寝ていた。どうやって起こせばいいのかすぐには思いつかず、とりあえず空咳をしてみた。若い女はもぞもぞと体を動かし、片眼を開けて悪びれることもなく言った。「こんにちは《ブエナス》」

私は海が見える部屋は空いているかどうか尋ねた。

「ないです《ノ・アイ》」

「わかった。だったら海の見えない部屋でいい」

鍵を渡され、部屋まではひとりで行った。中にはいり、鎧戸を開けた。海がきれいに望めた。ロビーに戻ると、若い女はまた寝ていた。

ホテルのまえの未舗装路が廃墟となった村々とメインビーチに通じていた。その道を歩いた。すぐに防潮堤が見えてきた。その端から端まで全面に白いペンキで〝コロナ・ビール《セルベサ・コロナ》〟と書かれていた。メインビーチの左側は弧を描いて岬のほうに延びており、岬にはさらに廃屋のように見える家々が並んでいた。そこに行くまでの浜辺にハンモック付きの東屋がいくつか建っていた。湾は防潮堤で保護され、波はおだやかだった。砂の斜面を降りて靴を脱ぐと、水ぎわに沿って歩いた。浜全体がまるで魔法でもかけられて眠っているかのようだった。丈のないサボテンが密生する中、岬の突端まで道が一本延びていた。ドナルド・ジンはここで最期を迎えた。ここ何年ものあいだにドナルドは東屋で何度も深夜のパーティを開いたことだろう。東屋のあるところまで戻り、ハンモックをひとつ選んだ。注文を取りにくるような者もいなかった。三十分かけて、防潮堤の上を端まで歩いた。防潮堤の海側で老人がただひとり釣りをしていた。私がそこまで来るのをずっと見ていたはずだった。

　私は麦藁帽だけを日除けに防潮堤に坐り、老人とふたりで海を眺めた。そして、だいぶ経ってから、どうして今日は一艇のクルーザーも海に出ていないのか老人に尋ねた。

「連中は来ちゃいなくなるからな」

「つまり、今週はアメリカ人は来なかったってことかね？」

「連中は来ちゃいなくなるからな」

　そこまで来ると、岬の突端の防潮堤に三人の兵士が武器を脇に置いて坐っているのが見えた。カレタ・デ・カンポスのすぐそばを通る道には麻薬の密輸を取り締まる検問所がある。毎日ここで釣りをしているとすれば、この老人は毎日ここで起きることを見ているかもしれない。私は老人と友達になることに決めた。煙草を一本吸い合うあいだに彼の名前もわかった。ネストル。海の老人には持ってこいの名だ（〝ネストル〟には〝賢明な老人〟の意もある）。

　しばらくのち、ネストルは竿を置くことも私のほうを振り向くこともなく言った。「誰か捜してるのか？」

「そう見えるかね？」

「ああ、そう見えるな、旦那」

「それは残念」

「あんた、スペイン語がうまいな」

「実は、私は一流の物真似師なんだ」

　陽射しが暑すぎて、心をちゃんと落ち着かせておくことができなくなった。海風もなんの役にも立ってくれなかった。私は東屋に戻る時間を一分遅らせ、誰を捜していると思ったのかネストルに尋ねた。すると、彼はさも可笑しそうにくっくっと咽喉を鳴らして笑った。何が可笑しかったのか。

「この夏ここで溺れた人間がいた」と私は言った。「覚えてるかい？」

彼は毎年ひとりは溺れ、時にはそれがふたりになることもあると言った。

「今年溺れたのはアメリカ人だった――そのアメリカ人のことは覚えてないかな？」

「年配の男かな？」

「そうだ」

「覚えてるよ。毎年来てたからな。よく湾を横切って泳いでた」

「なかなかの泳ぎ手だったんだ」

「歳のわりには」

だったら溺れたというのは変ではないか。私はそう言ってみた。

「夜だったからな」とネストルは言った。「そんな夜中になんで泳ぐ気になったのか。それは誰にもわからんがな。なんかでハイになってたのかもしれんな」

「ここじゃ誰でもハイになるのかい？」

「アメリカ人はな。ここじゃマリファナはいくらでも買えるからな」

彼のしゃべり方はどこかもったりとしていたが、ほんとうのことを話しているのがわかった。いわば真実のきらめきがあった。それはどれほど賢い人間でもごまかしの利かないものだ。

その日の午後はヤシの葉を屋根に葺いた東屋で、まわりで起きていることのパターンを観察して過ごした。メスカル酒を携え、釣りをしに防潮堤にやってきて一日じゅうそこに居坐っている老人たち。バケツを持って、カニを探して河口の水に足を浸す少年たち。五時になると、ラジオの音が聞こえだし、ブリキのボウルにソパ・デ・マリスコス（魚介類のスープ）を売る店が開店した。その店の陽気な女店主たちは夕陽を愉しむために未舗装路をやってくる。今ここですべきはそうしたここの日常に溶け込み、いっときこの場になじんだ顔をしてみせ、飲みものを盛大に注文することだ。どうせ〈パシフィック相互保険〉の金だ。だからここで数日無為に過ごし、そのあとグリンゴの地に戻り、新たなことは何もわからなかったという報告をするのも悪くない。しかし、いずれ地元の警察には行かなければならない。行って、話を聞かなければならない。警察から聞けるのはたぶんつくり話で、たぶん真実ではないだろう。それでも、どのみち聞かなければならない。

その日は土曜日で、夜になると広場でフィエスタが開かれた。ロス・アルコス・ホテルに戻った頃には、マリアッチが盛大に奏でられ、広場には人々が大勢繰り出していた。カウボーイハットに先のとがったブーツという恰好をしてガールフレンドとダンスを踊る伊達《だ て》男たちを見に、私はひとりで広場に行ってみた。広場のスピーカーは私の背より高いところに設置されていて、その音が村全体を揺さぶっていた。脚がなんとか私を支えてくれたら私も踊りたかったが、私にできるのはただ見ることだけだった。山の中の小さな村にいて、自分には踊れないダンスを人が広場で踊っているのを眺めるほど淋しいこともない。メスカル酒に少しばかり熱くなった男たちが撃つ銃声が聞こえたような気がしたが、危険な感じはしなかった。むしろ慰められた。ビールベースのカクテル、ミチェラーダを出すバーがあり、そこでそれを一杯飲んだ。太陽が溶けだし、黒い山の稜線が不気味に見えだした。やがて広場のまわりに張られたワイヤに吊るされた角灯《ランタン》とかんしゃく玉の閃光に対抗できる自然の明かりは、月に照らされた海のきらめきだけになった。道を少し歩いたところで何人かの警官《フェデラーレ》を見つけ、身分証明書を見せて、できれば七ヵ月まえに溺死したアメリカ人について訊きたいことがあるのだが、と持ちかけた。彼らは驚くほど丁重で協力的だった。

で、海沿いの町、ラサロ・カルデナスにある警察署に彼らがこのあと連絡し、誰かを寄こしてくれることになった。その誰かが応対してくれることに。翌朝、その誰かがわざわざやってきてくれることに。あんたがそういうことを望むなら。私はそういうことを望むと答えた。溺死体はどんなものもラサロ・カルデナスの遺体安置所に送られ、さまざまな処理がそこでおこなわれるということだった。警官たちは態度もおだやかで親切だった。もしかしたら、それにはお祭り気分とその夜の道路の静けさが影響していたのかもしれない。彼らはカレタ・デ・カンポス滞在中、私の身辺に眼を配っていると請け合ってもくれた。その夜、祭りの騒がしさが収まると、崖の上から海鳥のけたたましい鳴き声、それに東屋から音楽が聞こえてきた。ホテルの部屋の窓辺に坐っていると、どこからか女たちの大きな声も聞こえた。それは喜びと無秩序と人体に染み込んだアルコールの声だった。そんな中、明かりを煌々《こうこう》とともした大きなクルーザーが湾の真ん中に現われた。音もなく、いかなる先触れもなく。

7

また繰り出すには疲れすぎ、その夜は早寝をして、翌朝早起きをした。ホテルのポーチでカフェ・デ・オジャ（シナモンと黒糖を効かせたコーヒー）を飲んでいると、昨日の警官たちが呼んでくれた刑事が歩いてやってきた。私服で、上品で涼しそうな白いオープンシャツを着ていた。オメロス・ネルボスという名の五十代のラサロ・カルデナスの刑事だった。すべすべした頬、それにほのかな香り（何年もまえから知っているのに名前がわからないぴりっとした香り）。刑事が一日の仕事を始めるのにふさわしいおとなしいアリゲーター革の靴。そのままポーチにあがってくると、あんたが刑事と話をしたがっているミスター・マーロウかと訊いてきた。私は何か食べないかと勧めた。彼は英語を話し、私がスペイン語を話すのと同じくらいうまかったので、われわれはとりあえず英語で話した。

「いや、けっこうだ。でも、コーヒーはもらおうかな」

そう言って、私のテーブルについた。われわれはすばらしい朝の日陰に一緒に仲よく坐って、気持ちのいい海風に吹かれた。

その日は空に雲があった。

「ずいぶんと遠くから来たんだね」と彼のほうから切り出した。

私はすべて彼に説明した。細部だけ少しばかり差し替えて。正直に勝る策はない。

「なるほど」と彼は言った。

「すでにわかっていることの確認。言うなればそういうことだね。ジンはここの湾で溺死したと死亡証明書に書かれていることを確認したいんだ」

「そのとおりジンはここで溺死した。検死はラサロでおこなわれた」

彼の眼は落ち着いていて、掘り返したばかりの土のような色をしていた。

「でも、どういう状況だったんだね？」

「見るかぎり、湾に停泊してたクルーザーから飛び込んだんだね。たぶん真夜中に。だけど、遺体は早朝まで発見されなかった。浜に打ち上げられたんだよ」

私はジンの服装について尋ねた。ネルボスはその問いににやりとした。死んだときジンは何を着ていたか。そのことはよく覚えていると言わんばかりに。

「よく訊いてくれたよ。よく覚えてる。ショートパンツに麻のシャツだ。夜中にクルーザーから落ちて溺れたんじゃないかね。けっこう飲んでいた――血液中からかなりのアルコールが検出されたんだよ」

「だったらどうしてみんな水泳中に溺死したなんて言うんだろう？」

「みんなというと？」

そう言われて考えてみると、それはただの仮定にすぎないことに遅まきながら私は気づいた。

ということは、泳いでいたわけではなかったのか。

「アルコールの血中濃度はどれぐらいだったんだね？」

「気絶してもおかしくないほどの量だった。こういう場合、クルーザーに乗っていたほかの人間の話も聞くものだが、われわれが来たときにはもうクルーザーはここにはなかった。夜のうちにどこかに行ってしまってた」

今のことばは百パーセント真実とは思えなかった。彼の笑みはそう言ったあともしばらく顔にへばりついていた。が、そのうち消えた。仮面を顔につけるには技術がいる。ネルボスはその術《じゅつ》が完璧になるまで、長いこと鍛錬して身につけていた。私はそのクルーザーはなんという名だったのか尋ねた。すると、誰も知らなかった、または覚えていなかったという答が返ってきた。メキシコの旗を掲げていたのはまちがいないが、乗っていた人間については誰も何も知らなかった。私はさらに尋ねた——乗っていた人間は船を降りて、浜辺で夕食をとったりはしなかったのか？　そういうことはなかったと東屋のオーナーは言っている。それがネルボスの答だった。

彼はさらに続けて言った。「だけど、誰も知らない船がここに来るのはよくあることでね。珍しいことじゃない」

「翌朝、そのクルーザーの足取りを追うことはできなかった。そういうことかな？」

疲れさせるしつこい外国人。ネルボスは私のことを内心そう思いはじめていることだろう。話を少しだけ進めて彼は言った。

「もちろん調べはしたが、何もわからなかった。わかると思うが」そう言って、彼は道路のほうを手で示した。「われわれはほかのことでけっこう忙しくしてるんでね。そう、何もわからなかった。だから、事故当時誰がそのクルーザーに乗っていたのかも、誰のクルーザーなのかも今もってわからない」

「しかし、セニョール・ジンの知り合いにはちがいない」

「だろうね。しかし、今となってはもう遅い。どういう連中だったのか。特定するのはもう無理だね。ただ、これは私の憶測だが——そう、どういう連中だったのか、地元の人間には知っている者もいるかもしれない。でも、われわれには何も話しちゃくれないだろう。あの手の連中のことを恐れているから。地元の人間はセニョール・ジンのことはよく知っていた。だけど、彼がつきあっていた連中とはあまり関わりになろうとは思っていなかった」

「そういうことなんじゃないかと私も思ったよ。セニョール・ジンは麻薬取引きに関わっていたと思うかね？」

「いや、そういうことはなかったんじゃないかな。断言はできないけれど。道楽者の爺さんが船から落ちて溺れ死んだ。船の持ち主は怖くなって逃げだした。まあ、客観的に見ればそういうことなんじゃないかな」

「事故現場から逃げるというのはわからないでもない。しかし、となると、そいつらはジンの友達なんかじゃなかったんじゃないだろうか？」

「そうだね」

そう言って、彼はそのおだやかな眼を私に向けた。大きな隔たりを感じさせる眼だった。一分ごとにわれわれは正反対の方向に向かって歩いているような気がした。

「もうひとつ言わせてもらうと」と私は続けた。「この当局がすぐに遺体を火葬してしまったというのはなんとも奇妙なことじゃないかね？　遺体の処理法についてはジンの奥さんには問い合わせなかったのかね？」

「誰が問い合わせなかったなんて言った？　もちろん問い合わせたよ。ラサロでの火葬は奥さんが望んだことだ。アメリカに遺体を移送するには莫大な費用がかかるからね。必要書類は遺体の身元確認ができた段階ですべて大使館に送ったよ」

それは奇妙なことだった。が、私は何も言わなかった——まばたきもしなかった。

「ジンの奥さんはそれでよかったんだね？　遺体の身元確認のためにこっちに来ることもなかった？」

「なんだかあんたは誤解してるみたいだな。来なかったとは誰も言ってないよ。実際、来て、遺体安置所で身元の確認をした。いろんな手続きをしたのはそれからだ」

「奥さんはさぞ動揺してただろうね」

「ああ、想像するまでもない。奥さんもあんたと同じホテルに泊まってた。知ってたかい？」

「本人からはそんな話は聞かなかったな」

「そうか、あんたは奥さんにもう会ってるんだ。すごい美人だよね」

さきほど感じられた隔たりがいきなり彼の眼から消えた。

「それにはイエスと答えざるをえないけれど、ドナルド・ジンにはちょっときれいすぎないかな。ああいう女房を持つのは危険なことだよ」

「私も会ってそう思った。そういう結婚についてはわれわれはもう知りすぎるほど知っているからね。彼はかなり高額の生命保険にはいっていたそうだし。もちろん、それは目新しいことでもなんでもないよ。こういうことには今も昔もないからね」

「ああ、ネルボス、そのとおりだ」

ドロレスが泊まったのはどの部屋だろう？　ネルボスの話では、夫が亡くなった場所のそばに泊まりたがったということだが、もっとほかに具体的な理由があったのだろうか。

「奥さんはどれくらいこっちに滞在したんだね？」と私は尋ねた。

彼は脚を伸ばし、テーブルに置かれたチュロスを差したガラス瓶を調べに舞い降りてきたフウキンチョウ一行に眼をやった。私はふと思った――ネルボスはハチドリの神であるウィツィロポチトリのことを知っているだろうか、と。アステカ族の戦士はいかに小鳥に生まれ変わるのか。彼はどこか警戒するようにフウキンチョウを見ていた。フウキンチョウというのは、朝食のテーブルを荒らしにくる動物の中では最も無害な進化を遂げた生きものなのに。いずれにしろ、ドロレスはこっちに一週間滞在して、書類が整えられるのを待った。そしてその間、憂鬱《ゆううつ》な上品さの鑑《かがみ》のようになって過ごした。そのあと必要書類にサインすると、火葬を承認した。遺体とともに見つかった身分証は持ち帰った――つまり、ジンは泳ごうとしたときにもそんなものを身につけていたということだ。そもそもそういうものを身につけていたから、警察にはジンだとすぐにわかったわけだ。

「身分証が遺体と一緒に見つかった？」

そう訊きながら、浮かべた私の笑みが厚かましすぎたのだろう。一瞬ではあったが、彼は気分を害したような顔をすると、そのあと間延びした調子で言った。

「ああ、そうとも。なんとも都合のいいことにな。だけど、実際そうだったんだよ。水に飛び込むときには何を持てばいいのか。それを決めるのは私じゃない」

遺体安置所の情景が眼に浮かんだ。溺死した夫のそばに立ち、遺体の身元について訊かれる質問に、努めて冷静に実務的にイエスと答えるドロレス。しかし、それ以外の質問はさしてなかったのではないか。休暇中にしろ仕事中にしろ、老いた白人の死など取り立てて騒がなければならないことでもなんでもない。

そのあとは？　彼女は遺灰とともにひとり、カリフォルニアに帰った。

「いずれにしろ、奥さんのことは気の毒に思ったよ」とネルボスは言った。「私がグアダラハラの空港まで車で送ったんだけれど、その間、奥さんはほとんどしゃべらなかった。書類仕事には少し時間がかかったわけだけど、そのことについての文句もひとこともなかった。こっちが気まずくなるような質問は一度もしてこなかった。それにはむしろ驚いたほどだ。で、思ったんだ。それもこれも相当なショックのせいだろうって」

「そりゃ大変な試練だったろうよ」

ネルボスは私を見た。最初私は、彼が私のそのことばに同意したのだろうと思った。が、そのあとふと思った。もしかしたらネルボスは私を小馬鹿にしているのではないか。口にこそ出さないものの、どこかしら蔑《さげす》みめいた思いが彼の整った口元にこっそり隠れてはいまいか。

「まあ」と彼は言った。「これであんたの仕事も片づいたんじゃないか？　あとはビーチで休暇を愉しんだらどうだね？　そういうことをするのに、ここよりいいところはどこにもないね。ただ、沖では泳がないように。サメがうろついてるそうだ。イタチザメが」──「身を置く場所は陸《おか》だけにしておくよ。いつものように」

彼はそこで両膝を叩いた。フウキンチョウが一斉に飛び立った。

「あんたの仕事はいい仕事だよな」と彼は明るく言った。「羨ましいよ。私も退職したらあんたと同じ仕事をするかもな。ビーチに坐ってるだけで金がもらえるんだから」

「言ってみりゃ詐欺《さぎ》みたいなもんだ。わざわざ来てくれてありがとう。何かまた訊きたいことが出てきたら──」

「電話してくれ。もう何も出てこないと思うけど。今度の件もまたこの数年われわれが扱ってきたありふれた事故のひとつだよ。ただ、カレタ・デ・カンポスの人たちには同情するがね。風評被害をこうむってるみたいだから。セニョール・ジンの件以来、ちょっとひっそりしちまってる」

どこからともなく現われて、どこへともなく消えていく人間というのがいる。ネルボスはそういうひとりだった。彼の嘘のきらめきも悪くはなかった。聞いていて不快にはならなかった。それでも、その嘘の下には、私のような男を相手に彼が明かすわけがない知識と疑念が隠されていた。その結果、われわれは互いに考案した暗号を互いに読まざるをえなくなった。私としてはそれは残念なことだった──残念に思わない人間がどこにいる？　もっとも、私もそう多くを期待していたわけではなかったが。ここでの主役はやはりドロレスだろう。役を演じきって、人生を決するに充分な金を手にしたのは彼女なのだから。

8

まだ朝の九時にもなっていなかった。その日一日をまえにして、私は釣りをしているネストル老にまた会えるかもしれないと思い、防潮堤沿いを歩き、東屋がいくつか建っているところまで散歩することにした。彼はいた。われわれの眼のまえの湾の中央に、アメリカ国旗を掲げたブロウワード社製の大きなクルーザーが停泊しており、その船のデッキから海面を渡ってわれわれのところまでかすかに音楽が聞こえていた。デッキではバイザーをつけた白人の女がふたり日光浴をしていた。ネストルは脇に餌のバケツを置いて、昨日とまったく同じ場所に坐っており、私がそばに腰をおろすと訊いてきた。ゆうべはよく眠れたか、それとも眠れなかったか。

「朝まで起きてたよ。『リトル・ラビット・フー・フー』（いたずらウサギを歌った古い童謡）の歌詞が思い出せなくて」

それはどんな家にもいる幽霊のせいだ、とネストルは言った。彼自身よく眠れなかった、ほかのみんなと同様。何人ものディーラーが処刑された――と彼は言った――今は廃墟になっている岬で、丘を這っている淋しい小径で。ほかのディーラーか、お巡り《フェデラーレ》に撃ち殺されたんだ。フェデラーレも人が見てなきゃ遠慮会釈《えしゃく》なく人を撃ち殺すもんだ。そうした死体は廃屋の地下室で、あるいは陽に照らされて長い草が生えている原っぱで見つかった。そういう場所は蝶々《ちょうちょう》が教えてくれる、なんて言うやつもいるけど。いずれにしろ、このあたりには死のにおいが蔓延《まんえん》していて、だぼらや怯《おび》えや噂がクモの巣みたいに張りめぐらされてる。賢いやつは黙ってるが。でもって、このクモの巣の中に突入するには、こっそり誰かにチップ《プロピーナ》を渡さなきゃならない……

私はセニョール・ジンのことが話題の中心になるまでネストルの与太話につきあった。それから声をひそめ——彼がすでに知っていることを私のほうから仄《ほの》めかすような口調で——セニョール・ジンは果たして溺死したのか、それとも死因は溺死ではないのか、それを突き止めるためにやってきたことを明かした。つまるところ、と私は言った。フェデラーレは現場に最初に来た者たちではない。あんたは毎日早朝ここに来ているのかどうか——夜が明ける頃からここにいるのかどうか。

そう言って、財布から高額紙幣を一枚取り出し、手のひらの中に丸めて、今ここで自分が何をしようとしているのか明らかにした。ネストルは防潮堤を見やり、続いて浜辺にも眼を向けて、誰もいないことを確かめると、眼だけで同意を示して言った。

「これ以上おれには近づかんでくれ。大声を出さず、そっぽを向いて話してくれ」

私は彼の言うとおりにした。

「その日、あんたはここにいたのか？」

「来たのは六時頃だな。死体がまだあった。だけど、ほかにもひとりいた。男だった。それはまちがいない。よくここで釣りをしてる男だ。だけど、この辺のやつじゃない。もっと内陸に住んでるやつだ。死体をひっくり返して、ポケットを漁《あさ》ってた。で、どこかへ行っちまった。あれ以来、見かけてない」

「どうして？」

「知らんよ。自分で捜して本人に訊くんだな」

私は手を伸ばして、彼の手に札を握らせ、彼の顔つきが変わるのを見守った。なんでもその男はパックアロの手前、ヌエバ・イタリアという小さな町に住んでいるということだった。みんなからは〝ルビオ・ペス〟（〝ブロンドの魚〟の意）と呼ばれていたが、もちろんそれが本名とは思えない。いずれにしろ、家はそのヌエバ・

イタリアにあり、魚が釣れなくなると、何ヵ月も姿を消すことがあるらしい。誰も彼のことはよく知らない。が、ヌエバ・イタリアまで行って訊いてまわれば、見つけられるだろう。本人にはネストルに言われて来たと言ってくれてかまわない。チップをたっぷり弾《はず》めば、何を見つけたのか、どうして隠れているのか、教えてくれるかもしれない。ただ、近づくときには気をつけたほうがいい。彼はあんたが何者なのか知らないわけだから、過剰反応するかもしれない。砂漠のど真ん中の小さな町だから、あんたを助けてくれる人がいるとは思えない。

「だけど、ルビオを見つけることがそんなに大事かい」と彼は最後に言った。

「彼がセニョール・ジンの遺体の発見者ということなら」

「それはまちがいないな」

私は瑪瑙《めのう》色の湾に浮かぶ白鳥のようなクルーザーを見て、誰の船かネストルに尋ねた。ネストルは肩をすくめて言った。

「初めて見る船だな。ロスアンジェルスから来たアメリカの船だって聞いたがな。映画関係者とかな」

「彼らは岸辺で泳いだりはもうしたのかな?」

ネストルからはなんの答も返ってこなかった――ヤンキーなど彼の眼中にはないのだろう。湾から聞こえる音楽も彼の心にまでは届いていないのだろう。結局、一時間近く彼と過ごしたが、そのあと彼はひとことも発さなかった。言いたいことを言ったらもうそれ以上話す必要はない。そういうことなのだろう。

ヌエバ・イタリアは半砂漠を内陸に数マイル行ったところにあった。静まり返ったところで、昼日中、〈ウェスタン・ユニオン〉の出張所〈カセタ・テレフォニカ・ルナ〉の中にはいるまで、私の足音しか聞こえなかった。私はそこで職員にルビオ・ペスのことを尋ねた。すると、週に一度金を受け取りにやってくると教えられた。私は探偵業のやり方をまだ忘れてはいなかった。応対してくれた女性は彼の住んでいるところまで知っていた。町の北にある〝プレサ・デ・インフィエルニージョ〟というところだった。私は十ドル紙幣と取り替えた手書きの小さな地図を手に、陽の照りつける外に出た。まわりをツバメが飛んでいた。自由の世界をどこまでも自由に飛びまわっていた。その羽音が過ぎると、あとはまた大いなる砂漠の静寂が戻った。

北に向かう道路の両脇に平地が広がり、ぽつぽつと生えるベンケイチュウにクロムクドリモドキの群れがとまっていた。手書きの地図には、幹線道路に直角に交わっている一本の脇道にしるしがつけられていた。その脇道を五マイルほど走った。

そこには彼の家のほかには小屋一軒建っていなかった。ただ彼の家だけがカオジロガンの糞だらけの絶壁の上に、フジツボみたいに必死にしがみついていた。カオジロガンと一緒に。カオジロガンはそこのただひとりの住人の死を待っているのかもしれない。私はそんな彼の家の手前百ヤードほどのところに車を停め、刀を仕込んだ仕込み杖を後部座席から取り出した。彼の家に向かって坂をのぼりはじめると、風が吹き、目くらましの砂を舞い上げた。木とアルミとブルーのプラスティックでできた家だった。私はルビオの名を呼び、ネストルに教えてもらってやってきたとスペイン語で言った。返事はなかった。が、玄関のドアはだらしなく開いていた。ベンケイチュウが何本か群生している遠くで何かが動いたのが見えた。巨大なサボテン林の中に誰かが立って私を見ていた。ルビオにちがいない。私は踵《きびす》を返し、坂をくだった。彼の名を呼びながら。

それとほぼ同時に、銃声がして、私の右肩のすぐ上の空気が震えた。私は反射的に腰を屈めた。それでも努めて冷静を保った。過剰反応はしたくなかった。会うまえから反目することはない。私はまた呼ばわった。

「あんたの家で会いたい」

そう言ってまた振り返り、自らを標的にして、改めて彼の家に向かった。家に着いたときには、ルビオは私のすぐうしろまで来ていた。私よりさらに年長の男で、白い無精ひげを生やし、眼には荒々しい恐怖の色を浮かべていた。ショットガンを持っていたが、ウサギを撃つために外に出たわけではないだろう。慌てふためいて陸にあがった老水夫。彼が人畜無害であることは見るなりわかった。しかし、恐怖に心を満たされた男というのは往々にして人畜無害に見えるものだ。私は彼には柔らかく接し、微笑と私の魅力を振り撒くことに決めて言った。

「射撃はあんまりうまくないんだね」

「いや、おれは絶対はずさない」

彼は私のことをいつかは彼を殺しにくる相手とまちがえたようだった。

「家の中にはいれないかな？」

ルビオはためらった。腰のあたりにショットガンを抱えて私をとくと見た。それでも最後には、太陽の照りつける中から哀れなねぐらに私を案内した。

釣り具とブイと吊るした魚の干物、それにナイフだらけの室内だった。私は自分が何者で、いくら払う用意があるか、その額を伝えた。彼としては、それより私を撃ち殺し、金をすべて巻き上げ、そのあと私の死体を涸れ谷のどこかに埋めたほうが簡単だとでも思ったかもしれないが。

しかし、ルビオは荒っぽい爺さんではなかった。すぐに狂気に頼ろうとはしなかった。

「坐ってくれ」そう言うと、銃をおろし、銃身を上にして壁に立て掛けた。

私は努めてさりげなくふたりのあいだのテーブルに金を置いた。そして、彼がカレタ・デ・カンポスの浜辺で見つけた男と、そのとき男が所持していたものすべてについて知りたいと言った。彼がそのあとここに戻り、今は身を隠していることも知っている。そのことも隠さず話し、それはなんら咎《とが》められることではないとつけ加えた。さらに、私は保険会社の依頼で仕事をしており、私にすべてを話してもそれは法に触れることでもなんでもないとも。

「誰の法だ？」と彼は言った。

まっとうな質問だった。

「まあ、アメリカの法だね」と私は答えた。

「こっちじゃ、そんなもの、なんの意味もない」

「それでも金には意味がある」

金はほぼ千ドルあった。

ルビオはそれを見やり、ようやく心を落ち着かせ、話の出所が自分であることが人に知られるとまずいと言った。あんたに迷惑はかからない、と私は請け合った。

「あんたは漁師なのかい？」

一年のうちけっこう長いこと浜にいる、とだけ彼は答えた。

「ここに来る船はほぼ全部見てるんじゃないのか？船の大半はここに何度も来る船だという話を聞いたが」

「まあ、そうだな」

「みんなヤクを買いにくるのか？」

防潮堤の上に坐っていれば、小さなボートがクルーザーと浜辺とのあいだを行ったり来たりして商売に励んでいるところはよく見られる。アカプルコ・ゴールドが取り持つ金持ちと貧乏人の縁だ。ルビオはそう言った。問題の日の未明、彼はロブスター漁に出るために出航の準備をしており、午前三時にはもう浜にいた。その日は前夜にちょっとした嵐が過ぎたあとだったので、空は澄み、月が皓々《こうこう》と照っていた。

「大きなクルーザーが停泊していて、明かりがともっていた」

「パーティでもやってたのかな?」

「いや、そういうんじゃなかった。だいたい人がいるようにも見えなかった。一時間ぐらい経った頃、波打ちぎわに男が打ち上げられてるのに気づいた。で、見にいった」

「それがセニョール・ジンだった?」

「いや、全然。見たら、水死したグリンゴだった。おれは砂浜にそいつを引き上げた」

ルビオはそういうことの専門家でもなんでもないが、死んで一時間ぐらい経っていると思った。死体はショートパンツに半袖のシャツという恰好で、首には金《きん》の鎖を掛けていた。歳はたぶん六十代、痩せていて、白髪を短く刈り込み、両腕にタトゥーを入れていた。近くの東屋はみな長いこと閉められたままだったので、そのときそこには彼しかいなかった。死体のポケットを漁ったことを彼は認めた。といって、何かを盗もうと思ったわけではない。ただ、死体の身元を知りたかっただけだ。彼の弁に従えば。湾を見て、当然のことながら、船と死体との関連を思った。が、船のデッキに人の姿はなかった。明かりはともっていたが、人の気配はなかった。シャツの胸のポケットを調べると、防水袋の中から身分証とクレジットカードと幾許《いくばく》かの現金が出てきた。どれも濡れていなかった。何か妙だった。それでも、それらのものがそのうち何か価値を持つかもしれないと思った。そんなふうに思うのはまちがったことか、と彼は私に訊いてきた。あんたは機転というものを利かせただけだ、と私は答えてから、私自身、疑問に思って尋ねた。そもそもなんで身分証やクレジットカードがそんなところにあったんだろう? 誰でも思うことだ。彼もこれまでそのことを何度も考えたにちがいない。

「ということは、それは今ここにあるんだね?」と私は言った。

「クレジットカードはないよ。身分証も置いてきた。そんなものを持ってると厄介なことになるからな。だから浜に置いてきた。持ってきたのは現金だけだ――それは認めるよ。まあ、金はあんまり問題にならないと思ったんだ。だって、海の中に消えちまってた可能性だってあるわけだからな」

「ということは、盗んだ現金のためだけにそのあとずっとこっちに隠れてたということになるが」

「いや、それがちがうんだ、セニョール」

風が彼の家の壁を叩く音がいっとき彼の息づかいの音より大きくなった。彼の眼が眼窩《がんか》から飛び出て見えた。いや、それがちがうんだ、と彼は繰り返した。現金以外は盗まなかった。ただ、身分証をよく見てみると、確かにそれはセニョール・ジンの身分証だったが、そこに載っている写真の男は浜辺で死んでいた男とはちがっていた。顔がちがっていた。溺死したのは写真の男とは似ても似つかない顔の男だった。それはもう疑問の余地がなかったので、彼は歩いて警察まで行き、事故を届け出ようと思った。そう思ったのはほんとうだった。ただ、そのまえにしばらく考えた。浜に坐り、どうすべきか考えた。そうしていると、船の明かりがいきなり消えて、外海に向けて動きだした。そして、しばらくすると姿が見えなくなった。彼は立ち上がり、のろのろと道路まで歩いた。しかし、まだ迷っていた。死体を見た者は彼ひとりだけで、彼には心配しなければならないことがあった。現金だ。検問所の兵士に身体検査をされて、持っている二百ドルを見つけられたら、まずいことになるかもしれない。それでも彼は歩いた。あたりはまだ暗かった。検問所には四人の兵士がおり、彼は自分が見つけたものを伝えた。どこで見つけたのか訊かれたのでそれも教えた。兵士と一緒に浜に戻ると、彼らが懐中電灯で照らし、彼らだけでなにやら話しながら死体を検分するあいだ、東屋のそばで待たされた。私は身分証の写真の顔と溺死体の顔が異なることは兵士に話したのかどうか尋ねた。話さなかった、と彼は言った。訊かれるのを待ったと。

兵士たちは彼に訊かなかった。

ただ、無線でどこかに連絡を取った。身体検査をやられたら、ポケットの中の金のことを思った。身体検査をやられたら、窃盗《せっとう》と証拠隠滅で逮捕されてしまう。が、さしあたって彼らは彼がそこにいることさえ忘れてしまっているように見えた。しばらくして兵士のひとりが砂浜に坐っている彼のところまでやってきて、死んだグリンゴを知っているかどうか訊いてきた。さらに死体から何か盗っていないかどうかも。彼は表情ひとつ変えることなく、グリンゴが誰かも知らなければ、何も盗ったりしていないと答えた。

「身体検査をして金が出てきたらしょっぴくぞ。そういうことがわかって言ってるんだな？」

彼はそれでも主張を変えなかった。

私は尋ねた。「盗ったのは金だけなんだね？」

彼はうなずきはしたが、こうも言った。「まあ、ほかにもあったが。大したものじゃない」

シャツのポケットを探っているときに、ショートパンツの尻のポケットに紙切れがはいっているのに気づいた。それは防水袋に入れられていなかったので、海水に濡れていた。

彼はそこで立ち上がると、キッチンまで行ってキャビネットの中からぶ厚い電話帳を持ってきた。テーブルに戻ると、それを開いた。中に小さな紙切れがはさんであった。ＡＴＭの利用明細。ルビオはそれを電話帳にはさんで乾かしていた。だからほぼ判読できた。私はそれを取り上げて眼鏡をかけた。日付は去年の六月、場所はメキシコ南西部のコリマ。さらに、引き出された額と引き出したキャッシュカードの所有者の名前が載っていた。ポール・Ａ・リンダー。文字は薄くなっていたが、充分読み取れた。

私はルビオを見やった。彼の眼にはなけなしのずる賢さのかけらもなくなっていた。

「ポール・A・リンダー？」と私は尋ねた。

「そう書いてあるな」

「これは兵士には見せなかった？」

「ああ。見せないほうがいいと思ったんだ」

「いずれにしろ、そのあとどうなったんだね？」

「兵士たちに道まで連れ戻された」

そこで失せろと言われた。二度と姿を見せるなと。ルビオが死体から金を盗ったことは兵士にも当然わかっていたことだろう。が、そのことを気にしているふうには見えなかった。それより彼を厄介払いしたがっていた。ルビオはバイクを停めてあった道路の反対側のヤシ林のところまで行くと、様子を見守ろうともせずすぐに南に向かった。夜はまだ明けていなかった。

それ以来、あの浜には行っていないということだった。最初に思った以上に自分の沈黙が大切だと思ったのだ。あれからはショットガンに弾丸《たま》を込め、二週間に一度ヌエバ・イタリアの町まで食料と日用品の買い出しに行くだけで、それ以外ここから出ないようにしている……そんなところへ私が現われ、ATMの利用明細と引き換えに千ドル払うなどと申し出てきたわけだ。だから、彼はたぶんこんなふうに思っていることだろう――もしかしたら、とは思ったが、ほんとうにこんなにうまくいくものなのか、と。

「つまり、その日の午前三時、あの浜で死んでいたのはミスター・リンダーということか？」

「かもな」ルビオは肩をすくめた。「まあ、おそらくな」

そうと決まったわけでもないが。

すべてはルビオの思いちがいということもありうる。私は千ドルをどぶに捨てようとしているのかもしれない。

「いずれにしろ、その男はそれまでカレタ・デ・カンポスでは見かけたことのない男だったんだね？」

「両方とも見たことないな」

「ジンとリンダー。両方ともドイツ系の名前だ。それもなんかおかしくはないか？」

「あんたがそう言うなら」

私は千ドルをテーブルに置いたままのろのろとドアを抜けて、まばゆい陽射しと砂埃の中に出た。ルビオは私のあとを追ってもこなければ、別れの挨拶もしなかった。私の気配が遠くに消えるまでじっとしていて、そのあとおもむろに輪ゴムでとめた札束に手を伸ばす彼の姿が眼に浮かんだ。結局のところ、思いがけない授かりものにありついたわけだ。私は車に戻り、場合によっては彼のような人畜無害の爺さんを脅さなければならないと思った自分を恥じた。弾丸《たま》の援護を必要としていたのは私ではなく彼のほうだった。

彼の小屋から一マイルほど離れたところで車を停めて降りた。私がほんとうに立ち去ったかどうか、彼は確かめようとするのではないか。そう思って、彼が小屋から出てきていないかどうか見たかったのだ。出てきていた。私は彼に手を振った。が、彼はまた薄暗い小屋の中に戻っていった。北に延びている細い道に戻り、また車を停めて、地図を見た。これからどうすればいいのか。そのことが自分にはまるでわかっていないことに気づいた。浜辺に戻るか、さらに調査を進めるか。後者であるべきなのはわかりきっていた。カレタ・デ・カンポスでリンダーの身分を盗んだ男がその現場に舞い戻るわけがない。

そいつはできるだけ〝犯行現場〟から遠ざかろうとするだろう。おそらくは内陸をめざすだろう。道路はほかにもあるが、もしかしたらこの道路を通ったかもしれない。草を焼かれた丘に囲まれたこの同じ湖のそばを。その日の午後遅く、私は〈パシフィック相互保険〉の厚意に甘え、パックアロにチェックインした。暗町の中心にある泊まり心地のよさそうなホテルだ。暗くなると、湖まで坂をくだり、舟に乗ってハニツィオと呼ばれる小島まで行った。そして、島全体をぐるっとめぐっている小径を歩き、魚を干した網の下を通り、湖で獲れる魚――白い魚《ペスカド・ブランコ》と呼ばれている魚――のフライを食わせる店にはいった。小さな怪物みたいな顔をした魚だった。その間ずっと考えつづけた。が、いくら考えても推測の森から脱け出す小径は見つからなかった。出口を示す表示がむしろ多すぎて。が、それはここにあった。湖のまわりの明かりを眺めていると、急にこんな気がしてきた。ポール・A・リンダーはまだ、そう、生きているのではないか。ぴんぴんしているのではないか。ジンが今はリンダーに成り代わっているのではないか。ジンはおそらく船のクルーとして雇った男の名を騙《かた》ってまだ生きているのではないか。いとも簡単に別人になったのではないか。私が彼を見つけるまではそうしているのではないか。それは自分が外国人である国では容易なことだ。だから、私以外まだ誰も気づいていないのではないか。だから、彼のほうは今、こんな気分になったのではないだろうか。かりそめの自分の墓の上を誰かが通り過ぎたような。

9

フロント係に頼むと、メキシコの高級ホテル便覧を持ってきてくれた。私は二日がかりで、その便覧に載っていたトップクラスのホテル二百七軒に電話をかけた。時間ばかりがかかる面倒な作業だったが、時間ならたっぷりあった。金もあった。それに滞在している町自体、何日か過ごすには悪くないところだった。どのホテルでもミスター・ポール・リンダーに取り次いでくれるよう頼んだ。最初の百六十八軒ではそういう名の人物は宿泊していないと言われた。それでも、それとはまた別の答がフロント係から聞けるのは時間の問題だと何かが私に告げていた。その予感はグアダラハラのホテル・モラレスで的中した。セニョール・リンダーに取り次いでくれと頼むと、フロント係の女性は言った。「今朝、お発ちになったと思いますが、少々お待ちください。今、確かめます」そのフロント係の女性はすぐに戻ってきて、私の名前を訊いてきた。

「セニョール・ワシントン」と私は答えた。

二度目の保留は最初より長かった。が、いずれにしろ、セニョール・リンダーはもうそのホテルには滞在していないということだった。

「チェックアウトした？」

「そうです、セニョール」

「困ったな。どうすれば彼を捕まえられる？」

「お急ぎのご用ですか？」

「まあ、ある意味では。彼がどこへ行ったかまではわからないだろうね？」

フロント係としてはそういう要求にはそこで踏みとどまなければならなかった。が、まだ若い娘だった。それにそれまでわれわれは愉しく話し合っていた。彼女はいっときホテルのルールを忘れてくれた。

「誰かに訊いてみます」

私はベッドの上に地図を広げ、さらに赤いマーカーのキャップを開けて、リンダーがどこへ行ったか、彼女が調べてくれるのを待った。

ようやく電話口に戻ってくると、彼女は言った。

「マサミトラというところまで車で行かれたみたいですね」

「その町はおたくのホテルの近くかい？」

「山の中の村です。チャパラ湖の南です」

「ちょっと待ってくれ――探させてくれ」

私は眼鏡をかけて探した。ただ一本の道だけでたどり着ける高原の中の小さな村だった。私が今いるところからは百マイルばかり。パックアロからは裏道が何本かあり、行くのは簡単そうだった。

「そんなところにホテルがあるのかね？」と私は尋ねた。

「一軒か二軒かは。みなさん水を求めていらっしゃるんです」

「水？」

「森の中にセノーテ（底に水の溜まった石灰岩の深い穴）があるんですけど、そこの水は万病に効くんです」

「ほんとうに？」

「はい、セニョール」

「もしかしたら彼は体調が悪かったのかな」

間《ま》ができた。

「ご本人は陽にあたりすぎたせいだとおっしゃってましたけれど。それでコンシェルジェに勧められたのかもしれませんね。マサミトラはそういうお客さまに人気のあるスポットなんです」

グアダラハラからマサミトラまでかかる時間と、パツクアロからマサミトラまでかかる時間は同じくらいだろうと私は見当をつけた。そろそろ十時になろうとしていた。私は階下《した》に降りて、ホテルの勘定をすませ、また部屋に戻って三十分ほどかけて髪をダークブラウンに染めた。対象をより慎重により近くから追うには、変装したほうがいいと思ったのだ。変装を見越して、その頃には小さな口ひげを生やしており、そっちはより明るい色に染めた。それでなんともぶざまな顔の出来上がりとなったが、変装はできた。常に獲物を狙っている詐欺師のようにも落ち目のごくつぶしのようにも見えた。正午にホテルを出て、さらに町の北に向かった。サカプ方面に。サカプから偉大な湖までは西へ完璧なまでの一直線だった。それで気持ちに少し余裕が出て、テープデッキにシナトラをかけた。手がやたらと汗ばみ、私の中の捕食者が目覚めたのがわかった。シナトラとともに輝ける日々の昔の刺激が甦り、今走っている道路と同じような千の道路の旅を思い出した。月明かりに照らされた旅だ。そんな旅ではバックミラーを見やっては思ったものだ、なかなか悪くないぜ、この色男、と。

中央広場に車を停めたときには頭上に雲が集まりだしていた。見るかぎり、人影はなかった。野鳥の糞だらけの塔のある教会以外、広場には何もなかった。近くにホテルが見えたが、すぐにチェックインするかわりに少し様子を見ることにした。ジン——今はおそらく人畜無害のセニョール・リンダー——もそのホテルに泊まっている可能性が高かった。広場に私の車以外のレンタカーは一台も停まっていなかったが。しかし、なぜ彼はこんなところに来たのか？　マサミトラは丘の前哨地みたいなところだ。徹頭徹尾インディオの土地だ。私のような老人とくたびれた猫、それにメキシコ独立の父ミゲル・イダルゴを描いた油絵を飾るための土地だ。

ホテルはもともと厩舎《きゅうしゃ》があったところが中庭になっているようなところで、どの部屋も黒っぽい梁《はり》に串刺しにされており、一階部分の周囲には、斧《おの》で荒っぽくぶった切ったままの丸太でつくった手すりがめぐらされていた。ホテルを経営しているのはおそらく互いに縁戚関係にあるらしい女たちだった。私は彼女たちに、このホテルは見た目どおり誰も泊まっていないのかと尋ねた。すると彼女たちは驚いたような顔をして言った。「ノー、セニョール、満室です《エスタ・ジェーノ》」ただ、予備の部屋がふたつあるそうで、私はその部屋のひとつを借りた。そして、この村でアメリカ人が歩いているのを見かけなかったかどうか尋ねた。ホテルにはアメリカ人は泊まっていない、と彼女たちは言った。ということは、リンダーはこのホテルには泊まっていないということか。

あてがはずれた。雨が屋根を叩くあいだ部屋にとどまり、小降りになると、広場に出た。教会は閉まっていたので、村を出て、セノーテまで続いている小径があるとホテルの女たちに教えられた森のへりまで行ってみた。物的証拠が得られるかもしれないと思い、〈ミノックス〉のカメラを持っていった。

下り坂の小径を歩いていくと、森の空所で骨折り仕事をしている木こりの一団を見かけた。彼らは木くずと虻《あぶ》がつくる煙の中で、油を塗った斧を振るっていた。驢馬《ろば》が松の木につながれているのが見えた。さらにその向こうに女たちに教えられた、眠っているみたいに見える小さな池と滝が見えた。杖を使ってよろよろと坂を降りていると、木こりの中のひとり――十二歳ほどの男の子――がやってきて、お金をくれればなんでも手伝うけど、と言ってきた。

私はふと思いついて一ドル札をその子に握らせ、セノーテのところまで降りていって、誰か泳いでいないか見てきてくれと頼んだ。そうして木の幹にもたれて地面に坐り、子供が帰ってくるのを待った。帰ってきた子供は、年寄りの男の人がひとり下着で泳いでいると言った。グリンゴ？　たぶん、と男の子は言った。

私はその老人が小径を戻ってくるのを待つことにした。小径は一本だけなのだから。しかし、一時間が経っても、私の予想に反して誰も姿を見せなかった。私はあきらめて村に引き返した。そのときにはもう雨はやんでいた。なんだか自分がとことん愚かに思えた。私のことをさらなるドルの供給源と思ったのか、さきほどの少年が私のあとをついてきて言った。ホテルに泊まるかわりに、セノーテのそばでキャンプをする人もいると。教会が開いていたので、中にはいった。白い百合《ゆり》と老婆だらけだった。少年はなおも私のあとをついてきた。身廊のところまで来ると、老婆の中にウィンドブレーカーを着た白人の男がひとり交じっているのが見えた。私のほうに背を向け、前方の信徒席に坐っていた。なにやらおのれの考えに没頭しているように見えた。

「あの人《エス・エル》だよ！」と少年がその男を指差して小声で言い、そっと引き返していった。

教会の中で騒ぎを起こすつもりはなかったので、私は男に近づくかわりにいったん外に出て広場で待った。

やがて白人の男も教会から出てきた。幅広のつばのある白い麦藁帽をかぶっていた。ぶらぶらと広場を横切ると、広場から何本か出ている道の一本を歩きはじめた。私はそのあとを尾《つ》けた。すぐにその小径を歩くのはわれわれだけになった。あとはまわりをうろつく猫たちだけに。

男の身長は私と同じくらいだったが、私より猫背だった。ウィンドブレーカーにバギーパンツというめだたないなりで、ちゃんと行き先がわかっているように見えた。私はあまり近づかないようにした。すると、男は最後に一軒の家にたどり着き、その中に姿を消した。

私は男のうしろ姿と家の玄関のドアの写真を撮ってホテルに戻った。その男がジンかどうかまだ確信はなかった。必要な写真が撮れて、確信が持てるまで男のあとを尾ければいい。そのあとはもうサンディエゴに戻り、この仕事はそれで終わりにすればいい。その夜はよく眠れた。翌朝は早く起きて、中庭でウエボス・ランチェロス（卵とトマトを使ったメキシコの朝食の定番料理）を女性陣と一緒に食べた。彼女たちによれば、今日は一日じゅう雨になるということだった。

ホテルからは村の広場《ソカロ》を横切る人々全員の姿が見えた。こっちとしては都合のいい場所だった。が、朝の遅い時間帯になってもゆうべの男は現われなかった。私は通りをぶらつき、男が乗ってきた可能性のある車を探した。が、それらしい車はどこにも停まっていなかった。そこでバス停があったことを思い出した。見ると、雨の中、何人かの人々が次のバスを待っていた。通りをはさんでその向かい側にある酒場《カンティーナ》に男たちが数人いた。私は男たちに、その朝アメリカ人の老人がバスに乗るのを見かけなかったかどうか尋ねた。見ていた、案の定。アメリカ人の老人は一台まえのバス、トゥスパン行きのバスに乗っていた。二時間ばかりまえに。

そこで私にもやっと合点がいった。そのアメリカ人の老人は明らかに私を捲《ま》こうとしている。私がホテル・モラレスに電話したことを何かで知ったのだろう。それでバスに乗り、行方をくらましたのだ。彼が誰であれ、この私という男がマサミトラまで追ってきたことまでは知らなくても、誰かがポール・リンダーを追っていることには気づいたのだろう。

私もトゥスパンに向かった。午後のまだ早い時間に着くことができた。天気はすっかり変わっており、ぎらぎらとした太陽が遠くネバド・デ・コリマ火山の稜《りょう》線《せん》に掛かっていた。道路は銀鉱山のそばを這っていて、シフトを終えて家に帰る安全帽をかぶった男たちが道路のへりを歩いていた。トウモロコシ畑では、ゆうべ顔を出したばかりのような無数の芽が用心深くじっと動かず、地面から初々《ういうい》しい光を放っていた。丈のある帽子をかぶった男たちがそうしたトウモロコシの列に沿って、ゆっくりと歩いていた。薄い雲がネバド山の頂《いただ》きに集まり、トウモロコシの芽と同じように初々しくじっとしていた。トゥスパンの町の中心には、アイルランドの村で見かけるケルト十字に似ていなくもない、ルーン文字のようなもので覆われた石造りの十字架が建っていた。酒場《カンティーナ》は閉まっていた。気持ちのいい風が犬の毛を逆立てていた。公園の真ん中には火山警戒委員会が設置した警報装置があり、火山活動の警戒度が三色に色分けされて表示されていた。それを見るかぎり、その日のネバド山は〝比較的活発〟ということだった。その公園の一画には線路に乗ったまま廃棄された列車が並び、そこがスラムと化し、四方に広がっていた。またしてもいきあたりばったりの場所でいきあたりばったりに立ち止まり、考えさせられた。ジンはいとも簡単にここで別のバスにもう乗り継いでしまったのではないか。

私は十字架のそばのカフェに寄って尋ねた。ええ、コリマまでのバスならありますけど、もう出ましたよ。でも、一時間したらまた次のバスが来ます。

あの男はもうバスに乗ってしまったのだろうか？私は十字架のそばに坐り、トウモロコシ畑にはいったり出たりするインディオと、道路をぞろぞろと歩いてくる鉱員を眺めてしばらく過ごした。バスをこんなふうに乗り継ぐというのはやはり意図的なこととしか思えなかった。実際、イラクサの生える原っぱで遊んでいた少年たちが自分たちから進んで、白人の老人がマサミトラからのバスを降りて、さらにコリマに向かったことを教えてくれた。白人はただ白人というだけでどうしてもめだつ。私はその白人は鞄《かばん》を持っていたかどうか尋ねた。何も持っていなかった。少年たちは口をそろえてそう言った。

車を停めたところに戻ると、小さな男の子が車を取り巻き、もの珍しそうに眺めていた。私に気づくと、ちりぢりに逃げた。私の外見に何かおぞましいものを感じ取ったのだろう。鏡を見ても自分では気づかない残忍さか何かを。だからどうなのかと言うほどのことでもないが。私はコリマに向かってゆっくりと車を転がした。午後遅くには市中にはいれた。キューバのハバナとほぼ同時期に建設されたような見かけの市《まち》だった。

その頃にはもう頭がぼうっとしており、この土地は地震をすでに何度も経験しているはずなのに、市《まち》のクリーム色の建物の多くが気楽な思いつきの産物にしか見えなかった。広場の中心を占めている庭園のそばに車を停め、市《まち》で一番大きな〝セボーヤ〟という名のホテルにチェックインした。建物自体はコロニアル様式で、大仰さと人々が交わす挨拶のことばに満ちたホテルだった。私はいっぺんで気に入った。鎖に吊るされた角灯《ランタン》、ロビーのソファで居眠りをしている常連らしい宿泊客。直感のようなものが働いて、私は部屋を取ると、セニョール・リンダーのことを尋ねた。はい、とフロント係は言った。ご滞在なさっています。今回は私が冴えたというわけではなかった。この一帯でまともなホテルはそこしかないのだ。セニョール・リンダーの部屋番号までわかった。私の部屋がある階の一階上の部屋だった。

私はハバネロを手に外に出て、ホテルのテラスバーでビールを飲んだ。そのあたりからは蚊の攻撃を受けなければならない。手が震えていた。そんな震え方をするのは何年ぶりかのことだった。が、夜の帳《とばり》が降りる頃には落ち着きを取り戻せた。オナガカモの鳴き声が空気を満たす中、公園でブラスバンドの演奏が始まった。私は公園まで歩き、芝生に小さな表示板が置かれているのに気づいた。〝芝生内立入禁止《ノー・ピセ・アル・パスト》〟。なぜかそれが私には可笑しかった。たとえ詐欺師でもこの市《まち》に来るのはかまわない。しかし、芝生にははいるな。そう読めたのだ。

10

旅先のホテルのみすぼらしい壁紙の壁に囲まれて、朝の四時に眼が覚め、もう自分が子供ではないことに驚くことがある。蜂が窓ガラスを叩き、母親がオルゴールを鳴らす子供部屋で眼覚めることはもう二度とない。そのわけに。私が送ってきたような人生は人を疲れさせ、穴だらけにする。こういう人生を送っていると、人は少しずつ死んでいく。道路の不快な砂塵が無意識の領域に忍び込み、こんな小さな声が聞こえるようになる。「これが最後だ。もう目覚めることはない。でも、それも悪くないだろ?」一九五七年のアナハイムのホテルの部屋。たぶん一九四〇年代後半のサクラメントのホテルの部屋。近くのもぐり酒場のジュークボックスの音とざわめき。とっくに死んだ者たちが突然生き返り、耳の中でおしゃべりを始めることもある。名前ももう忘れてしまった男たち。マローンとかいう男に、サムなんとかという男にマックスとかいう男が窓辺に現われる。それにカジノのオフィスで死んだリップシュルツという男も。古いことばさえ今はもうどこにも存在しない。

洞穴のような部屋で私は午前中ずっと寝ていた。夢の中に昔のモンスターや詐欺師が出てきた。何十年もまえに路地でぶっ叩かれた男たちや、自らのたそがれを受け入れざるをえなくなった女たち。ホテルの脇を這っている歩行者用の小径には金持ち向けの店が並び、その小径に面した私の部屋の窓からは、ベンチに腰かけて話す音楽的なナワトル語が聞こえていた。幽霊たちが私の夢の隙間でくるくるまわっていた。私は彼らを〝賞味〟した。そんな夢のひとつの中では、知っている男がモンスーンの吹く空の下、南国の浜辺を歩いていた。斧を肩に担いで口笛を吹いていた。私はその男を知っていた。トプシー・パールスタイン。一九五三年、カリフォルニア州オックスナードの賭《か》け屋の店内で死んでいるのが発見された男だ。生きていたパールスタインを知っていたわけではない。彼の死に関わる調査をしたときに、ファイルにあった顔写真を見ただけだ。しかし、どうしてそんな男が斧を担いで南国の浜辺を歩いているのか。あたかもその使い道を知っているかのような顔をして。彼は私のことを知っていて、私も彼のことを知っているかのような顔をして。われわれは私のおしゃべりな夢の中でたまたま一緒になっただけなのに。どうして彼が楽園にいるのか、わからない。そういうことを言えば、私もまたどうしてそこにいるのかも。ひんやりとしたシーツをつかんで眼を開けた。そして、また眼を閉じて思った。ということは、これが最後の眠りではなかったということだ。このあともまだあるということだ。

はっきりと目覚めるまえに頼みの杖に手を伸ばした。が、つかみそこねた。寝返りを打って横向きになった。首の痛みはいくぶん治まっていた。部屋を見まわし、まず思った。これは前日取った部屋ではないのではないか。なかなか豪華な部屋であるところは変わらない。色はないが、エレガントな部屋だ。鎧戸が一インチばかり開けられ、陽光がひとすじ射している。書きものの机の上には古い本が何冊か積まれ、そのまえの椅子には杖が立て掛けられている。ほかには何もなかった。それ以外に部屋にあるのは、私が横になっている四柱式ベッドと、色褪せ、もともとの色がもはやわからなくなった四角いカーペットだけだ。

そこで視野がぼやけた。眼を閉じてまた開くと、部屋の様子が変わっていた。ベッドの横のテーブルにスコッチのボトルが一本置かれていた。いったいどうやってそのボトルはそこにたどり着いたのか。その中身の神々の飲みものはいったいどうやって私の咽喉を通ったのか。

いい加減に身支度をして、通りに面したホテルのカフェに行き、いつもの朝食――チュロスとカフェ・デ・オジャを注文した。蝿たちが何もかも見抜いたように狂喜して、私の頭に舞い降りてきた。地震帯に淡いグレーの礼拝堂が建っており、私はその影の中にいた。通りはおもちゃのアステカ族の鎧《よろい》をつけ、おもちゃの投槍器を持った子供たちであふれていた。公園の柵沿いに次々と集まっていた。熱気が瞼《まぶた》に痛かった。復活祭のチャレアダ――牛の祭り――の初日で、子供たちに交じって馬に乗ったものものしい女たちもいた。身につけた銀の鋲《びょう》がきらきらと輝いていた。征服者《コンキスタドール》の顔のメークをしたチネーロス（メキシコの民族衣裳をつけた踊り手）もいた。悪夢を見て眼が覚めた翌朝の見物《みもの》としては上々だった。コンキスタドールの顔は戯画化されていて、やたらと大きな口ひげを生やし、マスカラをひいた眼は何かに取り憑《つ》かれているようで、躁状態の顔だった。ヨーロッパの悪魔のインディオ版だ。それを見て、私はいつも思うことを思った。悪魔には常に顔がある。どこまでも人間的な顔だ。そのことが――そういうものがあるとして――ほんとうの善良さとはなんなのかということを改めて人に思わせる。チネーロスがつけた仮面は、今はもうこの世にいない私の過去の殺し屋たちを思い出させた。

　前夜、私は給仕頭に気前のいいチップをはずみ、三階に泊まっているセニョール・リンダーの動向に気をつけるよう頼んでおいた。その給仕頭が私に気づき、そばにやってくると、腰を屈めて私に耳打ちした。

「セニョール・リンダーは今朝、歩いてビジャ・デ・アルバレスに行かれました。そこから闘牛場までパレードがあるんです。ベルボーイからそう聞きました」

ホテルからは三マイル。ということは、夕方までは帰ってこないだろう。

　私はホテルの中に戻ると、美しいまでに堕落したコンシェルジェをメインロビーに見つけ、四方山話《よもやまばなし》をしながら——いくらかオブラートに包みはしたが——自分の望みを伝えた。自分は捜査官で、今からセニョール・リンダーの部屋まで一緒に行って、彼の部屋の中を見せてくれないかと。その望みを叶《かな》えてくれたら、その労には充分報いるつもりだと。もし万一リンダーが帰ってきても、何かの手ちがいと言えばすむことだとも言い添えた。

コンシェルジェも最初はさすがにためらった。が、そこでどこまでも倫理に悖《もと》るこのやりとりが誰にも聞かれていないことを確かめると、百ドル札をポケットにしまって、黙って私にうなずいてみせた。一緒に大階段をあがり、コロニアル風の廊下を歩いた。中にはいり込んで出られなくなった鳥が数羽いるらしく、その羽音がした。三階の廊下には誰もいなかった。私たちはリンダーの部屋まで無言で歩いた。コンシェルジェはかなり神経質になっていた。が、コリマでは百ドルもあればけっこういろいろなものが買える。鍵を開けると、彼は客に部屋を見せるように私を中に入れた。百ドルで彼から買えた時間はきっかり二分。

室内は驚くほど私の部屋と変わらず、まったく何もなかった。荷物も衣服も。バスルームにもホテルの備えつけの石鹸《せっけん》しかなかった。ベッドもゆうべは誰も使わなかったのか、メーキングされたままになっていた。履き替え用の靴もない。私はコンシェルジェのほうを向いて確かめた。

「ほんとにここに泊まってるのか?」

「はい、セニョール。セニョール・リンダーのお部屋でまちがいありません」

「でも、荷物も何もない」

「そういう旅がお好きなんでしょう」

「まるで幽霊が旅してるみたいだ」

私はなにかしら手がかりがないかと、ベッドのまわりを手早く調べた。ナイトテーブルの上のガラスの灰皿に半分吸ったただけの煙草の吸い殻がひとつあった以外、これといって眼を惹くものは何もなかった。カーテンも鎧戸も閉められていた。私はリンダーがパスポートをフロントに預けているかどうか、コンシェルジェに尋ねた。当然、預けていた。私たちはその部屋のドアに鍵をかけると、階下《した》に降り、オフィスに行った。美しいまでに堕落したコンシェルジェはおどおどしながらも、宿泊客のパスポートを調べ、リンダーのものを見つけた。普通のアメリカのパスポートで、職業欄には自営業と書かれていた。カリフォルニア州ストックトンの生まれで、歳は七十二。パスポートの有効期限はあと七年。写真は一見すると、私が持っている写真のジンとあまり似ていなかったが、よく見ると、似ているところがじわじわと浮き上がってきた。髪と口ひげは変わっていた。強いて言えば、眼が老けていた。それでも、それがそもそものポール・A・リンダーでないことがわかるのには少しも努力は要らなかった。添付写真のへりを見れば、それが偽造されたものであることが見て取れた。悪い細工ではなかった。だからといって、きわめてすぐれた細工とは言いがたかった。ホテルのフロントや国境の検問所なら容易に通用するだろう。私はコンシェルジェに写真掲載ページをコピーしてくれるよう頼んだ。それにはさらに袖の下が要ったが。そのコピーを手にして、私はビジャ・デ・アルバレスまでは歩いてどれぐらいかかるか尋ねた。

「お客さまだと」とコンシェルジェは馬鹿にしたような笑みを浮かべて言った。「丸一日かかります」

11

　ジャカランダの木の下、私は人波を掻き分け、リンダーを捜した。チャレアダの祭りの盛り上がりは最高潮を迎えており、長い通りをパレードが延々と続いていた。遠くにネバド山の雪が見えた。行列の最後尾でコンガのダンサーが列になって踊っていた。そのリズムにどこまでもゆるやかに合わせたパレードだった。高くのぼった陽にさらされたダンサーの顔は、市《まち》の広場で見たときよりはるかに悪夢がかって見えた。できるかぎりめだたないように人の群れの中を進んだ。が、パレードが目的地に着いてもリンダーは見つからなかった。目的地はビジャ・デ・アルバレスにある木造のラ・ペタテラ闘牛場で、コリマから三、四マイルは離れていた。チケットを買ったところで、私は待ち伏せされていた。私がトロくてちょろい爺《じじい》であることを瞬時に見て取ったのだろう、ガイドたちが雲霞《うんか》の如く集まってきた。そして、刺激的な文言《もんごん》を駆使《くし》して、ラ・ペタテラ闘牛場は祭りに合わせて毎年いかに建て替えられるのか、まくし立てた。それもロープと厚板とマット《ペタテ》だけを使って。牛が全部殺されると、闘牛場はテントのようにたたまれる。ペタテは翌年のために取っておかれる。それが、セニョール、一九三四年から続いてるんです！　それ以来ずっと毎年建てては壊し、壊しては建ててるんです！

　私はほかの観客と一緒に厚板でできた観客席の階段をのぼり、オープンエリアに出た。そして、ホテルを出るときに持ってきた〈ミノックス〉とオペラグラスを手に腰を落ち着けた。観客はマリアッチのリズムに合わせて足を踏み鳴らしていた。その攻撃にロープとマットでできた建造物は派手に震えていた。大混乱のようにしか見えない儀式はもう始まっており、アリーナの周辺では線引き用ローラーを持った少年が新たに白い円を描いていた。私は陽光を目一杯受けている反対側の観客席にリンダーを捜した。やっと見つかった。サングラスをかけていてもまぶしそうにしていた。私はオペラグラス越しに彼をとくと観察した。

今日は品のいいサマースーツを着ていた。襟のボタンホールに花を挿し、つばの広いソンブレロをかぶっていた。荷物も何も持たずに旅行をしている男には、およそ考えられないお色直しだった。遠くからだと、その姿が奇妙なほど小さく細く見えた。私は彼を観察し、彼のほうは牛の断末魔の苦しみを凝視していた。時間が経つにつれ、影がアリーナの砂の上を左に移動し、最後には小妖精のようなリンダーもその影に呑まれた。しかし、たとえ彼を捜していなくても、私には彼が見つけられただろう。老人は老人どうし、お互いを容易に見つけるものだ。とどめの一刺し《エストカーダ》のたびに——牛が口から舌をだらりと垂らし、前肢を折るたびに——彼は拍手喝采《かっさい》していた。まるで美術の目利きででもあるかのように。果物のトゲバンレイシを刻んで紙のカップに入れた少年たちが「トゲバンレイシ《グアナバナス》！」と大声をあげて観客の中をまわりはじめた。私はひとつ買って食べながら、同じものを食べているリンダーを観察しつづけた。そうしてアリーナ越しに見ていると、彼のほうも私に気づいたように思える一瞬があった。私はオペラグラスを下に置いて視線をそらした。ラ・ペタテラのたったふたりの白人男性。片やボタンホールに花、片やオペラグラス。ちょうど闘牛士《マタドール》がエストカーダの準備をしているときだ。そのマタドールの剣が振り上げられると、場内が静まり返った。私はいっときそっちに気を取られた。剣が突き刺さり、牛が膝を折り、血を流すのを見て、また反対側の観客席を見やると、リンダーの姿が消えていた。牛が死ぬと、歓声が起こった。私は慌てて一番近い出口に向かった。

ラ・ペタテラの向かい側は広場になっており、その夜の催しもののための明かりがちょうどともされたところだった。こうした祭りの場は常に迷路のようになる。リンダーは明らかに私を捲くためにこの広場に姿を消していた。実際、私はすぐにクルミ売りの屋台や、ドサまわりの見世物小屋の中で自分の居場所がわからなくなった。その見世物のひとつ——〝埋められた女、タマラ〟——のまわりでは、ガラス板の下で仮死状態になっている女を驚き顔の農夫たちが取り囲んでいた。リンダーをまた見つけたのもその見世物のそばだった。リンダーはタマラのためにペソ紙幣を一枚置いてそこから離れるところだった。

私はそのあとを尾けた。彼は麻をまとったナマケモノのように動いた。脚が長く、足取りもしっかりしており、その動きは驚くほどなめらかだった。見れば見るほど、彼こそジンだと確信できた。それと同時に、彼のほうも私が何者か知っていることも。

われわれの背後では青空を背景にネバド山が灰色がかったバラ色に輝いていた。頂きの雪が道路に積もった雪よりどこか不吉に身近に見えた。自分がどこにいるのか、リンダー自身方向感覚を失っているようだったが、見当をつけたらしく、小径からまた広い通りに戻った。白いスーツを着たマリアッチ・バンドが脇道を移動していた。コントラバス奏者が例によって馬鹿げた角度で自分の楽器を抱えていた。精霊たちが元気づき、演奏に加わりはじめた。道路脇のビリヤード場も大いににぎわっていた。リンダーは、いっとき自分もビリヤードを愉しもうと思ったらしく、道路を渡った。が、そこで考え直し、ひとりコリマに戻ることに決めたようで、老人特有の用心深さで来た道を戻りはじめた。そのときには見るかぎり、私の存在はもう忘れてしまったようだった——そもそも私の存在に気づいていたらの話だが。こうしてふたりともその日の午後に来た道を戻った。ひとりがもうひとりのあとを追う恰好で。リンダーは一杯ひっかけようと道路脇の酒場《カンティーナ》のまえで立ち止まった。

そして、外に出されたテーブルに帽子を置くと、何かをショットグラスで注文し、葉巻に火をつけた。そこでほぼ一時間、葉巻の煙をくゆらせながら過ごした。私は物陰にあった丈の低い塀に腰かけ、彼の葉巻を吸うさま、グラスを取り上げるさま、指でテーブルを叩くさまを観察した。彼はまわりに違和感なく溶け込み、見るからにくつろいでいた。ここにはこれまで何度も来ているかのようだった。そこでウェイターに呼ばれ、立ち上がり、店の中に姿を消した。十分後、車が一台その酒場のまえに停まったかと思うと、リンダーが店の中からまた現われ、そそくさと後部席に乗り込んだ。車はすぐに走り去った。私は充分な間《ま》を置いてから、彼がついて坐っていたテーブルまで行った。さきほどのウェイターがやってきたが、ことさら歓迎はしてもらえなかった。リンダーのグラスはまだそのままになっていて、剝《む》いたピスタチオの殻がソーサーの上に置かれていた。ウェイターはすぐに片づけると言った。私はそれには及ばないと答えた。

そこに坐り、パトロンテキーラ《アネホ》を注文し、リンダーが飲んだグラスのふちを見た。奇妙な汚れがついていた。まるで口紅みたいな。グラスにはまだ中身が残っていた。

ウェイターが戻ってくると、私は尋ねた。きみはコリマのアメリカ人の老人を全員知っているのか、それとも知っているのはさっきの客と私だけかと。「全員なんて」とウェイターは言った。「でも、さっきの方もこっちの人間じゃない。あなた同様」そう言って、わけ知りに眼元に笑みを浮かべた。

「われわれアメリカ人はどこにでもいるからな！」と私はジョークを言った。

氷河期から掘り出してきたような愛想笑いが返ってきた。

「どこにでもでもないですよ、セニョール」

　私は飲みものの勘定を払った。ウェイターがナッツの殻を片づけるあいだ、注文した飲みものには手をつけなかった。ウェイターは自分がとんでもないまちがいをしてしまったことに突然気づいたような顔で私をしばらく見てから、立ち去り、そのあともはもう戻ってこなかった。私はアネホを飲み干し、コリマ方面に向かうタクシーが来るのを待った。

　ホテルに戻ると、コンシェルジェにリンダーはもう戻っているかどうか尋ねた。戻っていた。私は言った、ひとつ頼まれてくれないか？　リンダーの部屋まで行って、部屋をノックし、応答があったら、ターンダウンサーヴィス（夕方にベッドカバーをはずすサーヴィス。同時に簡単な掃除をしたり、冷蔵庫に氷を用意したりもする）は必要かどうか訊いてみてくれないか？

　私はバーで待った。アメリカ人の客も何人かいた。数分後、コンシェルジェは戻ってくると、セニョール・リンダーがノックに応じて出てきたこと、シルクのローブを着ていたことを報告してくれた。

「シルクのローブ？」

「はい、セニョール」

　ということは、衣服は持っているということか？あとから部屋に届けられたのか？

「彼はひとりだった？」

「女性がいらっしゃるようには見えませんでした。そういうことをお訊きになっているのなら」

　私はポケットに入れてずっと持ち歩いているジンの写真を見せた。

「この男だよね？」

「と思いますが」

　よし《ブエノ》、と私は胸につぶやいた。もうまちがいない。

　昔ならここでもっと興奮したはずだ。が、今はただほっとしただけだった。一時間後、私は三階に行き、階段をあがったところに置かれている長椅子に坐った。長椅子のまわりにはスペインのアンティークの櫃《ひつ》が置かれていた。廊下に閉じ込められた鳥たちがまだ飛んでおり、囚《とら》われの身を嘆いていた。今すぐ彼の部屋のドアを叩きたい気もしたが、とりあえず我慢した。彼に知られることなくさらに確たる証拠が得られるかもしれない。私はもう少し待つことにして、部屋に戻ろうと立ち上がった。立ってしばらく耳をすました。かすかなラジオの音以外何も聞こえなかった。

部屋に戻り、ベッドに横になって考えた。〈パシフィック相互保険〉は彼を連れ帰ることを私に求めているわけではない。また、私にそんなことをする権限があるわけでもない。彼らが求めているのは証拠だけだ。それ以上のことは何も求めていない。それ以上のことは私も求めていない。そこでふと思った。その気になれば、ジンと取引きができなくもない。彼を脅《おど》し、いくらか金を出すなら、放っておいてやると持ちかけるのだ。それは高潔な紳士がすることではない。私の最善の行動原理にも反する。しかし、この件では高潔さなどほかの誰にもかけらもない。〈パシフィック相互保険〉が得をしようが損をしようが私にはどうでもいいことだ。それはジンの詐欺についても変わらない。

保険会社を騙そうとして、これまで実に多くの人間が自らの死を偽装してきた。アメリカの保険会社は被保険者の申し立てに対して照合できるデータベースを持っていない。そうした作業は今もディケンズの時代と変わらない、骨の折れる手作業でおこなわれている。支払いについてはどこの保険会社も慎重だが、詐欺師にしてみれば払ってくれる会社が一社か二社あればいいのだ。それで百万引き出せれば、あとは姿を消せばいい。それがジンのしたことだ。もう言うまでもない。

私としては本物のリンダーのことを考えないわけにはいかなかった。なんだか彼に借りのようなものがある気がした。ほかの人間の企みのために自らの意志に反して浜辺に放り出された哀れなリンダーに。他人の都合の犠牲になったもの言わぬ負け犬に。人はそういう者たちにどうしても何か借りのようなものを覚えてしまうものだ。だから私も彼に何かしたくなった。もしかしたら彼にも妻がいたり、姉妹がいたりしたかもしれない。真実がわかれば、それを彼女たちに伝えることができる。それはどうでもいいことではない。

　そんなことを考えているうちに眠り込んでしまったらしい。ドアをノックする音で眼が覚めると、もう午前零時近くなっていた。その日の朝同様、眼が覚めても自分がどこにいるのかすぐにはわからなかった。ノックは遠慮がちな小さなものだった。が、私が応じないでいると、いくらか大胆になった。のぞき穴から見ると、拡大された女の顔が見えた。まだ若くてごてごてと化粧をしていた。そばに誰かいる気配があったが、のぞき穴からだとはっきりしなかった。ノックの音がさらに大きくなった。私はドアから離れ、すぐに飛びかかれるよう体勢を整えた。まあ、この歳なりにせめてできるだけのことはしようと。最後には彼らもあきらめたようで、絨毯《じゅうたん》を敷いた廊下を遠ざかる足音がした。相手がふたりいたのはまちがいなかった。私はベッドの端に腰かけて、けっこう長いことこのことを考えた。そして、結論づけた。たぶん部屋をまちがえた娼婦とそのヒモだったのだろう。

12

その夜、眠りはやってこなかった。私は仕込み杖から刀を取り出して油を引いた。昔のサムライが自らの魂と向き合って沈思黙考するのに倣《なら》って。人に対して使ったことはまだ一度もないが、近頃はその仕込み杖が私にとっての最後の防御手段になっている。人は自らの筋肉に裏切られるようになっても、冷徹な鋼《はがね》にはいつでも頼ることができる。私の仕込み杖は何年かまえに、東京の刀匠が日本刀の製造に利用される〝玉《たま》鋼《はがね》〟を使ってつくってくれたものだ。砂鉄でつくられた刃は別の金属さえ切ることができ、なだらかな〝波紋〟が刀に品格を与えている。今ではこれなしに私は片時も過ごせない。

翌朝の熱気の中、カウボーイシャツ姿でコーヒーを飲む男たちに交じり、外のテラスでリンダーが正面入口のドアから出てくるのを待った。サングラスをかけ、〈ディアリオ・デ・コリマ〉の朝刊を眼のまえに広げて顔を隠し、いつものチュロスを食べ、カフェ・デ・オジャを飲みながら。九時十五分、リンダーが出てきた。陽射しを顔に受けてしばらく立ち止まり、手を眼にかざした。

いきなり明るいところに出て眼がくらんだのだろう、私には気づかなかった。彼のうしろにはベルボーイがひとりいて、銀色のバックルのある上質の小さな革のバッグを持っていた。

レンタカーが一台やってきて、彼らのまえに停まった。ふたりはもっともらしい威厳を備えた足取りでその車のほうに歩いた。私はレンタカーをホテルの裏手の駐車場に停めていたので、ウェイターに今すぐ車を玄関にまわしてくれるよう頼んだ。

その間にリンダーは運転席に乗り込んでいた。そこまで一緒に歩いてきたベルボーイは彼に敬礼をしてバッグを渡すと、車から離れた。

彼はごく普通のビジネスマンの恰好をしていた。昨日闘牛を見にいったときと同じ淡いブルーのスーツ。短く刈り込んだ髪。なのに闘牛場のときとはまったくちがって見えた。まるで別人に生まれ変わったかのようで、その生まれ変わりを実に巧《たく》みに遂げていた。

彼の車が広場《ソカロ》を出て一分ほどして、私の車がホテルの玄関まえにまわされてきた。市内をちょうど出たところで、追いつくことができた。彼は南のマンサニージョに向かう近道をめざしていた。また海辺に戻るわけだ。

仕事を引退してまもない日々を南国で愉しむ紳士。まさにそんな風情だった。幸運がその全身に降り注いでいた。私は自分が今の今までまちがっていたような気がしてきた。彼は私に尾けられているなどとは思っていないのではないか。私が誰で何者なのかも知らないのではないか。ただ、陽光とあぶく銭に満ちた、ささやかな自分の世界に浸っているだけなのではないか。いったん姿を消してまた現われても誰も気づかない。そのことを少しも疑っていないのではないか。そんな彼の様子からは、ほかの者にはできなくても自分にはできることがわかっている者たちの気楽さがうかがえた。つまるところ、彼は私がほかの誰よりよく知っているタイプの男ということだ。あとをついて行くと、案の定、ラス・アダスにチェックインした。メキシコで最も名の知られたホテルのひとつだ。その敷地は半島ほぼ全域に広がっている。モナコのタンジールの豪勢な一帯を思わせる映画のセットの中のセットみたいに。要するに、まるでこの世に存在しないもののように。

ラス・アダスは騙されやすいやつ、逃亡中のやつ、下衆な詐欺師、手入れの行き届いた口ひげをたくわえたケチなプレーボーイ、そのホテルの大きなプライヴエート・マリーナに自分のヨットを停泊させているアメリカ人、ちょろいカモを狙っている女たちなどなど、そういう有《う》象無《ぞうむ》象《ぞう》をマグネットのように引き寄せる場所だ。礁瑚に似せたプールとアンダルシアの村を思わせる街灯。知られざる有名人とよく知られた影の男たち。影の男たちは今を愉しむというミッションを携え、束の間、光のもとに出てくる。そんな彼らがちょっとしたシーンを繰り広げるレストランとナイトクラブ。ラス・アダスはそれらをすべて抱え込んだムーア様式の白い城だ。

私も以前来たことがあるが、仕事で来るのは今回が初めてだった。まえに来たときにはだだっ広いゴルフコースをプレーしてまわり、聞いたこともないメキシコのメロドラマのスターが地元のテニス選手と対戦する有名人テニストーナメントを見た。言うまでもないが、地元の〈クラブ・サンティアゴ〉というクラブの選手も聞いたことがなかった。時々、映画俳優のボー・ブリッジスを見かけたことがあったが、ほかのスターはだいたい私の時代以降の人で、おそらく見ても私にはわからなかったのだろう。ただ、ルタ・リーはわかったので、サインをもらおうとかと思ったことが時々あったが。一度シーザー・ロメロと腕を組んで歩いているのを見かけたこともある。そのときにはふたりの額に陽光が燦々《さんさん》と降り注いでいた——懐かしきあの頃、もう二度とあの頃になど戻りませんように！

リンダーと私はほとんど同時にホテルに着いた。私はすでにそこに滞在している宿泊客を装ってまっすぐロビーに向かい、彼がフロントデスクで宿泊の手続きをするのを待った。そのあと彼とベルボーイのうしろについた。彼が取った部屋は湾が見渡せるスイートで、その部屋番号を確かめると、階下《した》に降りてチェックインした。私も湾が見渡せるスイートを頼んだ。リンダーの部屋から離れたスイートをいくつか勧められたが、交渉して、どうにか彼の部屋から三部屋だけ離れた部屋を取ることができた。別のベルボーイが私をその部屋まで案内した。大理石の柱のあるスイートで、バルコニーにはブーゲンビリアの鉢植えが置かれ、そこから望める海はひそかなノスタルジーともう何年も見たことのない青さをたたえていた。

ベルボーイが出ていくと、私は帽子をかぶり、大きな窓の隅まで行って、リンダーの部屋のものと思われるバルコニーを見た。誰もいなかった。ただ、椅子のひとつに水泳用のトランクスが掛けられていた。私はドアのそばまで椅子を引っぱっていって坐り、外の廊下の音に耳をすました。

ほんの三十分ほどで、ドアの開く音に続いて、階段のほうに歩いていく足音が聞こえた。私はそっとドアを開けて、水泳用のトランクスにゴルフシャツという恰好のリンダーのうしろ姿が遠ざかるのを待ち、あとを尾けた。ロビーに降りると、彼はフロントでビーチサイドのレストランへの行き方を尋ね、席を予約した。もうすぐハッピーアワーの時間帯だったので、メニューも尋ねていた。私はロビーのほうを見やり、ベルボーイをひとり見つけ——買収しやすいやつは顔を見ればすぐわかる——自分の部屋まで連れていってくれるよう頼んだ。十八歳ぐらいのベルボーイで、仕事に退屈しきっていた。歩きながら、私はわざとその仕事について彼に尋ねた。言語道断なまでに安い給料。それが彼の答だった。それでも余得みたいなものもあるのではないか。私は質問としてではなく、提案としてそう言った。私の部屋がある階の廊下には私たちしかいなかった。私はさっそく持ちかけた——セニョール・リンダーの部屋の合い鍵をこっそり渡してくれないか。もちろんただでとは言わない。時間は三十分もあればいい。彼はためらった。が、そのためらいは真剣なものでもなんでもなく、百ドル札をすばやくポケットにしまうと、合い鍵を取りに階下《した》に降りていき、二分後に戻ってきた。ただ、私をひとりにするのはさすがにためらわれるようで、〈セボーヤ〉のコンシェルジェ同様、リンダーの部屋までついてきた。私は自分の部屋に寄って盗聴機材を取り出してから、ベルボーイが開けてくれたリンダーの部屋にはいった。

このまえのホテルと変わらず、よく整理されていたが、今回はスーツケースが床に置かれ、ベッドサイドテーブルには新聞が積まれていた。私は盗聴器を隠す場所を探し、結局、メインルームに敷かれたラグの下に置くことにした。きわめて小さなもので気づかれる可能性は低かった。ベルボーイによれば、メイドがラグを叩くのは週に一度だけだということだった。私たちは部屋を出た。ベルボーイはひとことも発さず、階下《した》に降りていった。私も階下《した》に降り、リンダーと同じレストランに行って、彼を観察した。彼はタコスを食べていた。

食べおえると、立ち上がり、泳ぎにビーチに向かった。彼がビーチにいるあいだ、私は小型の〈ミノックス〉で彼の写真を撮った。海から上がってきた彼の青白くてしなびた体も撮った。レストランのテーブルに戻ると、彼はテキーラをボトルで注文した。

たそがれどきになると、〈ラス・アダス〉は徐々に騒がしくなる。宿泊客はみな夜の装いに着替えてビーチに降りてくる。ライヴ演奏が始まり、酔っぱらいの時間となる。リンダーもほかの客と同じようにお召し替えのために部屋にいったん引き上げた。私はあとを追わなかった。十五分待ってから、自分の部屋に戻り、盗聴器の受信装置の電源を入れた。風呂にはいっているらしい音が聞こえてきた。そのあと長い静寂となり、電話が鳴った。電話に出るために歩く足音がして、受話器を取り上げる音がして、声が聞こえた。「はい？」

そのあとは彼が受話器を置くまで何も聞こえなかっ

た。

バルコニーに出たのがわかり、窓から見ると、彼はテーブルについて景色を眺めていた。湾全体に釣り船の明かりがともっていた。そこでようやくドアベルが鳴った。彼は立ち上がると、部屋に戻った。来客が到着したらしい。

男の客で、強いメキシコ訛りの英語を話した。

「悪くない」と男は部屋を歩きまわると言った。部屋の造りのことだろう。「ここは一番いい部屋だ」

「ラムでも飲むか？」

「まだいい。あんたも階下《した》に降りるかい？」

「どうすると思った？ おれの恰好を見てくれ」

「ダンサーみたいだ」

リンダーは子供のような柔らかで高い声をしていた。ちょっと意外だった。まるで歌劇の台詞を読んでいるかのように聞こえた。

「トッパーにはどこで会う？」と彼は歌った。

「バーで。やつはもう来て飲んでる」

「ほんとに？ どこまでやくざなやつなんだ」

「彼が酒を飲むことをあんたは望んでない。そのことは本人に伝えたんだけどね」

「もう遅い」

ふたりはドアに向かい、ドアが開いた音がした。私はジャケットを羽織り、ロビーに降りた。その夜は〈タリアンズ〉のためのパーティが開かれていた。〈タリアンズ〉というのは精神面に問題を抱える子供たちを支援するアメリカの慈善団体で、ハリウッドで人気がある。そのパーティはすでに進行しており、暗くなると、花火が打ち上げられ、波打ちぎわにコンガのリズムに合わせて踊る一団が現われた。いずれにしろ、どこも人でごった返しており、リンダーと彼の連れがトッパーなる人物に会うことになっているバーでも彼らを見つけられなかった。ただ、私と同じ年恰好の人間が多かったので、そういう人捜しをしていてもめだたなかった。私は小エビを求める漁師さながら彼らを捜した。

プールサイドの戸外のバーの椅子に坐り、まわりに波のように押し寄せる人々を眺めた。そのうち、どこかしらいかがわしいふたりの紳士がどこかに姿を消してくれたことがむしろありがたく思えてきた。私はウェイターにキューバの葉巻を頼んだ。ウェイターはジンと〈ローズ〉のライムジュースを半分ずつ混ぜたギムレットと一緒に持ってきた。が、そこで私は弱っている自分の食道のことが気になった。ギムレットのほうはカウンターの上に置いたままにした。そして、待った。ビーチでは〈タリアンズ〉の関係者たちが騒いでいた。アステカ族の衣裳を身につけ、腕に爆竹を巻きつけた男がビーチを行ったり来たりして走っていた。葉巻の封を開け、端を切り、火をつけ、さらに待った。それから最初の一服を吸った――人類がこれまでに知りえた中で一番いいにおいがした。私の横に誰かが坐った気配があった。

最初、見えたのはその男が着ている馬鹿げたシャツのヘリコニアの花柄だった。日焼けした前腕を私のすぐそばのカウンターについていた。サンダルウッドか何かのにおいがした。とてもかすかなにおいながら、私の葉巻の〈コイーバ・エスプレンディド〉と張り合っていた。そのにおいと私の獲物とはなにやら関係があることがそのときどうして私にわかったのか。今でも不思議に思う。それでも、上体をねじり、彼の顔を見るまえから私にはわかった。ハンサムな顔だった。心休まることのない暮らしを、そう、六十年ばかり過ごしてきたわりには、と言えば言えるだろうか。眼はハスキー犬のようなブルーで、肉づきもまだ重力に屈しはじめたばかりのように見えた。彼と同じ歳の頃の私よりいい見てくれだった。それは認めないわけにはいかない。顔に刻まれた下向きの皺もまだ薄く、さらに反発力も秘めているようだった。皮膚も二フィート離れたところから見るかぎり、すべらかですばらしくつやがあるように見えた。私はふと思った——こいつは驢馬の乳か、日本製の高価な洗顔料で毎日顔を洗っているにちがいない。

私のことがわかっているふうではなかった。しかし、人は普通まったくの偶然から見知らぬ相手の隣りに坐ったりはしない。なにかしら理由があるものだ。意識的なものにしろ、そうでないものにしろ。

いずれにしろ、彼は安いほうのジャックダニエルを頼み、私のほうを見ることもなく、ポケットから小さなおもちゃの独楽《トップ》を取り出すと、カウンターの上に置いた。そして、指をひねって独楽をまわし、独楽がぐらつき、安定し、またぐらつくのを見つめた。

「面白いだろ？」と男はバーテンに言った。

そこでようやく私のほうを見た。

「やってみます？　一分まわせたら、幸運が舞い込むんだそうです」

「まわせなかったら？」

彼はにやりとした。握手を申し出たような笑みだった。

「悪運ですかね。でも、ひどい悪運というわけでもないと思うけど」

バーテンが言った。「ゆうべ私もやったんですけどね。できなかったんだよね」

私は手を伸ばしてその金属製の独楽をまわした。

「いいですねえ」と男は言った。「練習したらもっとうまくなりますよ」

独楽は小さな音をたててまわっていたが、きっかり四十二秒後に倒れた。

「ちょっと気合が足りなかったですね」と男は言ってため息をついた。

「独楽がうまかったためしがなくてね」

「そうですか。でも、いい葉巻を吸ってますね」男はバーテンに向かって言った。「私にもこの人と同じ葉巻をくれ」

「コイーバ・エスプレンディド」

「そう、それそれ」

ハスキー犬のような眼が私に向けられた。

「で、あなたにはどんな不運が待ってるんでしょうね、ミスター・ギムレット?」

「女房を殴っちまってね」

「なるほど。それはまずいですね。〈タリアンズ〉の人にはもう会いました?」

この時点ではコンガのリズムが星々に叫んでいた。

「いや、知り合いはいないんでね」

「いい人たちですよ。ここにはひとりで?」

「言っただろ? 女房に逃げられたって」

彼は可笑しそうに笑った。コイーバが届けられた。今度はトレーにのせられて。いささか儀式めいて、バーテンが男のために端をカットした。

「でも、ここは男がひとりで来るようなところじゃない」と彼は続けた。「この場所全体でもひとりで坐ってるのはきっとあなただけですよ。だからすぐわかったんです。孤独な人がひとりいるって。バーで葉巻を吸っている孤独な人がいるって。年配のグリンゴ。たいていそういう人はひとりだけど」

「私はいつでもどこのバーでも最年長のグリンゴだよ。別にそれが嫌なわけじゃない」

「そうですか? ちょっと淋しくなったりはしませんか?」

彼は独楽をまわした。バーテンは彼のコイーバに火をつけると手渡した。独楽はまわりつづけ、一分を超えてもまだまわっていた。私たちは同時に葉巻を吸った。

「よく思うんです、男はどうしてひとりで旅をするんだろうって」と彼は続けた。「たとえば私。ビジネスパートナーが何人かいるんですが、彼らはきっと私より愉しいときを過ごしてるでしょうよ」

「その人たちももういい歳なのかな？」

「ええ、今では全員いい歳です。でも、ここは老人にはいい国だ」

　私はグラスを掲げた——そういうことをするタイミングだった。

「カンパイ」と彼は日本語の乾杯の音頭で応じた。「でも、将来は誰もが老人になる。それはそれで悪いことじゃない。なぜなら、そうなったらもう老人になることを心配しなくてもよくなるからね」

「ええ。でも、若い女たち《ムチャチャス》は？」

「そういう日々はもうとっくに過ぎ去ったよ」と私は言った。「それでも、いくつになっても自分を幸せしてくれる人間というのは誰かしらいるものだ」

「もしかしたら」

　彼は手の中で葉巻をくるくるまわした。彼の笑みはなんともエレガントだった。

「海岸沿いを旅してるんですか？」と彼は私に訊いてきた。

「引退してバハに引っ込んだんだ。こっちへはサーフィンをしにきたんだよ」

　彼は笑った。「あなたは面白い人だ」

　私は彼のことを尋ねた。

「ボスのお供です。バラ・デ・ナビダドの近くにボスの家があるんです」

　彼はまた独楽をまわして見つめた。私たちが吐き出した葉巻の煙がグラスのまわりで渦を巻いていた。私は彼と一緒にいることにわけもなく居心地の悪さを覚えた。

「よかったら、われわれと一緒に飲みませんか？」と彼は続けた。「是非どうぞ。そう言えば、まだ名前を訊いていませんでしたね」

「ウォルドスタイン」

「素敵な名前ですね。あなたはユダヤ系には見えないけれど」

「ドイツ人だ」

「ドイツの遺伝子。これには誰も勝てない。このあとわれわれはロコ・バーに行きます。よかったらどうぞ遠慮なく。それに心配なく。みんな愉快な連中ですから」

「みんな愉快な連中だと愉快でないやつは私ひとりになってしまう」

私がスツールから降りて葉巻をしまうと――包んであとからまた吸えるようバーテンがナプキンをくれた――独楽の男は額にあてた人差し指を離して敬礼の仕種をして、さらに魅力的な笑みを私に向けて言った。

「やっぱりひとりはよくないですよ、ウォルドスタイン。見ていて気分のいいものじゃない」

それでも私はひとりで部屋に戻り、明かりもつけず、椅子に坐って盗聴器の無線の電源を入れた。数時間が過ぎ、時々回転花火の閃光が走り、外のパーティの音が段々非人間的な音として聞こえだした。ウォルドスタイン。いったいどこからそんな名前がいとも易々《やすやす》と出てきたのか。そう思って、ようやく思い出した。すでに死んだ人間の名前だった。ロングアイランドの賭けの胴元から金をくすね、JFKが息を引き取るまでまだ数年あったある雨の夜、ねじまわしで殺された飲んだくれだ。人は何もかも忘れても名前だけを覚えていたりする。が、彼はドイツ人ではなかった。ユダヤ人だった。彼の死体はコインランドリーのまえに停められた車のトランクに入れられていて、子供みたいに小さかった。彼の思い出を安易に利用するべきではなかった。そういうことを言えば、私自身の思い出も。

哀れなウォルドスタイン。私は彼に言った、この埋め合わせはするからと。午前零時を一時間ほどまわった頃、リンダーの部屋のドアが開き、御大《おんたい》がご帰還召された。いささかお疲れのご様子で、よろけてテーブルに足をぶつけ、悪態をついた。

どたどたという音のあと、電話を取り上げ、その日最後の電話をする様子が伝わってきた。低い声で一語一語までは聞き取れなかった。

「明日バラ・デ・ナビダドまで行く——ああ、そうだ——あの男がなんと言おうと知るか——スーツを持ってきてくれ。家には誰がいる？　今回はおれたちだけだ。わかったか？」

受話器を荒々しく受け台に叩きつける音のあと、ベッドに倒れ込んだ音がした。そのあとはしばらくどんな音も聞こえず、やがて鼾《いびき》が聞こえだした。私は無線の電源を切った。急に自分が弱くなったような気分になった。酒と強い葉巻のせいで、頭痛がし、頭の血管がどくどくと脈打っているのが感じられた。それがいつもよりひどかった。独楽の男のせいかもしれない。独楽のようによく舌のまわるあの男の安っぽいおしゃべりの。ベッドまで立って歩いていくだけで一苦労だった。脇に杖を置いた。珍しく麻痺《まひ》が腰まで這い上がってきた。地震の始まりの数秒間のように部屋が揺れだし、大理石と漆喰《しっくい》が動きだした。フロントに電話をかけようとまで思った。が、そのことを決心したときには手が電話のほうに向かってくれなかった。いかなる脳の命令にも逆らい、まるで怪我《けが》でもしたかのように私の脇から離れなかった。かわりに電話のほうが鳴った。出たかった。が、手はまだ謀反《むほん》を続けていた。傍《はた》から見ただけではわからないだろうが、私の体のほかの部分はどこもパニックを起こしていた。心が落下していくのがわかった。暗がりの中、崖で足を踏みはずした者のように。言うまでもない。私は正真正銘の老人だった。だからいつ誰の獲物になろうと不思議はなかった。

13

　星もない暗闇の数時間、私は翌日の午後まで眠り呆《ほう》けた。眼が覚めて、自分が何も身につけていないことに気づいた。窓のそばで脱いだらしい。頭がおかしくなっていたとしか思えない。冷たいシャワーを浴び、バルコニーに出て、ルームサーヴィスのコーヒーを飲みながら体を温めた。見ると、リンダーの部屋のバルコニーのテーブルにも遅いコーヒーの用意がふたり分なされていた。そこの宿泊客も朝が遅かったのだろうか。スズメバチがコーヒーポットのまわりを飛んでいたが、そのバルコニーのコーヒーセットには、どこかしらもはや忘れられてしまっているような雰囲気があった。が、そう思ったのも束の間、ガラス戸が開き、女が陽の光と海の照り返しの中に出てきた。そして、私のほうに背を向けて、手すりのそばに置かれた椅子に坐った。片手に半分に切ったグレープフルーツ、もう一方の手に小さなスプーンを持っていた。すっくと伸びた背すじに沿って、バラ色のシルクのブラウスのパールボタンが垂直に並んでいた。グレープフルーツを一房一房スプーンですくって食べても、彼女の背中の筋肉は動かなかった。私は驚きのあまり、身を隠すことさえ忘れていた。そこにいるのは私にとってどうでもいいリンダーではなかった。巻いたうしろ髪とうなじを見るのとほぼ同時に、私にはそれがドロレス・アラヤであることがわかった。

　まさに金縛りにあったようで、私は動けなかった。さまざまなことが心の中ででたらめに配置されたと思うそばから過ぎ去った。それでも立ち上がって部屋に駆け込もうとした。実際にそうするまでのコンマ一秒、彼女の顔がうしろを向きかけた。眼には見えてはいなくても動物が捕食者の存在を感じ取るように。半分向いたところで、視野の周辺に私の動きを捕らえたのだろう。さらにうしろを向いた。私は変装をしていたが、なんとも貧弱な変装だった。彼女には私が一目でわかっただろう。私はあこがれと絶望の大波に呑まれた。彼女はナイトクラブのシンガーのような化粧をしていた。昼間でも紅が引かれた彼女の唇はぽってりとしていて官能的だった。手に持っていたグレープフルーツとスプーンを置くと、いかにも信じられないといった、容赦のない眼で私を見つめた。私としてはもはや身を隠すことができなかった。彼女の全身から発せられている凶暴さに立ち向かうしかなかった。彼女の唇が動いた。何か言ったようだったが、声は聞こえなかった。彼女は全身を私のほうに向けてサングラスを取った。離れていても、私には彼女の眼の濃い緑の虹彩が見えた。その顔には血の気がなかった。反射的に両手でバルコニーの手すりをつかんでいた。距離があったので、低い声では相手に届きそうになかったが、彼女としては大声を出したくなかったのだろう。部屋にリンダーことジンがいるのだろう。とはいえ、彼女のさきほどのボディランゲージだけで充分だった。

彼女は自分の部屋と私の部屋が何部屋離れているのか確かめてから、ガラス戸の向こうに姿を消した。私も部屋の中に戻り、盗聴装置を片づけると、橙色《だいだい》のシャツを着て〈サルカ〉のネクタイをしめた。

一時間後、ドアをノックする音が聞こえ、のぞき穴から見ると、彼女がさっきと同じバラ色のブラウスを着て廊下に立っていた。

私は最初彼女のことをどれほど気の毒に思い、そののちどれほど気の毒に思わなくなったか、思い出した。自然と笑みがこぼれ、小さな蠅みたいに彼女を蜜の中に捕らえることができたこの偶然を愉しんだ。

ドアを大きく開け、驚いたふりをすることもなく中に招き入れた――今は猿芝居のときでもごまかしのときでもない。

「信じられない」軽やかに中にはいってきて、彼女は私のほうを振り向き、面と向かい合うと、ただひとことそう言った。怒れるクレオパトラのように。いや、むしろエリザベス・テイラーが演じたナイルの女王のように。私はドアを閉めて鍵をかけた。これでひと月たらずのあいだにわれわれは二度もふたりきりになった。

「あ――あなた」ことばがつかえた。

「私は鍵穴を通って中にはいれるんだ。ピーターパンみたいに」

「誰、それ?」

「いや、なんでもない」彼女の眼に〝遊び〟などかけらもなかった。「外に出るか、それともここにいるか?」

「あなた、からかってるの?」

そう言いながらも、彼女は開いたままの窓のほうを見た。私はかわりに部屋の中のソファを勧めた。そのときいきなりあることに気がついた。彼女の首に親指の先ほどの大きさの楕円形の痣《あざ》ができていたのだ。

「あなた、言いわけをしたりは――」と彼女は言いかけた。

「ああ、しないよ。ここへは休暇で来たわけじゃない。それならニュージャージーへ行く」

「ほんとに煮ても焼いても食えない人ね、あなたって」と彼女はため息まじりに言い、椅子に坐ると、私のうしろのドアのほうを見た。

「ここへは仕事で来た」と私は言った。

「どんな仕事にしろ、それってねとねとしたすごくいやらしい仕事なんでしょうね」

「私にはちょっとナメクジみたいなところがあるのは認めよう。それより首はどうしたんだ?」

彼女は反射的に手を痣のところにやり、思わずそうしてしまった自らの弱さを自ら蔑むようにすぐにまたその手をおろした。

「トナカイにぶつかったのよ。それがどうしたっていうの？」

「ということは、きみはトナカイのかわりに今度は私にぶつかってラッキーだったということか」

「わたしがあなたを見つけたのよ。ラッキーだったのはあなたのほうじゃないの」

私はなぜ私がラッキーなのか尋ねた。

「いずれわかるわ」と彼女は冷ややかな笑みを浮かべて言った。

「私がきみにつきまとっているというのは、むしろきみとしちゃ喜ぶべきことだ——言っておくと、つきまとうというのはお世辞だが」

白いコットンのパンツにシルクのブラウス、パールのイヤリング、パテックフィリップの腕時計を身につけた彼女は実にゴージャスだった。このまえより世間の階層を何層か上がっていた。

「まあ、確かに私はラッキーだったんだろう。そんな私としてはきみに何をすればいいんだね？」

「別に飲みものは要らないわ。それよりこんなところであなたは何をしてるのか知りたいわね」

私がここで何をしているのか、それはきみにはもうわかっていることだ、と私は言った。わかっていないのなら、説明してもいいとも言った。

「わたしとしては初めからわかっているべきだったということね」と彼女は言った。

「わかってたらどうした？」

彼女は鷺《さぎ》が木にとまるようにソファのへりに腰かけたまま何も言わなかった。黒い睫毛《まつげ》の奥で彼女の脳がフル回転しているのがわかった。

何かやっていただろう、と私は内心思った。必要とあらばどんなことでも。

「ひどい言い方ね」と彼女はようやく言った。「わたしたちがどんな思いをしてきたのか知りもしないくせに」

「保険会社がどんな思いをしているかは知ってる」

「あなたは保険会社のことなど気にもしてない。あなたはただ報酬をもらってるだけなんだから。わたしが今言ったのは、彼とわたしがこれまでどんな思いをしてきたのかってことよ」

私は椅子の背にもたれた。今このときを私は愉しんでいる。それは認めないわけにはいかない。彼女の眼にはこういったときのためのしらじらしい涙がにじんでいた。が、どこへも行かない涙だった。眼から落ちることもなければ、眼からあふれることもない涙だった。そんな涙を信じる者など誰もいない。

「きみたちがどんな思いをしてきたのか、それは私にはわからない。しかし、ミスター・リンダーが大変な思いをしたことは想像できる。それはそうと、ドナルドは引退後の人生を愉しんでるんだろうか？」

彼女は一瞬だけ虚を突かれたように見えた。が、彼女は危機管理のプロだった。

「彼とは話し合ったりしないほうがいいと思う」と単純明快に答えた。

「彼と話し合うつもりはないよ。私に必要だったのは写真だけだ。それはもう手にはいった。だからあとはもうそれをサンディエゴの保険会社に持っていけばいい。それで私の仕事はすべて終わる」

「だから、わたしはこうしてあなたと話しにきたのよ」

私は心の動きに合わせて彼女の長い手足も一緒に動くのを観察しながら言った。「そのほうがいい。きみはその気になれば、友好的にもなれる人のようだから」

「あなたに対して非友好的になろうとは思ってないわ。ただ、こんなところでまた会うなんて思ってもいなかっただけよ。ドナルドはあなたのことに気づいてるって、もしかしたらあなたは思ってるかもしれないけれど、気づいてないわ。あなたのことは彼に話してないから。正直に言って、あなたが彼を捜してこんなところまでやってくるとは思いもしなかった。ほんとうに。でも、どうやらわたしは思いちがいをしていたみたいね」ここに来て、ようやく彼女の口調も態度もいくらか和らいできた。「わたしが知りたいのはどうしてあなたはこんなことをしているのかってことよ。それと、あなたはどう思ってるのかってこと。こんなことをすることにどんな意味があるのか、あなたはどう思っているのか」

「それはいい質問だ」

今の彼女の問いはもちろん私自身これまで自問してきた問いだった。ただ、今のところ大した答は見つかっていなかった。より大きな善――正義――を為すためだとすれば、今私がやっているのはなんの意味もないことだ。それは明らかだ。彼女とドナルドが刑務所送りになるかならないか。それは彼らには大いに意味のあることだ。しかし、私にとっては些細《ささい》なことだ。

「もしわたしが――」と彼女は切り出した。「――これは計画したことじゃなかったって言ったら、ほんとうに事故だったんだって言ったら、どうなる？　人がたまたま事故で死んだことで、ドナルドはそれをちょっとしたお金儲けのチャンスだと思った。たまたま現場に居合わせたせいで、そんな狂ったことを思いついた。わたしがそう言ってもあなたは信じないでしょうけど」

「ああ、信じない」

「それでも、それがほんとうのことなんだって言ったら？　彼って要するに機を見るに敏なのよ。そう、チャンスを逃さない人なのよ。彼という人はそれ以外の何者でもないわ」

「きみは地球が平らだって信じてる。そんなふうに私には聞こえるが」

彼女の顔が明るくなった。指先の緊張もほぐれてきた。

「そうかもしれない。なぜならそのほうがわたしには論理的に思えるから――平らな地球のことだけど。そう言われてもそれほど驚くべきことでもない。ちがうかしら？」

彼女は汗をかいていた。美しい顔が光っていた。子供のように一生懸命私を説得しようとしていた。

「それでもだ」と私は言った。「きみが今言ったことがたとえほんとうでも事態はさほど変わらない」

「法的にはたぶんそうね。でも、倫理的には――」

「倫理というのは危なっかしいことばだ。どれほど状況が明確なときでさえ。少なくとも今使うべきことばじゃない。まぬけなリンダーはいったい何者だったんだ？」

「彼はまぬけじゃないわ。ドナルドの知り合いだった。それだけのことよ」

「自分のことを覚えていてくれる友達がいるというのは常にいいことだ。しかし、ドナルドは彼に少しでも友情を感じていたのか？　いったいどうやってリンダーは死んだのか、話してくれ」

私のそのことばは彼女にとって意外だったようで、いっときのことながら面食らったような顔をした。下唇を意味もなく動かしてから、また話を続けた。

「お互い少し冷静になって話し合ったほうがよさそうね。ポールの死に不審なところは何ひとつないわ。ポールが死んだあと、ドナルドが常軌を逸したアイディアを思いついて、それを実行しただけのことよ。それってひどいことよ。でも、やっちゃったのよ、ドナルドは。こぼれたミルクはもとに戻せないっていうでしょ？　誰にとってももうどうでもいいことじゃないの。〈パシフィック相互保険〉から保険金はもう支払われたんだから――わたしたちが受け取ったのは会社にしてみればゼロに等しい額よ。これはモラルの問題だなんて言わないで。そんなもの、そもそもあなたは信じてないんだから。わたしもね」

それでも私は言った、これはモラルの問題だと。

「いったいリンダーというのは何者だったのか。私の関心はそこだ。きみが話してくれなくても、調べる方法はほかにもある」

「ちょっとちょっと。あなたは彼のことなんかなんとも思っていない。あなたはわたしたちを脅しにわざわざこんなところまでやってきたんじゃないの？」

「そうなのか？」

私としては笑わざるをえなかった。彼女にはそれが気に入らなかった。

私は事実を指摘した。彼女がここにいるなどとは思ってもみなかったこと、これまでの人生で誰かを脅迫したことなど私には一度もないことを。

「でも、今脅してるじゃないの！」と彼女はいきなり大きな声をあげた。

「ミセス・ジン、私はきみに何も求めちゃいない。求めることもできるのかもしれないが、そんなことはまだひとことも言ってない。それでも、きみにそう言われて気づいたよ。それも悪い考えじゃないのかもしれない。ただ、問題はそんなことをしなきゃならない理由が私にはひとつもないことだ。金なんぞ要らないよ。慈善団体に寄付でもしたくならないかぎり」

「そんなたわごと、わたしは信じないから」と彼女はまた大きな声をあげた。

「そんな大声を出すなよ。壁越しに旦那にも聞こえちまうかもしれないぞ。そうそう、そう言えば、旦那はポールという名を気に入ってるのかい？」

「どんな名前だろうと気にもしてないわ。彼は自分の人生を生きたいと思ってるだけよ」

そこでいきなり彼女の眼から涙がこぼれた。

彼女はドナルドには多額の借金のあることをそのあと打ち明けた。だから脱出口が必要だったのだと。誰にだって出口は必要でしょ？

「そうとはかぎらない」と私は言った。

「それはあなたがこれまで絶望的な状況に陥ることがなかったからよ。あなたには絶望的な状況というのがどういうものかもわかってないからよ。わたしたちが悪いんじゃないなんて言ってるんじゃないのよ。でも、わたしたちの手には余るものになっちゃったのよ。そういうことってあるものよ。普通の人にだって起こることよ」

「きみたちは〝普通の人〟なのか？」

「もちろんよ。とんでもない状況にたまたま居合わせてしまっただけよ。わたしたちは悪党じゃないわ。あなたが絶対思ってるとおり、わたしは教会にだって行くし」

「ドナルドは行かないんじゃないかな」

「あの人はまともな人よ。そういうことを言えば、あなたなんかよりずっとまともな人よ」

「それはつまりかなりハイレヴェルでまともじゃないということか」

彼女もいくらか落ち着いてきたようで、涙も乾き、眼つきもおだやかになっていた。やっとわかったのだろう。絶望的というよりきわどいこの状況を支配するには、ここは慎重にうまく立ちまわらなければならないことに気づいたのだろう。落ち着きを取り戻した眼で彼女は眼のまえの哀れな老人に意識を集中させた。人がポメラニアンをうまく躾《しつ》けようとしているときに、うまく躾けられるポメラニアンのふりをするというのは、いとも容易《たやす》いことだ。ちょっとした思慮と経験さえあればそれで事足りる。

「わたしたち、このことについてはお互い道理をわきまえた人間になれるはずよ」と彼女は声を落として言った。

「だったら最初からやり直そう。お互い焦ることはない。まだ日は長い。きみの旦那が水上スキーに行くのにきみを待ってるのでなければ」

「誰も待ってないわ」

私は彼女の身の上を尋ねたりはしなかった。ミスター・ジンとのなれそめを訊いたわけでもなかった。それでも、彼女は話しはじめた。

すでに聞いていたとおり、彼女はマサトランの〈フラミンゴ・クラブ〉でウェイトレスをやっていた頃に、ドナルドと出会ったのだった。老人は通常、魅力などというものとは無縁の生きものだが、それでもそれに類するものを編み出す術を心得ている者はいる。ドナルドはそういう老人だった。気前がよく、金に無頓着《むとんちゃく》で、女が真《ま》に受けるような狂おしい思いをここぞというときに表現する術に長けていた。その手の術は、翌朝ふたりとも素面《しらふ》で目覚めたときには、得体の知れないものに思えるのが常だが、それはそれとして。ドナルドにはドナルドの流儀があり、彼女はころりと彼が好きになった。きわめて稀で、きわめて突飛なことながら。ドナルドはひとりで、あるいは友達とカジキ釣りにマサトランに来ていたのだが、ふたりの関係がロマンティックなものになると、彼女をカリフォルニアに招待した。それはありとあらゆるマサトランのウェイトレスの夢だった。彼は週末には彼女を山地のジュリアンやモハヴェ砂漠の〈29パームズ・イン〉に連れていった。ふたりはランチョ・サンタ・フェの〈ミル・フルール〉で豪華なディナーを食べ、コロナドのタウンハウスに泊まりもした。だから、彼に結婚を申し込まれると、彼女は一瞬たりともためらわなかった。確かに彼は歳を取ってはいるが、彼女のことばを借りれば〝生き生きとしており《フル・オヴ・ビーンズ》〟考えられないほどの資産と金を持っていた。

「だからと言って、わたしを責めないで」と彼女はわざと恥ずかしがったふりをして言った。また急にことばに温《ぬく》もりが戻り、緊張も解けていた。「つまるところ、あなたとわたしはそんなに変わらないってことよ。ちがう？ ドナルドのことを詐欺師と言ってもいいわ。

でも、彼は安っぽくはない。わたし、安っぽい人には耐えられないの。わかる？ それはもちろんあなたも同じでしょ？ わたしは手に入れられるものだけを欲しがる人間よ。あなたもそうでしょ？」

「きみはなんらかの申し出を私にしようとしてるんだろうか？」

「まだ考えてる。あなたはどんな人なんだろうってまだ考えてる。どっちみちドナルドに言わずにできることじゃないけど。彼の知らないところであなたにこっそりお金をあげてあなたを追い払うなんて、そんなことはわたしにはできないけど」

私は彼女にそれがきみの望みなのかと尋ねた。私を追い払うことが。

「もちろん」と彼女は言った。美しい笑みを浮かべて。

「だけど、財布のひもを握っているのはドナルドなんだね？ だったら、やはり私は彼に直接会って、彼がどう思うか確かめる必要があるんじゃないのか？」

「そうね、やっぱりそれがベストね」

「しかし、それは私にとってはけっこう大きなリスクをともなうことでもある」

「彼があなたを殺そうとするとか？ そんなメロドラマみたいなことを言わないで。そんなことをしたら、わたしたち全員が面倒なことになるだけじゃないの。わたしたちはただ放っておいてほしいだけ。あなたにだってそれぐらいわかるでしょ？ 一緒に夕食をとったらあなたにお金を払って、そのあとはお互い別々の道を行く。あなたにしてみれば濡れ手に粟《あわ》みたいなものじゃないの。保険会社にはあなたの好きに言えばいい。彼らには何も証明できない。だからあなたがそう言えば、彼らもわたしたちにもうかまってはこないでしょう」

「今言ったことをきみはこの五分間で考えたわけだ」

ほんとうにそう思って言ったわけではない。もちろん。私のところに来たときにはもう考えていたにちがいない。それも彼女ひとりではなく、ドナルドとふたりで。ここに来てようやく、彼女が見てくれだけでも平静と威厳を保つのにどれほど努力しているか、私にも見えてきた。彼女は激怒などしていない。むしろ取り繕《つくろ》った表面から内部の震えが時々顔をのぞかせているのに、それを隠す術がわからない。どうやらそういうことのようだ。私はそれがわかってある意味ほっとした。彼女の激しい性格の根っこには人間的な葛藤《かっとう》があった。彼女は機械でもなければ、生まれながらの詐欺師でもない。もしかしたら、心の奥底には以前はよく機能していた良心の名残《なご》りも残っているかもしれない。金の話を持ち出したときに浮かべた彼女の笑みは冷ややかなものだった。それでも、彼女が意図したほどには冷ややかにならなかった。なぜなら、金というのは彼女が人間として理解できるものだからだ。欲こそ彼女が本能的に共感できるものだからだ。

「そんなに面倒な話じゃないと思う。もちろんそれはあなたがどれだけ要求してくるかによるけど。人ってやっぱり多くを望みすぎるものだもの」

「私は何も要求してないよ」と私は言った。「だからきみのほうから提示してくれ。そうしてくれればそれが受け入れるだけの価値のあるものかどうか、そのとき判断するよ」

「わかった」

そう言って、彼女は考える顔つきになって眼を細めた。今ここでは何を受け入れ、何を拒絶すべきか考えているのだろう。結局、もう少し時間稼ぎをしたほうが得策と思ったようだ。

「もちろん、ドナルドと相談しなきゃならないけど――」

「なんでも好きにしてくれ。今日の九時にきみたちふたりに階下《した》で会うというのでどうだろう？」

「まず彼と相談させて。こういうことは彼とふたりで話し合わないと。彼はあんまり喜ばないかもしれないでしょ？」

「だったら最悪の事態も想定しておこう」

「彼って驚かされるのが嫌いな人なのよ」

若い頃なら、さらに別なアプローチも試して、彼女に揺さぶりをかけていただろう。が、彼女を動揺させることも彼女の不興を買うことも今はしたくなかった。今の私は勲章を授けられた退役軍人みたいなものだ。足も遅くなり、思い出の品を光り輝く金属製の容れものにしまっているような男だ。独楽の男に言ったとおり、すでに引退の身で、いざというときが来ても、もう実際に行動を起こすことはない、頭の中で多少は考えるかもしれないが。彼女は立ち上がった。私もそれに倣った。もちろんいつものことながらよろよろと。彼女はそんな私をいささか驚いたような顔をして見た。ふたりでドアに向かった。彼女はいっとき私の部屋を仔細に見まわした。彼女がやってくるまえに私が何か隠さなかったかどうか確かめでもするかのように。そのあとドアを開けるまえに振り向くと言った——わたしたちのお金を受け取ったら、あとはもう家に帰るのがあなたのためよ。引退生活もそう悪いものじゃないわ。あなたが今やっているようなことよりずっといいはずよ。メキシコのホテルに泊まって人をスパイすることなんかよりずっと。

「そんなことをするのは」と彼女は最後に言った。「あなたのような人にとって悲惨な人生よ」

「悲惨じゃない愉しい人生というのはどういう人生なんだね？」

「わからないけど。メイドがラザニアをつくってくれるのを暖炉のそばで愛犬と一緒に坐って待つとか」

「それこそこの件が片づいたら私がまた戻る人生だ」

「そうなさい。そういう人生を手放さないことよ」

彼女は自分でドアを開けた。ひょっとして自分の部屋に戻るのが怖いのだろうか？　私はふとそんなことを思った。

「夕食のことはあとで知らせるわね」そう言って、彼女は自分の世界に——彼女なりに居心地のいい世界に——戻っていった。

「電話のそばで待ってるよ」

14

実際にはルームサーヴィスでギムレットを頼んだあと、エル・セントロのボンホッファー刑事に電話した。哀れな彼がどこにいるかはわかっていた。思ったとおり、安食堂でひとりで食事をしていた。砂漠の熱気が安食堂の電話の送話口から染み出してきそうで、私は彼のいるところにいなくてよかったと思った。

「あんたはいつも最悪のときを選んでかけてくるね」と彼は言った。すでに昼下がりになっていたが。私は良心的な値段でポール・A・リンダーという男のことを調べてくれないかと頼んだ。彼は詳細をナプキンに書き取った。それで商談は成立した。彼のほうから翌日連絡してくることになった。

「いずれにしろ、あんたには聞き覚えのない名前かな？」と私は言った。

「聞いたことはないな。少なくとも、おれの仕事でこれまで行き会うことはなかったと思う」

「それでもあんたの所轄の郡の出ならすぐにわかるね。私のほうも裏社会の心あたり全員にあたってみる。まだリンダーがまっとうな市民だったかどうかもわかってないわけだから」

いっときボンホッファーは不味《まず》いバーガーを食べるのをやめて言った。

「あんた、メキシコにいるのか？　どうりでなんだか嬉しそうな声を出してると思ったよ。もうこっちには戻らないほうがいいんじゃないか？」

いちいち言うまでもなく、それは悪い考えではなかった。

私は盗聴器具を取り出して、数部屋離れたジンの部屋の盗み聞きを再開した。ドロレスが彼女の怒れるプリンスの帰りを待っていた。ぴりぴりした様子で部屋の中を行ったり来たりする足音が聞こえた。プリンスが帰ってくるまで一時間かかった。ドアが開く小鳥のさえずりのような音がして、鍵がかけられ、囁き声がした。そのあとふたりはバルコニーに出た。何があったか、彼女はそこで彼に話すつもりなのだろう。ふたりがまた部屋の中に戻ってきたのがわかった。彼女はまだ説明していた。歌でも歌っているような彼の高い声は脅しと緊迫感に満ちていた。同時にそこには感嘆と素朴な驚嘆も入り交じっていた。そのあと彼は黙った。部屋を行ったり来たりする彼女の足音がまた聞こえだした。

「そいつは何者なんだ？」と彼は彼女に繰り返し何度も訊いていた。

「彼はこのリゾートまでのこのこやってきた。彼のことをわたしがまえにあなたに言わなかったのは――」

「いずれにしろ、ここにいるんだな？」

「追い払いましょうよ。そんなに大きな取引きにはならないわよ」

ドナルドはベッドに横になった――スプリングが軋んだ――彼女もその横に坐った。そのあとはしばらく囁き声で話していた。時々、その声はパニックのクレシェンドのように大きくなったが、それでも聞き取ることはできなかった。そのうちふたりのどちらかが風呂の蛇口をひねった。最初、私は音を消すための策かと思ったが、そうではないことはすぐにわかった。実際にドナルドが風呂にはいり、いっとき静かになった。ベッドから彼に話しかけるドロレスの声がした。

「彼を夕食に招待して、お金を払いましょうよ。このことは穏便にすませましょうよ。どうせあの男が欲しがってるのはお金だけなんだから」

「そういうクソ野郎どもは――」

彼女の声がした。ほとんど笑っていた。「でも、それが人間の性《さが》ってもんでしょうが。だからわたしにはわかる。バラ・デ・ナビダドの家に招待して、美味《おい》しいワインを飲ませてあげて、妥当なお金を払ってあげたら、喜んで帰っていくわよ。それでけりがつくはずよ」

「こういうクソどもはどんな賄賂にも飛びつくからな。笑わせられるよ、まったく」

彼女もバスルームに行ったらしく、声が小さくなったが、それでも聞き取ることはできた。「わたしに任せて」

そのあと何も聞こえなくなり、しばらく経って彼が風呂から出てきた。ふたりは一緒にベッドに横になった。

「度胸のある爺さんだ」という彼の低い声がした。

「まったくクソ度胸のある野郎だよ」

「ええ、ハニー、それは言えるわね」

「だけど、なんとかしないとな。ケツに食いつかれて放っておくわけにはいかない」

「熱くならないで。とにかく一緒に夕食を食べましょう。彼を見てからあなたが決めればいい」

「ああ、わかった」

「ただの馬鹿なお爺さんよ。だからそんな面倒なことには――」

「ああ、そのとおりだ。おれもそう思うよ」

　そのあとふたりは午後のあいだずっと寝たのだろう。盗聴器からは何も聞こえなくなった。私は最後には見切りをつけ、カメラを持ってバルコニーに出た。湾はほとんど水平線にくっつきそうな太陽の陽射しを浴びて輝いていた。おだやかなその海面に白い帆が点々と浮かび、それが水たまりの水を飲む蛾《が》のように見えた。ホテルのビーチはいつものように夜の愉しみに向けて、エネルギーを貯めていた。リゾート施設を囲む明かりがぽつぽつとともり、小塔や尖《とが》り杭や小さなアンダルシア風のアーチを照らしはじめた。

　私はもう一度地図を調べた。バラ・デ・ナビダドはここマンサニージョから車で二十分ほどのところにあった。数日まえに来た道をただ引き返せばよかった。来たときには特に気づかなかったが、道路と海とのあいだの森の中に、見るからに金持ちの別荘らしき建物があったのはぼんやりと覚えていた。ふたりはもうそこにリンダーの名前で家を買ったのかもしれない。贅《ぜい》沢《たく》でうしろ暗い彼らの未来のためには恰好の隠れ家だ。ドロレスがエル・セントロからどれだけの現金を持ってきたのかはわからない。スーツケースに札束を詰め込み、車のトランクに入れて、申告することなくどうやって国境を越えたかは。その額も。もしかしたら数百万かもしれない。だとしたら、それをいろいろな場所に小分けしたにちがいない。税関に眼をつけられたら、その全額をほんの数分でなくしてしまうかもしれないのだから。一方、彼女はメキシコの国境検問所の職員を全員知っていて、買収できたのかもしれない。それぐらいやる度胸は彼女にはありそうだ。つまるところ、私なんぞより彼女のほうがよほど謎めいた人物と言える。彼女は演技をするまえに考えすぎない。そして、演技が必要となったときには、そのことが逆に彼女に電撃的なまでのすばしこさを与える。気づくと、私は不本意ながら彼女を称賛したくなっていた。その夜のディナーはグッチのネクタイに値した。私はそれに年季の入ったヴェストを合わせた。私には着るものだけを使って、別の時代から無傷でやってきた男みたいに見せる才能がある。そうやって武装をすませ、彼女からの電話を待った。その電話は七時二十分にかかってきた。

「階下《した》のビーチサイドのレストランで会いましょう。ミセス・リンダーの名前でテーブルを予約したから。戸外で、ほかにも人がいるところで、会いましょう。ロビーに降りたらあなたのボディチェックをする人が待ってる。念のためにね」

「ハンサムなやつだといいな」

「今から十五分後でいい？」

私は早めに階下《した》に降りた。彼女が言ったとおり、男がひとりロビーで私を待っていた。ロビー全体が人でごった返していたが、男は手もなく私を見つけた。ビーチ向きの白い服にエスパドリーユ（底を麻縄などを編んでつくった布製の靴）といった恰好の若いメキシコ人で、愛想のいいやつだった。紳士用トイレで私のボディチェックをすると、よい夜を、と声をかけて私を送り出した。人畜無害であることが証明された私はビーチに出て、彼女の名前を支配人に告げた。案内されたテーブルには四人用の夕食の準備がされていた。私はギムレットを注文し、ジン夫妻――ここではリンダー夫妻――が現われるのを待った。三十分が過ぎ、すっぽかされたのかと思い、ウェイターに勘定を頼んだところで、ナイトクラブ向けの装いをしたドロレスが現われた。が、ひとりだった。

彼女は私がすでについているテーブルまで来ると、

遅れたことを謝り、さらにドナルドは気分がすぐれず、今夜は来られないと言った。

「嘘の口実だなんて思わないで」と彼女は椅子に坐りながら言った。「ほんとうのことだから。なんと言っても歳だもの。わかるでしょ？　こういうこともあるのよ。もしかしたらあとから降りてくるかもしれないけれど」

「気分がすぐれないんじゃなくて、ただ怒ってるんじゃないのか？」

「そもそもわたしは怒ってないとは言わなかった。そう、とてもとても怒ってる」

「いずれにしろ、私としてはもう来てしまったわけだからね」

彼女はバラクーダを食べないかと言った——バラクーダって言われて、ノーと答えられる男がどこにいる？

「いや、要らない」と私は答えた。「カニをもらおう。飲みものはやっぱりギムレットだ。きみも試したらどうだね？　老人の飲みものだが、よちよち歩きの子供向けにしてもいいほど甘い酒だ」

「最近はずっと水にしてるの」

「バラクーダに水か。どうりでスリムなわけだ」

きわめて奇妙なことに、愉しい食事になった。われわれはカリフォルニアについて語り合った。このひとときふたりのあいだには交渉事などないかのように。

「もう向こうへは戻らないんだね」と私は言った。

「もう戻る気はしないわね。ドナルドが死んだあと、不動産は全部売り払ったし」

「きみたちが借金をしていた人たちはどうなった？」

「メキシコはすばらしい国よ。そうは思わない？　一本一本見ることも数えることもできないくらいいっぱい木が生えている森みたいな国よ。わたしたちにお金を出した投資家たちは——みんなお金持ちよ。だから、そんな彼らのために夜も眠れなくなるなんてことはないわね」

「正直に言えば、それは私も同じだ」

「あなたも馬鹿じゃないものね。それはわかってる。人生でただひとつ大切なことは破産しないで物事をやり遂げることよ」

「それがどうしてそんなにむずかしいことなんだね？」

「お金のこと？」彼女はいきなり手を伸ばすと、私のギムレットを取り上げて味見した。そして、顔をしかめるとグラスを私に返した。そう、爺さんの飲みものだ。それでかまわない。ライムというのは別世代のものだ。

彼女は続けた。「あなたはあなたで自分の宗教を持つ権利がある」

子供の頃、彼女はマサトランのカルトの祠《ほこら》のまえで妹と一緒に死の聖母《サンタ・ムエルテ》によく祈ったのだそうだ。この聖なる死神は聖母マリアの骸骨として現われ、影の聖母としても知られる、なにより幸運と金の女神だ。イタリアのナポリの麻薬ディーラーなどの犯罪者が信仰する異教のカルトに似ている。メキシコではそれが地下信仰となり、スラムの道端に自然発生的にその祠ができる。人々はその祠のまえに懺悔者《ざんげしゃ》として集まり、白い衣《ころも》に黒い鬘をつけた女性の骸骨の小像をまえに四つん這いになり、祈りを捧げる。殺し屋たちはサンタ・ムエルテが自分たちに繁栄をもたらすと信じている。

「そうじゃないとは断言できないはずよ」と彼女は言った。

「だったら、きみはドナルドの灰を集めたときにもそのマリアに祈ったわけだ」

彼女は間髪を入れず笑みを浮かべた。が、その眼を見れば、私の言わんとしたことを即座に理解したことは容易にわかった。

「すべては過去のことよ。それが今、あなたになんらかの意味を持つわけでもない。ドナルドとはもう話したわ。で、現金で十万ドルってことになったんだけど。それはどう考えたって今度のことであなたが手にする報酬よりはるかに多い金額よ。あなたにしてみれば、実質的には濡れ手に粟みたいなものだけど、金額的には妥当なものだとわたしたちは思ってる。だから額について難癖をつけるのはやめてほしい」

私はしばらく考えるふりをした。彼女を落ち着かない気分にさせるのは気分がよかった。彼女は私の返事を待ちきれず、立ち上がった。そして、波打ちぎわのほうに歩きだした。どうやらこれで話はついたと思ったのだろう。

私はテーブルについたまま、波に下半身を濡らして歩く彼女を眼で追った。そのうちビーチの遊び人たちのあいだにまぎれて見えなくなった。彼女はドナルドが彼女のために用意した役にぴたりとはまっているとは言いがたかった。たとえばひとつ、彼女は自分自身の考えを持っており、自分で決断のできる女性だ。私としてもいささか彼女を過小評価していた。彼女はエイブル・グレイブルでもなければ、金だけがめあてのの安っぽい女でもない。役立たずなのはドナルドのほうだ。それでも、彼が今ビーチを眺められる場所から、われわれを監視しているのはまちがいない。もしかしたら、自分の部屋のバルコニーかもしれない。暗がりに身をひそめ、双眼鏡を眼にあて、夫としていくらかは心臓の鼓動を速めているかもしれない。もしかしたら。

そんなことを思うと、彼女に対する考えがまた変わった。彼女はやはり操り人形師ではなく、操り人形なのではないか。暴力の出所はもっと別なところにある。これは彼女のサーカスではない。首にできた痣は人を操るのが巧《うま》い人間のしるしとは言いがたい。下半身を波に濡らしてから、またテーブルに戻ってきた彼女はさきほどより幸せそうに見えた。私の記憶に残る誰よりも生き生きとしてリアルに見えた。そんな彼女を見て、私のほうもだらしなく少しだけ幸せになった。その事実には彼女も気づいたようだった。髪を軽やかにテーブルに垂らし、椅子に坐った彼女の肌の上で、小さな水滴がきらきらと光っていた。肌そのものには鳥肌が立っていたが。彼女はグラスを取り上げ、飲みものに口をつけた。もし彼女が砂糖なら、量り売りしているのかどうか、私はその場で訊きたくなった。訊いたら、きっとそうだと答えただろう。そう答えた上で私を体《てい》よく退けるだろう。それでも試してみる価値はある。望みはかぎりなく薄くとも。それでも、私は訊くことはやめにしてかわりにこんなことを言った。「きみはバラクーダの中にいながらにしてバラクーダを食べているように見える」

　彼女は少し考えてから言った。「とにかくあなたの返事はイエスということでいいのね？」

「ああ。ただ、額は十二万だ。それでもドナルドは同意することはわかってる。だからこの額で乾杯しよう」

　彼女は眼をぱちくりさせた。が、それだけだった。

「わかった――」と彼女は語尾を引っぱっていった。「十二万ね。わたしとしてもこの期《ご》に及んで額の交渉をしようとは思わない」

「シャンパンをボトルでもらおうか？」

「おかしなことを思いつくのね」そう言って、彼女は投げ出すように両腕を広げた。が、そこで肩をすくめて言った。「いいわ」

　私はウェイターを呼んで、大仰にドンペリニヨンをボトルで頼んだ。

「すぐにお持ちします《パラ・セルビルレ》」とウェイターは言って、ドロレスにすました視線を投げた。

「あのウェイター、毎晩わたしを見てくる」ウェイターが立ち去ると、彼女が言った。

「きみと男たち。男たちはわれわれのほうを今も見てるんだろうか？」

「たぶん」

「きみは逃げたくても逃げられない」

シャンパンが来ると、私はわれわれの取引きにではなく彼女に乾杯した。そして、自分のほうから言った——こんな望ましくない状況で出会ったことはもとより、私に金を払ってしまったらきみとはもう会うこともなくなるというのは、返す返すも残念なことだと。私たちはボトルを半分空けた。酔いがまわっても彼女は気にすることなく、明日の夜、バラ・デ・ナビダドの彼らの家に金を取りにくるように言った。さらに友達としてディナーに私を招待するとも。ドナルドが私に会いたがっているのはほんとうだとも。彼女には全《ぜん》幅《ぷく》の信頼を置いていても、それでも彼は私が信用できる男かどうか、自分の眼で確かめたがっている。そういうことなのだろう。

こっちもドナルドに会いたかった。こんなにあちこち田舎の町を捜しまわらされたのだ。実際に会えば、そのあとはもう忘れられる。向こうもこっちも曖昧な闇の中に戻れる。お互い隠居の身に戻れる。

「金は今ここでもらえたら一番いいんだがね。でも、そういうことにはならないんだね？」

「そうね。彼、あなたに直接尋ねたいことがあるみたい。あなたも知ってると思うけど、ラス・アダスって警官だらけのホテルよ。だからここにはお金は持ってこられない。明日わたしたちの家に来て。サングリアをつくってあげるわ」

勘定は彼女が払った。シャンパンのボトルはもう空いていた。その大半を飲んだのは私だが。彼女は立ち上がり、私におやすみと言い、明日、私の部屋のドアの下の隙間から彼女たちの家までの地図を入れておくと言った。ディナーは八時ってことでいい？　すべて彼女に任せた。

立ち上がり、彼女と握手を交わした。彼女は私をビーチに残してホテルに向かった、見るかぎり満足げに。

私としては考えることが二、三あった。が、どれもさして意味のあることではなかった。ドンペリニョンの最後の一杯をできるだけゆっくりと飲みながら、ドアの下の隙間から示される指示に従ったらどんなことになるのか考えた。部屋に戻り、盗聴装置のスウィッチを入れたが、彼らの部屋には誰もいないようだった。何か聞こえてくることを期待して、夜ふかしをする気にはなれなかったので、精神安定剤を飲んで寝た。夢は見なかった。夢を見なかったのは実に何年かぶりのことだった。私の夜が毎夜こうだったら、どれほどすばらしい人生を送れていただろう。

翌朝、何はともあれ階下《した》に降りて、レストランでいつものカフェ・デ・オジャを飲み、アメリカの新聞を読んだ。そのうち海で泳ぎたくなった。午後遅く、ボンホッファーがエル・セントロから電話してきた。彼にも私にも意外だったことに、彼に頼んだ調査には成果があった。ポール・A・リンダーという男が見つかったのだ。というか、その名の男の痕跡が。ポール・A・リンダーは誰にも理由がわからぬまま失踪していた。住まいはソルトン・シティのトレーラーハウス・パーク、ソルトン・シティというのは同じ名の内海の畔《ほとり》にある町で、国境の市《まち》エル・セントロから数十マイル北にあった。ボンホッファーが調べたかぎり、同じように砂漠に住んでいる父親以外に身よりはなく、この父親には連絡がつかなかった。それには父親の頭がいくらかおかしくなっているせいもあるようだった。いずれにしろ、いなくなったリンダー・ジュニアを誰も恋しがってはいなかった。日雇いの庭師をやったり、ヒッピー村のあるスラブ・シティでドラッグを売ったりして生計を立てていたらしい。

「もっと詳しく話してくれ」と私は言った。

15

リンダーには犯罪記録があった。ボンホッファーはその日の朝、ソルトン・シティの警察まで出向いてそのことを調べてくれていた。エル・セントロからソルトン・シティまでのその道は私もよく知っていた。その道から眺められる、淀《よど》んだ水に映った巨大な灰の塊《かたまり》のような山々のことも、その道沿いにヘルホール・パームズなるところがあることも。私はそんな名前の場所に隠居し、名刺に〝地獄の穴《ヘルホール》〟と記すという のはどうだろう、などとまえまえから思っていたのだが、実際には、そこにはトーレス・マルティネス・デザート・カウィヤ族という先住民族が住んでいる。さらにその少し北には〝メッカ〟という名の〝地獄の穴〟がある。こうした命名にはユーモアのセンスを感じずにはいられない。ソルトン・シティには〝アベニーダ・サルシプエデス〟という名の通りはないのだろうか。メキシコでよく見かける通りの名だ。〝立ち去れるなら立ち去りなさい〟通り。

ボンホッファーは、ソルトン湖の向こう岸のグラミスというところにあるトレーラーパークの住所を突き止めていた。ホースシュー・レーンという道路に面したところで、リンダーが庭師として働いていた〈グラミス・ノース・ホット・スプリング・リゾート〉へはそこから歩いて行けた。

グラミスというのは、下水も電気も満足にない、骨まで乾ききったような辺境の集落で、ボンホッファーがリンダーのトレーラーを見つけるのは造作もないことだった。

「ノックをしても応答はなかった。もちろん。で、近所の人を見つけて訊いたら、リンダーは仕事で出ていったということだった。ドアには南京錠がかかっていたから、彼がそこにいないのは明らかだった。記録を見るかぎり、彼はニランドでヘロインを売って捕まってる。すぐ釈放になったみたいだが」

「スラブ・シティのコミューンとは関わりがあったんだろうか？」

スラブ・シティというのは、砂漠のど真ん中に築かれた、伝統にとらわれないコミュニティだ。ヒッピー文化とドラッグに影響を受けたとしか思えない野外彫刻があることでも知られる。

「あとでそこにも行ってみた。みんなリンダーを知っていたけれど、ここ数ヵ月は見ておらず、そうなると、もう誰もちゃんと彼のことを覚えていないみたいだった。そもそも始終ラリってるようなやつらだからね。彼の父親は見つけられなかった。そこにいた連中によれば、その父親はひとりで砂漠を車で走りまわっていて、ちゃんとした住所もないそうだ。このあとおれに何をさせたい？」

「何も。父親のほうはいずれどこかに現われるだろう」

「もうひとつちょっと面白いことがあった」

「ほう？」

「あんたが言ってた〈パーム・デューンズ・リゾート〉の中を調べたんだが、新しいオーナーが来るまえに掃除していた。で、作業員が地下室で遺灰の壺を見つけたんだ。中にはいっていたのは人骨にまちがいない。ミセス・ジンはどうやらその壺のことなんか忘れちまったみたいだな。署に持ち帰って、今はここにある。いったいこれはどういうことなのか。やっぱり教えちゃもらえないんだろうね？」

「いやいや、これは近頃の人間の大いなる問題点だよ。愛する者を地下室に置いたまま忘れてしまうというのは」

「ちょっとした頽廃《たいはい》だな」

「彼女は急いでたとか？　それが誰の遺灰か私にもわからない。もしかしたら、彼女に金を貸していたやつの遺灰なのかもしれない」

彼は笑ってからぼそっといった。「かもな」

「それはそっちで保管しておいてくれ。あとで取りにいくよ」

「あんたが？」

「誰の遺灰かわかったら。あんたは別に知りたくもないだろうけど」

「ただの壺だ。犯行現場とはちがう」

「リンダーの親父さんを見つけられるか、もう少し試してくれないかな？　親父さんは息子がいなくなったことをどう思ってるのか知りたい」

私は自分の部屋で午後の残りを過ごした。盗聴は続けたが、メイドが自分の仕事をしている音しか聞こえてこなかった。彼らはもうホテルを発ってしまったのかと思いかけたところで、午後五時、ドアの下の隙間からメモが差し込まれた。こう書かれていた。「八時にロビーに降りたら、バラ・デ・ナビダドまで白のポンティアック・グランダムのあとをついてきて。そのポンティアックの運転手がわたしたちの家までの道順を教えてくれるから」

よかろう。つきあってやろう。危険を覚悟で。私は何かにそそのかされていた。が、それはただの好奇心ではなかった——このクソ野郎とは面と向かって会いたかった。そして、少しは顔をしかめさせてやりたかった。

彼らのスイートには複製キーではいれた。盗聴マイクを見つけ、ラグの下から取り上げた。そのあと部屋を見てまわった。シーツは取り替えられておらず、ベッドのまわりにはタフィーの包み紙が散乱していた。まだ掃除に来ていないのか？　しかし、寝室は散らかっているのに、バスルームはきれいなものだった。彼らは髪の毛一本あとに残すことなく、見事なまでの目的意識を持ってホテルをあとにしていた。私は階下《した》のロビーでベルボーイに、リンダー夫妻は何時頃チェックアウトしたのか尋ねた。ベルボーイは時間を忘れてしまったかのように腕時計を見て言った。

「一時間ほどまえです」

「出ていくところを見たのか？」

「はい、おふたりともお鞄をお持ちでした」

どうやら私も同じことをしなければならないようだ。

荷造りをしてひげを剃《そ》り、鞄を持って七時にロビーにまた戻った。ホテルの支払いをすませ、ロコ・バーに行き、ジントニックを注文し、おとなしく椅子に坐って、約束の時間が来るのを待った。〝一大レジャーランド〟から出られることが嬉しかった。心のどこかでは家に帰るという気持ちがもうはっきりと形づくられていた。

八時五分まえ、盗聴装置のせいで重くなった鞄をひとつ自分の車のところまで運んだ。とりあえず最も安全な場所に思えたので、現金は体から離さなかった。よく晴れた夜で、ホテルに雇われたマリアッチ・バンドの演奏するよき時代の古い曲が夜気に漂っていた。白いグランダムが停まっていた。その運転席に昨夜私のボディチェックをした男が坐っていた。

窓はすでに開けられていた。

「ボディチェックはまたしなくちゃならないけど」と男は言った。「それは途中でやるってことで」

「杖はかまわないかな？」

「杖までは取り上げないよ」

「杖がないと転びそうでね。それはあんたも望まないだろ？」

私はまずは彼の車のあとを追う。そして、ある地点まで行くと、別の車が待っているということのようだった。ずっと高速道路二百号線を走るだけで、そう遠くはない。

「まだきみの名前を聞いてなかったね」と私は言った。

「おれたちはみんなホセって呼ばれてる。そのほうが覚えやすいだろ?」

大きな森の中を曲がりくねって這っている道路を南へ走ったあと、小径にはいった。その小径は陰気にきらめいている海と闇の両方に浸っているように見える岬に続いていた。その先にクアステコマテスと呼ばれている入り江があった。

ホテルが海岸沿いの突堤のすぐそばに一軒建っており、ロングテールボートが数艇砂浜に引き上げられ、まわりに風防つきの石油ランプが置かれていた。ホテルはほぼ二階建てといった建物で、一階にバーとパティオがあり、そこの明かりが浜辺を照らしていた。ホセはホテルの裏手に車を停めた。私たちは車を降りると、パティオまで歩いた。バーの中ではジュークボックスがかかっていて、客がひとりもいないからには好きにしてもかまわないと決めた若い女がふたり踊っていた。月は湾の上にかかり、そのパパイヤ色の光が何か締めつけるような、押しつけるような雰囲気をあたりに醸《かも》していた。私たちが外のテーブルについて坐ると、それまで踊っていたふたりの女がミチェラーダを持ってきた。女がまた建物の中にいなくなると、ホセが約束どおり私のボディチェックをした。そのあとふたりでミチェラーダを飲んだ。湾の向かい側の森の中に二つ三つ明かりが見え、家屋があるのがわかった。あれがセニョール・リンダーの家だ、とホセが言った。そう言って、迎えのボートがすぐに来るはずだとつけ加えた。

待つあいだ、彼はオレンジを注文した。何個かボウルに入れられてオレンジが届くと、ひとつを手に取り、私のために皮を剝きはじめ、そうするようにと言われているんだと言った。

「オレンジは好きじゃなくてね」と私は言った。「自分で食べてくれ」

「オレンジが嫌い？　どうりであんた、しょぼく見えるわけだ」

「インドのパンジャブにはこんなことわざがある。オレンジは女房たちの血だって」

「なんだって？」

私は笑った。つられて彼も笑った。もしかしたらホセもいいやつなのかもしれない。総じて言えば。

「いかれたことわざだ」と彼は言ってため息をついた。

彼がオレンジを何個か食べたところで、湾の反対側の岸からボートが一艘ホテルに向かってやってくるのが見えた。私たちは突堤のへりまで歩いた。月明かりに照らされ、湾を走ってやってくるロングテールボートの輪郭が見えた。ボートが近づくと、ホセが私に、帰りも同じボートがここまで送ってくれる、それじゃ、気をつけて、と言った。向こう岸には道が一本あるだけだから迷うことはないとも。私がこっちに戻ってきたときにはホセはもうここにはいないということだった。握手を交わし、私はホテルのほうに戻る彼を見送った。

ロングテールボートの舵《かじ》を取っていたのは地元の人間で、向こう岸に向かう途中、さきに金を払ってくれたら、私の用事がすむまでいくらでも向こう岸で待っていると言った。それはありがたい、と私は応じた。私の招待主がそうした手配をしていないというのは意外だったが。私がそう言うと、男は言った。ちがうよ、おれはあんたをホテルまで連れてきた人に雇われたんだ、で、そのときもらったのは片道分だけだと。これまた私には奇異な気がした。

「いずれにしろ、待っててくれるんだね？」

「そう。お客さんが今払ってくれたらね。いくらでも待つよ」

私は何ペソか払った。男は信用できそうだった。

岬に着くと、男はエンジンを切った。男がボートを岸につなぎ止めているあいだに私はよろよろとボートから岩場に降りた。波がボートを打った。男はかまわず、私と一緒に濡れていない場所まで歩いてきた。

そして、小径を示して言った——小径は林を抜けて丘の麓《ふもと》まで続いていて、あんたが行く家はその丘のてっぺんにあると。杖のおかげで、海が見渡せるところまで歩けた。下では綱で舫《もや》ったロングテールボートが波に激しく揺られていた。男の姿は見えなかった。岬は強風が吹いて林が歌う場所で、下草が生えているところどころに石造りの建物の残骸があった。私はさらに丘をのぼった。やがて塀が見えてきて、その向こうに家があった。一九四〇年代の金持ちの別荘のようだった。その金持ちはその後没落したため、以来長いこと放ったらかしにされているような風情だった。スタイリッシュなスペイン風の壁にタイルを葺いた屋根。ほぼ半世紀にわたって海水のしぶきを浴びながら、少しも修繕がなされなかったために水漆喰にすじが何本も走っていた。

門扉も錆びついていた。建っているのは母屋《おもや》が一軒だけで、庭は雑草が伸び放題、剪定《せんてい》されていない木はすでに森の一員と化していた。その向こうに小径が一本這っていたが、先細りになっていて、ほかに地所はなかった。私は迷った。リンダーはここにはいない。私にはそのことがもうわかってしまっていた。しかし、毎度変わらぬ問題がある——それは私が好奇心の強い猫だということだ。そんなことを思っていると、不意に家の中から音楽が聞こえてきた。

昔のジャズで、ラジオから流れているのにちがいない。私はドアまで歩き、ベルを鳴らそうと鎖を引いた。ベルは鳴らなかった。が、どっちみちドアは開いていた。中に向けて呼びかけ、杖でドアをさらに開けて玄関ホールにはいった。天井がたわんでおり、建材のかけらが石張りの格子模様の床の上に落ちていた。壁は落書きに覆われていた。天井から落ちたのだろう、ブロンズのシャンデリアが粉々になって横向きに床に倒れていた。ガラスのかけらと干からびて丸まった木の葉の中に。かつては立派だったにちがいない鎖もちぎれ、環ごとにばらばらになっていた。

そんな家の迷路の奥にろうそくの明かりが見えた。私は杖を半分構えるようにして、その明かりのほうに向かった。玄関ホールの次の部屋は大農場《アシェンダ》の母屋風の客間で、煉瓦や小さな貝殻が山と積まれた長いディナーテーブルがあり、ろうそくの明かりの中、男がひとりパラフィン紙に包んだままサラミを食べていた。私がはいっていくと、顔を起こした。冷静そのもので少しも驚いていなかった。せんだっての夜、バーで会った男だった。独楽が好きな。来たのはやはりまちがいだった。

「遅れたかな？」

そう尋ねた私の口調が可笑しかったのだろう。彼のハスキー犬のような色の眼が今はさほど敵意に満ちたものには見えなくなった。私はもっと恐怖を覚えてもいいはずだった。言うまでもない。が、そのときにはいかなる恐怖も覚えなかった。目的がはっきりしてしまったら、その目的にたどり着く方法というのはそれほど重要でもなくなるものだ。彼の上機嫌は変わらなかった。

「いや。時間どおりだ。サラミは？」

「けっこうだ」

「それじゃ、お互いそれでけっこうってことで」

パラフィン紙の横に乾いて固くなったパンの厚切りがあり、パラフィン紙の上には刃の長い肉切り包丁が置かれていた。彼は椅子の背にもたれ、ほとんどくつろいでいるように見えた。今着ているのは革のジャケットで、首に白いスカーフを巻いていた。

「オーヴンが壊れててね。だからキジのローストは出せない。ひどいホストですまんね。それだけじゃない――リンダー夫妻は釣りに出てしまってる」

「そうじゃないかと思ったよ」

「ここに来られてよかったと思ってるかな？」

「火食い芸人もいるんじゃないかと思ったんだが」

「ああ、彼らね。彼らも都合が悪いみたいで、ここにいるのはあんたとおれだけだ。それにサラミ。だからおれたちだけですませるしかない。とにかく坐ってくれ。干からびたパンしかないけど。サラミとよく合う」

ろうそくの明かりでのとんだ鉢合わせということか（シェークスピアの『真夏の夜の夢』の一節〝月夜にとんだ鉢合わせ〟のもじり）。彼と向かい合って坐ったときには、気持ちもだいぶ落ち着いてきた。考えてみれば、ここも死ぬにはそれほど悪い場所ではない。きっと彼は私の死体を庭のアプリコットの木の下に埋めてくれるだろうから、私の体が朽《く》ちれば、それできれいな花が咲く。

「丘をのぼってきたわりには元気そうだね。またこの丘を降りなければならないとは思わなかったかい？　それに、そう、あのボートの爺さんはあんたを待ってくれてると思うかね？　彼はおれがこの懐中電灯をつけたときだけやってくるんだよ」

彼はそう言って手を下に伸ばし、懐中電灯をテーブルの上に置いた。

「つまり、ここを出るには懐中電灯が要るということだ。面白いだろ？」

彼の言いたいことはよくわかった。だからそのとおり答えた。そして、耳に神経を集中させた。背後の闇から聞こえる音をできるかぎり聞き取ろうと耳をすました。廃屋の床を歩いて私に近づいてくる足音を聞き取ろうと。

「これを覚えてるかな？」

そう言って、彼は独楽を取り出すと、テーブルの上に一度置いてからまわした。そしてさらに続けた。

「独楽をまわすと心が落ち着くんだよ。人生なんていうのはストレスだらけだからね。それは認めないとな。あんたが今すごくストレスを感じてることも」

「私が？　私はそよ風みたいな男だよ」

「だけど、彼らには気に入ってもらえなかった。だからおれたちは今こんなところにいるわけだ。つまり、あんたは自分で思ってるほどには人気者じゃないってことだ。個人的にはおれはあんたがむしろ好きだよ。あんたは気のいい老紳士だ。でも、おれたちは今こうしてここにいる。好きとか嫌いとかなんて、そんなものはちっちゃな男の子向けのものだからね」

「そういう真実には私も大昔から気づいていたよ。しかし、なんとも残念だな――てっきりミセス・リンダーにオードブルのデヴィルド・エッグとマティーニをつくってもらえるものと思ってたんでね」

「こういうことはわからないもんだよ。しかし、業突《ごうつ》く張りになったのはあんたのほうなんだからな。欲張りすぎたのは。それはこの世じゃあんまりよくないことだ。あんたみたいな人はもうとっくにそういう真実に気づいてるものと思ってたよ」

「猫は好奇心のせいで死んだりする。しかし、だからこそ猫にはいくつも命があるんだよ。スペアの命が（〝猫は九生を持つ〟――しぶとく生きる――ということわざがある）。でもって、私もどうにも好奇心を抑えることができない性分でね。今さら言うまでもないが、厄介なものだよ、好奇心というのは」

「それが結局あんたをどこに導いたか、見るといい」

私は漆喰が塗られたもの言わぬ壁を見た。金属製の鎧戸のある窓を見た。壁に絵が掛かっていたことがわかるうっすらとした跡も見た。

「ここで一巻の終わりになるんじゃないかという気はしてたんだ」と私は言った。実際、自分が思う以上に悪い予感があった。「むしろはっきりとした予感があったと言ってもいい。ただ、そういう予感がここ何年も続いててね。それっておかしいと思わないか？」

「いいや、全然。そういう想像はおれなんかもしょっちゅうしてるよ。要するにみんな知ってるのさ。自分の道はどこで終わってるか。なるほど、確かにそれ自体はおかしなことだけどな」

そう言って、彼は独楽を止めるとポケットに入れた。突風が吹き、壁を叩いた。家全体が軋んだ。ハスキー犬の眼がゆっくりと動き、最後に私にとまった。私は笑みで応じて言った。

「そろそろ帰らないと」

「あんたってほんとに昔の人間なんだな。気に入ったよ。個人的な意見を言わせてもらえば、ほんとに残念だ——それでも、逃げ出したいなら少なくともドアだけはある」

彼は立ち上がって肉切り包丁を取り上げた。その動きには不承不承と言ってもいいような緩慢さがあった。私も立ち上がった。さらに混乱して。杖を頼りによろよろと立ち上がった。彼は私の杖のことなど一顧だにしていなかった。それが証拠に見向きもしていなかった。テーブルのまわりをまわって私のほうにやってきた。私ははいってきたドアのほうにあとずさりした。

バレエのようなものだった。私の筋肉はそのバレエ向けに鍛えられていた。茶番のような暴力を体験した何十年という歳月を経て。何千という暴力のカーニヴァルとそこで演じられるけばけばしいダンスを通じて。すばやく杖から刀《かたな》を抜いた。彼の包丁が私の左腕を切り裂くのと、私の刀が彼の肩にあたり、革のジャケットを切り裂くのが同時だった。彼は自分の過《あやま》ちにびっくりしたような顔をした。また、突然の刀の出現で、反応が遅れた。包丁をさらに突き出すのにいっとき間《ま》ができた。体をねじり、革と布が切られた肩を見た。肩からはすさまじい勢いで血が噴き出していた。私はその隙を突くことができた。刀を振りまわし、今度は彼の右脚を切りつけた。が、きれいにはいかず、刀の腹があたっただけだった。今度は彼に余裕ができた。その眼から最初の反射的な驚きの色が消え、バーで初めて会ったときに私が即座に思った以上に犬を思わせる顔つきになった。怒りが体つきまで変えていた。性格の悪いずんぐりとした猟犬。まさにそれだった。彼の包丁は砥石《といし》でよく研がれていたのだろう。私の左腕には美しく見えるほどの切り傷ができ、血が腕を伝って片足にしたたっていた。私はドアをめざした。外の世界と一直線でつながっているドアを。彼は自らの過ちと私に向けて悪態をついていた。その大声のせいで私は集中してものを考えることができなくなった。気づくと、石の床の格子模様に点々と落ちる自分の血痕をもう少しで数えそうになっていた。鳥の巣だらけの壊れた塀とアプリコットの木のほうに向かって、彼より速く走れそうな気がした。彼のほうが私より深手を負っていたから。しかし、さらに崖のような坂道のことを考えると、無理だと思った。彼の脚にはダメージを与えられなかったわけで、いずれ私は捕まるだろう。私は玄関ホールにはいると、土埃とクモの巣にまみれながら、あとから追ってきた脚を狙って切りつけた。今度は刀が彼の脛《すね》を切り裂いた。彼は叫び声をあげ、膝をついた。私はよろよろと小径に向かった。

振り向くと、あきらめたように彼は仰向けに横たわり、大きな息をしていた。私は坂道を降りかけ、そこで懐中電灯を忘れていることに気づいた。ないとまずい。しかし、まだ意識のある彼をまたいで取りにいく気はしなかった。いずれにしろ、少し休まなければならなかった。刀の血を拭《ぬぐ》い、杖に収め、私は息を整えた。

腕の傷は思ったより深かった。気を失うまであとどれぐらい余裕があるか考えた。

血痕を点々と残しながら、岩場を降りはじめた。シャツの袖を止血帯がわりにした。ロングテールボートはまだつながれていた。老漁師は約束を守ってくれていた。木の下から現われ、私を見ても、その顔を見るかぎり、驚いても恐れてもいなかった。初めから知っていたにちがいない。その顔には、どちらの側にも賭けていない仲立ちのおだやかさだけがあった。ことばも発しなかった。手を貸して私をボートに乗せると、月明かりの湾に無言でボートを出した。数分で湾の向こう岸に着いた。思いがけないほど遅い時間になっていた。あっというまに何時間も経ったような。ホテルは静まり返っていた。私は血に濡れた札を何枚か彼に与えた。彼はまだテラスに吊られていたハンモックのところまで私を連れていった。そして、これからどうするのかと訊いてきた。

「ホテルの裏手に車を停めてある」

「こんなんじゃ運転はできないよ。誰か呼んでくるよ」

「ただ車のところまで連れていってくれ」

彼は私が示したところまで走って見にいき、また戻ってくると、車は停まっていないと言った。どんな車も。一台も。

あらゆる痕跡を消したわけだ。やるもんだ。

「タクシーを呼んでくれ」と私は言った。

「行き先は？」

「ラス・アダス」

それ以外どこも思いつかなかった。

「ほんとに？」と老漁師はいささか非難がましく訊き返した。

「わかった。パリでもいい」

とりあえずハンモックに横になった。一気に気が遠くなった。私の下には血だまりができていた。素人《しろうと》の止血帯では血を止めることができていなかった。病院へ行かないと、出血多量で死んでしまうぞ、と彼は言った。そのあと苛立った様子で考えはじめた。しかし、遅すぎた。眼のまえの闇がどんどん広がっていき、彼が何か考えつくまえに私は気を失った。巨大な油のプールの上で体が回転していた。それでもまだ沈んではいなかった。

ハンモックの中で何年もの時間を漂った。クラリネット奏者のアーティ・ショウが静けさの中から現われ、誰かが汽車ぽっぽ《チュー・チュー・トレイン》のことを歌っていた。私の知っている美しい時代の歌詞で――〝ママはわたしに言ってくれた／わたしがまだ膝丈のズボンを穿《は》いていた頃／きっと女の人が甘いことばで／おまえに大きな眼を与えてくれるって（ブルースのスタンダードナンバー『ブルース・イン・ザ・ナイト』の歌詞）〟。私も一緒に歌っていた。チュー・チュー・トレインみたいに手を動かしながら。〝だけど、甘いことばが終わったら、女の人はふたつの顔になる／なんとも困ったものに〟。私は思い出そうとした、どこでこの歌詞を覚えたのだろう？　しかし、あの頃はどこでもその歌がラジオから流れていた。まだ戦争が始まったばかりで、みんなまだ幸せだった頃には昼も夜も。あの頃、私はまだ二十代で、高貴さも魔力もまるで信じていなかった。一方、世の心配事についてはもうとっくに知っていた。長い黄金の晩夏にあったロスアンジェルスが、結局のところ、今のような姿に成り果てる運命にあることもわかっていた。パリはちがうが。雨のパリは。パリのオスマン通りをぶらぶら散策できるなら、私はどんなことでもするだろう。

16

パリの通りを散策するかわりにスペイン風の部屋で眼が覚めた。熱対策に天井を高くし、窓を小さくした部屋だった。窓は開いていて、外から虫の鳴き声が聞こえた。その事実ひとつを取っても、まだ自分が生きていることがわかった。夜のようで、どこか部屋の外から音楽が聞こえていた。ワルツかタンゴか。ブエノスアイレスの尻振りダンス。髪を見事に整えた男が踏むステップ。アントニオ・ラウロの曲だ。壁には聖人に修道士、それに襞襟《ひだえり》をつけたカスティーリャ地方の総大司教の肖像画、火ばし、十字架、儀式用の短剣が掛けられていた。私は四本の柱に錦織りの飾りのあるベッドに寝ていた。蚊帳《かや》が頭上にたたまれて巻かれており、腕はきつく包帯を巻かれた上に三角帯で固定されていた。椅子の上には私の服がきれいにたたまれていた。洗濯をしてアイロンがかけられているのが一目でわかった。つまり、何日か経っているということだ。

ベッドの脇に真鍮の小さな呼び鈴があった。何が起きるか試しに鳴らしてみた。何も起きなかった。ドアの下の隙間から明かりが見えていたが、誰も私の言いなりにはなってくれないようだった。

動けるのだろうか、それとも麻痺してしまっているのか。体のあるところに心もちゃんとあるのだろうか。起き上がることも、足をベッドから床におろすことも容易にできた。まるでこのときを待っていたかのように、床には栗色をしたヴェルヴェットのスリッパが置かれていた。そこで自分が誰かのパジャマを着ていることに気がついた。練り歯磨きのようなストライプ柄のぶ厚いフランネル地のパジャマだった。スリッパに足を突っ込み、立ち上がった。腕は痛まなかった。というより感覚がなかった。誰かが手当てをしてくれたのだ。窓辺まで歩き、窓の外を見た。果樹が植えられた庭があり、有刺鉄線をてっぺんに取り付けたタイル塀がそのまわりを取り囲んでいた。プールの水のきらめきが気配としてかすかに感じられた。

外気には塩気があった。ということは、それほど遠くへは移動していないのだろう。まだ海の近くにいるのだろう。ただ、ここからは海が見えないだけで。外気がひんやりとしているのもそのことを裏づけていた。

二〇年代の遺物のような豪華なガウンがドアに掛かっていた。それを苦労して着た。ドアの外をのぞいてみると、豪華客船のそれのような廊下が延びていた。壁板は濃いローズ色で、とび色の髪にマカッサルオイルをつけたみたいにぴかぴかしていた。階段のところまで歩くと、階下《した》の応接室の明かりが見えた。その明かりに、さらにいくつかのカスティーリャの総大司教の襞襟つきの死にそうな顔が照らされていた。タンゴを奏でているのは疵《きず》のあるレコードだった。階段を降りると、部屋全体が見えた。植民地時代の総督が使っていたような黒い家具と梁が特徴的な豪勢な部屋だった。

長いテーブルがあったが、その上には何も用意されていなかった。フランス戸が庭に向けて開かれており、そのガラスドア越しにろうそくの炎が揺らめいているのが見えた。この屋敷の所有者が誰にしろ、そこはその所有者がディナーをとる場所なのだろう。

アフガン製らしき絨毯を踏んで、ガラスドアが並んでいるところまで行きかけたところで、ドアのひとつからお仕着《し》せを着たメイドが空《から》のデカンターを持って出てきた。私を見ても驚かなかった。そろそろ私が階下《た》に降りてくる頃合いだと思っていたのかもしれない。背後のテーブルを振り返って見やり、促《うなが》すように私にうなずいてみせ、私をよけてそのまま立ち去った。私はそのうしろ姿を眼で追い、そこで初めて彼女が裸足《はだし》であるのに気づいた。それからドアのところまで行き、テーブルを見た。私に背を向けて手前の端に老人が坐り、ひとりで食事をしていた。

私の気配にすぐ気づいたらしく、どっしりとした椅子の上で体を半分ひねって私を見た。

歳は八十代後半、ウズラの卵のようなしみの浮いた頭、自分の家の居間での夜会向けのベストファッション。黒のヴェルヴェットのスモーキングジャケットを着て、それに見合った、金の王冠の刺繡《ししゅう》のあるヴェルヴェットのアルバートスリッパを履いていた。テーブルに置かれたタラベラ焼きの皿には、ローストチキンと丸焼きした仔豚の肉を切り分けたものが十人分ぐらい盛られていた。それにワインがまだ半分残っているグラス。席はもうひとつ用意されていたが、ゲストらしき者の姿はどこにもなかった。私以外。

彼の脇まで行くと、彼は横に置いた眼鏡を手でまさぐり、それを鼻にかけて私を睨《にら》んだ。そして、スペイン語で訊いてきた。

「きみは誰だ？」

「二階の部屋の者です」

「今もそうなのか？　だったら坐って食べなきゃ。しかし、なんでガウンなんか着て歩きまわってるんだね？」

私は用意ができている席の椅子を引いて坐ると言った。

「さっきまで寝ていましてね。で、眼が覚めたら、何か着たくなったんです」

「なるほどな。それで二階へはどうやって上がった？」

「それがとんとわからないんです」

老人にも徐々に事情が吞み込めてきたようだった。

「ああ、思い出したよ。きみはクアステコマテスから来たアメリカ人だね？」

「たぶんそれです」

「きみはここに担ぎ込まれたのだよ。私はドクター・キニョーネスだ」

私は手を差し出した。「バリー・ウォルドスタインです。あなたにはとても感謝しています」

握手を無視して、彼は私に食事を勧めた。

「客が来る予定があったんだが、それが誰だか忘れてしまった。もしかしたら、きみだったのかもしれないし、きみじゃなかったのかもしれない。私の記憶力はもうぼろぼろでね」

「だったら、その客はたぶん私だと思います」

「ああ、私もそう思う」

あれからどれくらい経っているのか。ずっと気になっていた。

「ここへ運び込まれたとき、それはもうひどい状態だったんでしょうね」

「きみは肉切り包丁で切られていた」

そう言って、彼はさも可笑しそうに笑うと、不意にフランス戸のほうを見た。

「アナ！ デカンターをどうした？ 持っていってしまったのか？」

「でも、ここで手当てを受けて、もとに戻してもらった。ハンプティ・ダンプティみたいに（実際のマザーグースの歌詞では怪我をしたハンプティ・ダンプティを誰も〝もとに戻せなかった〟）」

「ハンプティ・ダンプティは私だよ、ウォルドスタイン。きみ自身もちろんわかってることだろうが、きみは大金を持っていた。その中からちょっと引いておいた。きみとしてもそれでよかったと思うが。もちろん」

「もちろんです。当然です。でも、いくら抜かれたのか、訊いてもいいですか？」

「二百ドル」

まあ、なかなかしっかりした個人経営クリニックということだ。

ローストチキンの脇に刃の長いナイフが置いてあっ

た。私はそれに手を伸ばした。

「駄目、駄目」と彼がいきなり声をあげた。「メイドが全部するから。きみがやると目茶目茶になる。片腕でやったりすると――」

メイドはすぐに戻ってきた。デカンターを用意し、ナイフも持参して。そのナイフで手ぎわよくチキンを切り分けた。ようやく生きた心地がしてきた。

「その包帯はずいぶんときれいに巻けた」と彼は言った。「ほんとうはもう引退してるんだがね。場合が場合だったんでね。医者の誓いに従わないわけにはいかなかった。もう少しで骨にまで達する五インチほどの切創だった。輸血も考えたよ」

メイドがそれぞれのグラスにワインを注いでくれ、私と老医師はグラスを合わせた。老医師の中身はまだまだ若かった。老人を無政府主義者にしてしまう退屈に対抗する悪戯《いたずら》心と洒落っ気と反逆心がまだまだ輝いていた。

退屈なまでに生真面目《きまじめ》なのは私のほうだった。

「ここにはタクシーの運転手が運んでくれたんですか？」

「運転手じゃない。私の友達だ。この近所に住んでる若い医者だ。自分がやっただけの分は彼もちゃんと取った」

「なるほど。で、そのお医者さんが自分で私を運び込んだんですか？」

「そう、きみをまた通りに放り出そうとはしなかった」

「それでそれはいつのことです？」

「今日は水曜か。だったら二日まえだ。痛むようなら、もう一本注射をしてあげるよ」

「いや、まだ身悶《みもだ》えするほどではないです」

「そのようだね。だけど、しばらくは腕は使えないと思うよ。吊り包帯もしばらくははずせないだろう」

「ラフマニノフが弾けないのはつくづく残念だけれど、

それ以外は大丈夫でしょう」

「きみの左腕に乾杯だ」

私たちは乾杯した。老医師は私が片手で食べるのをしばらく眺めた。好奇心から眺めているのではなかった。といって、好奇心がないわけでもないのだろう。ただの記号のように眺めていた。

「しかし、なんとも理解に苦しんだよ、ミスター・ウォルドスタイン。きみは人気はあってもメキシコ人しか行かないホテルで気を失っているところを見つけられた。きみがそんなホテルにいる理由など何も考えられなかった。しかも牛肉みたいに切られていた。だけど、凶器もなければ、ほかに人は誰もいなかった。ただ、きみが湾の反対側から舟で来たことだけはわかったけれど」

「警察はもう知ってるんですか?」

「誰もまだ警察には話してない。だけど、湾の反対側には誰がいたのか? いや、言わなくてもいい。あるいはここだけの話にしても」

私は不承不承を装って言った。「商売に関連して私に恨みを持ってる同業者です」

「なるほどね。よくあることだな」

「ええ、そのとおりです。隙あらば嚙みついてくるやつはいつでもいます」

「メキシコ人か?」

「アメリカ人」

彼の眼は私のことばを信じていなかった。私は適当に話をでっち上げた。彼はそれを受け入れた。礼儀正しく振る舞うことが彼の義務ででもあるかのように。

「きみたちアメリカ人がこっちに来るわけは神のみぞ知るだね」と彼はいっときの間《ま》を置いて言った。「何を求めてくるんだね? きみたちの国に見つけられないものなどこの国にもないだろうに」

「姿を消すチャンスとか。あっちじゃそれはむずかしい」

「なるほどね。しかし、きみは姿を消したがっているわけじゃない」

「いや、できることなら、それも悪くないと思ってます」

そこで私はことばを切って、空を見上げた。裸眼でも昴《すばる》が見えた。ここはどこなのか。

「海岸から数マイルはいったところだよ」私の疑問に対する彼の答はそれだけだった。「きみは何も心配しなくていい。私はこのあたりでは尊敬されている男だ。見てのとおり――」

「いいお宅ですね。結婚はなさってるんですか？」

「いや、いるのはメイドだけだ。彼女にしてみればここでの暮らしはあまり愉しくないものかもしれないが、それでも金を貯められる。それに私を見捨てたくなったらいつでも見捨てられる」

「いずれにしろ、あなたのおかげで私は文字どおり命拾いをしました。医者の誓いがあろうとなかろうと、あなたとしては別にやらなくてもよかったことなんだから」

「礼には及ばんよ。きみは旅の途中で襲われたんだと私は思った。で、また同じ質問になるけれど、そもそもどうしてあんなところにいたんだね？　クアステコマテスまではどうやって行ったんだね？」

「ラス・アダスから車で。別にそれは大変なことじゃなかったです」

「ラス・アダスまで送ってあげようか？」

「いや、気を悪くしないでいただきたいんですが、それには及びません。ラス・アデスはもうチェックアウトしたし、荷物も持って出てますから」

「そんなものは何もなかったけどね。パスポートもなかった。きみが持っていたのは大金と杖だけだ。それは金庫に保管してある」

「ということは、強盗にあったわけじゃないということですね。正直なところ、何も覚えてないんです」

「記憶喪失というのは素敵なことだよ、ええ？」

そう言って彼は笑った。眼をずっと私に向けたまま。

「私は記憶喪失なしにはとても生きられないクチでしてね」と私は言った。

「お若いの、それはまさに真実だ。記憶喪失というのはこの世で唯一期待する価値のあるものだよ」

私には今が何時なのかも何日なのかもわからなかった。すべてが私の指の隙間からこぼれ落ちてしまっていた。昴はその位置を変えず、プールのまわりで歌っているアマガエルの歌声がわれわれを取り囲んでいた。時々、ろうそくの炎がふっと揺らいではすぐにまた体勢を立て直していた。老医師が脚を組むと、アルバートスリッパのふたつの金色の王冠がそれぞれ上下に重なり合った。夜になったら、私はもう何も覚えていないかもしれない。これは私がスリッパ履きではいり込んだ夢なのかもしれない。

私はしばらく食事に専念した。そして、老医師が静かになったのに気づいて顔を起こすと、彼は舟を漕いでいた。

メイドがやってきて彼をつついた。が、彼は起きなかった。私たちは互いに笑みを交わした。彼女は彼のグラスに手を伸ばして取り上げると一口飲んだ。そのうち老医師が眼を覚まして言った。

「訊いてもいいかな？」それまでの彼の想念はうたた寝にほんのいっとき中断されただけで、その想念がすぐにまた戻ってきたかのような口ぶりだった。「どうするんだね、これから？　よかったらここにあと何日かいてもかまわない。でも、もう家に帰りたいんじゃないのかね？　きみの家族に連絡を取ってあげてもいいけど、それが誰なのかわからない。きみはわかってるのかね？」

「それはいい質問です」

「それともきみはひとりでメキシコを旅してたのか？　商売がどうのとさっきは言っていたが——」

そろそろ真実のかけらぐらい話してもいい頃のような気がした。この医者が役に立ってくれないともかぎらない。いずれにしろ、休暇中のふりはもうできなかった。

私は言った。「ある人物を捜してるんです」

その私のことばに彼の好奇心の活力が甦った。

「なるほど。そいつは同じアメリカ人で――借金を踏み倒して逃げた。もう気づいてると思うが、私は探偵小説をよく読むんだよ」

「この数ヵ月、その男はこのあたりにいたんです。もしかしてあなたの知っている男ということはないでしょうかね」

しかし、ポール・リンダーというのは老医師の耳に意味を持って響く名前ではなかった。私は説明した。リンダー夫妻がチームであることも、妻のほうは男たらしであることも、ラス・アダスではニアミスをしたことも、ソルトン湖畔だけでなく太平洋沿岸の不動産取引きのことも話した。自分のことも正直に話した。失うものは何もなかったし、この老医師なら同情してくれるのではないかと思ったのだ。

期待したとおりだった。

「それをもっと早く言えばいいのに。きみに言っておかなきゃならないことがある。きみを見つけた漁師はそのあとホテルの男をふたり連れて、湾の反対側まで行ったそうだ。丘のてっぺんの廃屋まで。そうしたらそこには大量の血の痕があった。そのことを彼らが警察に届けたかどうかはわからないが、どっちにしろ、当局の人間はここにはまだ誰もやってきてない」

で、みんなでよけいなことは言わないことにしたわけだ。

しかし、問題は別のところにひとつあった。老漁師は懐中電灯で呼ばれてそのまえに向こう岸に戻ったはずだ。戻ってもうひとりのアメリカ人もまた本土に連れ戻した。が、それは一時間後のことだった――すれちがいのコメディさながら——そのときにはもちろん私はもういなかった。老漁師はもうひとりの男も車まで連れていった。男は歩くこともままならなかった。やはりひどい怪我を負っていたから。老漁師はその男を車に乗せると、運転できるかどうか尋ねた。その男も今にも失神しそうな状態だった。老漁師は抜け目なかった。警察に訊かれたときのために車のナンバーをひかえた。翌朝、キニョーネス老医師は秘書をホテルに遣《や》り、老漁師を買収して、怪我をした男の人相風体、車の特徴——白のポンティアック・グランザム——それに車のナンバーを訊き出した。そのあとは私と話ができるようになるまでは何もしないことに決めた。しかし、彼の手助けをしてくれる警官のひとりやふたりはいることだろうから、車のナンバーから所有者を突き止めるぐらい彼にはさほどむずかしいことではないはずだ。それぐらい一日か二日もあればできるだろう。とはいえ、現在のところ誰かが被害届を出しているわけでもない。目撃者がいるわけでもない。無名のふたりのアメリカ人のあいだで何かよくない出来事があったことを示す証拠もない。警察にとってこれは緊急の案件でもなんでもない。私が望めば、キニョーネス医師はあくまで個人的な案件として、私の願いを聞いてくれるかもしれない。実際、私は大いに願っている。あの独楽《トッパー》まわしは悪趣味な乗物に乗ってどこに姿を消したのか。私にはあの男が何者なのかわかっていない。名前すら。

一時間後、チェスの途中で老医師はまた舟を漕ぎはじめた。今度は彼をそのままにして、私は家の中にはいった。目覚めても彼は私がいたことさえ覚えていないかもしれない。車のナンバーについて取り決めたことだけは覚えていてほしかったが。キッチンに行くと、メイドがいた。ステンレスのテーブルについてナイフで丸いチーズを切り取って食べていた。夜に向けて老人ふたりは外出したものとでも思っていたのか、すっかり勤務後のモードに浸っており、一瞬、びっくりしたような顔をして私を見て、そのあとげらげらと笑いだした。彼女はまだ裸足で、私のほうはまだガウン姿で、まだ吊り包帯をしていた。私は彼女に頼みがあると持ちかけ、聞いてくれたらチップは弾むと言った。

「どんな頼みですか？」

「まだわからない。きみは金庫のダイヤル錠の番号を知ってるか？」

「もちろん」

「彼のものが要るわけじゃない。要るのは私のものだけだ」

「今？」

「いや、そのときが来たら」

私は五分後に私の部屋までチップを取りにくるように彼女に言った。実際に用を頼むまで持っていればいいからと。

彼女が部屋までやってくると、私は手元にあった二十ドル札を彼女に渡し、金庫の金が戻ったらもっとあげられると言った。ただ、キニョーネス医師には黙っているようにと念を押した。そして、ドアに鍵をかけて待った。キニョーネス医師は私に声をかけることもなく、私の様子を見にもこなかった。ワインが一本空いたら、それを合図に毎晩メイドが彼を寝かしつけているのだろう。その仕事が終わると、彼女は一家の夜の主人となって、自分だけの愉しみを見つけるのだろう。もちろんどうでもいいことだ。私には関係のないことだ。どうしてヘンゼルとグレーテルみたいに好奇心を丸出しにしなければならない？　人を小馬鹿にしたようなメイドと長ったらしい夕べを過ごしたくないということだけでも充分、結婚する理由にはなるはずだが、彼はむしろそういう夕べを過ごしたがっているのだろう。もっとも、結婚をしないことについては私には何も反論できないが。いずれにしろ、私の手当てに関しては彼からまともな説明がなかった。そのことを考えれば考えただけ、彼自身が口にした医者としての責務など信じられなくなる。ヒポクラテスの医者の誓いは通常、ハンモックで気を失っていた他人にまでは及ばない。彼自身、こういうことをするのがきっと愉しいのではないか。行きがかりで出会った人間に気まぐれの手当てをするのが。だったら、金庫はどうなる？　そこまで考えて、ナイトテーブルに水を注いだグラスと精神安定剤の小さな容器が置かれているのに気づいた。親切なことに。ホテルのベッドサイドのチョコレートミントみたいにさりげなく置かれていた。私は腕の痛みを和らげ、眠るために二錠飲んだ。が、結局、ほとんど眠れなかった。家の裏手の丘から、コヨーテの吠え声が聞こえた。それは谷と雨裂を越え、私のいる部屋をざわめきのように満たした。

17

翌日の午後遅く、ベッドに横になっていると、呼び鈴が聞こえ、メイドがそっと私道を歩いて門まで行く音がした。そのあと来客を門の中に入れた気配があった。私の部屋の窓から私道の一部が見えた。

その私道を制服警官がひとり歩いてきた。帽子を取って小脇に抱えていた。警官が家の中にはいると、すぐに男たちの声が私の部屋まで聞こえてきた。礼儀正しい笑い声にグラスが奏でる妙《たえ》なる音。警官がいたのは十分程度のことで、メイドに送られ、私道を歩いていく姿が見えた。中年のがっしりとした体格の男で、キニョーネス医師とは長年のつきあいのようだった。一杯やったり噂話を交わしたりするのをためらわない気さくな警官らしい。門が閉められ、車のエンジンをかける音がした――運転手が別にいたようだ――道路の土埃がゆっくりと塀の上に舞い上がったのが見えた。

その日の朝には私は医者の家を出ることを考えていた。自分の意志に反してとどめおかれているのかどうか、それは誰にも必ずわかることだ。たとえ接待してくれているのが修道女のようにやさしくて温かい人たちであっても。依頼人に対する強い義務感を覚えたわけではない。もはや私は彼らの義憤も彼らの調査理由の重要性もあまり信じられなくなっていた。今の私にあるのは、ジン夫妻と対決しなければならないという思いだけだった。彼らに傲慢さの代償を払わせたいだけだった。彼らの傲慢さは年季の入った傲慢さだ。楽をして金を手に入れることに慣れた人間の不遜《ふそん》さだ。そんな彼らにちょっとした意趣返しをするというのは彼らふたりにとっても悪いことではない。そう思うと、急に気分がよくなった。彼らをこっぴどくやっつけ、当然の報いを受けさせる。今は彼らを追いつめることが純然たる喜びになっていた。敵の死体が近くの川を流れていくのを眺められたら、こんなに嬉しいことはない。

庭をぶらぶらしようと階下《した》に降りたら、意外なことにキニョーネス医師はどこにもいなかった。裏の塀のところまで歩いた。塀の向こうには山々がそびえており、その景色はまだ空気がきれいだった頃の高地のメキシコシティを思い出させた。標高七千フィートともなると、ポポカテペトル火山が実際より間近に感じられる。

夕闇が迫っても、私はまだ外にいて、庭のベンチに坐っていた。メイドがやってきた。私たちのあいだで金のやりとりがあったからにちがいない。彼女は紅茶を私に勧めたあと、こっそり秘密を明かすような口調で言った。

「さっきお客さんがあったんですけど。エル・ドクトルが日曜の夜一緒にポーカーをやってる州のお巡りさんです。ふたりであなたのことを話してました」

「だろうね」

「でも、何も起こりません。安心してください」

そう言って、彼女は私がこのあと何をするか確かめるような眼で私を見た。ジャンプして塀に頭をぶつけるとか――フラメンコを踊りだすとか……

「エル・ドクトルとの夕食は六時からです。そのまえに泳ぎますか？ 泳ぐのなら腕を水に濡らさないようにしないといけないけど」

「そんなことをしたら溺れてしまうよ」

夕食のとき、ドクトル・キニョーネスは車椅子に坐っていた。なんらかの理由があるのだろう。弱った脚のことを嘆いてはいたが、機嫌はよかった。どこかしら私をからかうような調子で新たな情報を教えてくれた。

「これはきみもきっと知りたがるだろうな」その声音にはいささかわかりづらい尊大さがあった。「きみが捜している車だが、場所としてはサン・ミゲル・デ・アジェンデまで突き止められた。もちろん所有者の名前も知りたいだろうね？」

所有者はヘスス・アグアヨという男だった。住んでいるのはサン・ミゲルにほど近いアトトニルコ・エル・グランデという小さな町。

「どういう人物かはわからないが、いずれにしろ、その男が車の所有者だ。といって、その男を捜しにいくようになどと忠告する気は私にはさらさらないが」

「とてもいい忠告です」

「ただ、残念ながら、警察はクアステコマテスで起きた出来事を嗅ぎつけた。だから私としてはきみにこの家にあと二、三日はとどまるように言わなきゃならない。少なくとも警察が調べてるあいだは。私としても警察が捜査をしている犯罪に関わるわけにはいかないんでね。とはいえ、何も心配は要らない。警察が捜査してるあいだ、きみはここでゆっくり静養していればいいだけのことだ」

とりあえずこれは悪い知らせではあったが、わざわざ警鐘を鳴らさなければならないほどのものでもなかった。軟禁状態に置かれたとはいえ、その状態を維持できるのはメイドだけで、そのメイドはすでに買収し、味方につけてあった。

「それはご親切に。もうだいぶよくなりました」

「しかし、きみはなかなか興味深い男だね、ウォルドスタイン。その名前はどういう名前なんだね？　きみはドイツ人なのか？」

「もしかしたら前世では」

「だとしたら、悲惨な前世だったかもしれないね。一度お祓《はら》いでもしてもらうといい」

「それは私も思ったことがあります」

「きみがタフなのはそういう前世だったからなのかね？」

食事を続けるうち、徐々に話題がなくなった。私は改めて考えた。ヘスス・アグアヨという男を捜さなければならない。それも相手に気づかれないように。食後は老医師とチェスをし、庭と投資と昔の出来事について、ぽつりぽつりとことばを交わして、数時間が過ぎた。〝昔の出来事〟はキニョーネス医師が持ち出した話題だが、どんな出来事も今となってはみなおとぎ話のように思える、と私は反射的に答えた。どんな出来事もより大きな力によってでっち上げられた話のように思えると。人を呑み込み、不条理な法に従わせようとしているように思えると。ちょうどそこへメイドが現われ、庭の奥の高台にある東屋まで老医師の車椅子を押していった。私たちはその東屋で葉巻を吸いながら、太古から変わらない景色を眺めた。マンザニージャ・オークと私の知らない木が峡谷を埋め、丘の中腹まで這いのぼっていた。まるで丘の棘《とげ》のように生えていた。道路も海も見えなかった。私たちはコーヒーもそこで飲んだ。キニョーネス医師は引き止めて申しわけないと謝り、見てわかるとおり、どっちみちきみはどこへも行けないわけだが、とつけ加えた。そこで私はどうして彼が私をその東屋まで連れてきたのか、そのわけがわかった。未舗装路が山の麓まで延びており、その道は五マイルほど凸凹《でこぼこ》道だという彼のさりげない説明を聞いて。地元の人間ならそれぐらい苦もなく歩くのだろうが、私は地元の人間ではない。

「きみがさっき言ったことだけれど」と彼は言った。「どんな出来事もおとぎ話というのはどういう意味なんだね？　どれも現実には見えなくなるということかな？」

「どんな出来事も誰か別の人間が話したことのように思えるんです。ただの大ざっぱな印象ですが。ひとつのことが別のひとつのことに結びついていることはわかっても、あとになると全体としてどうしてそうなったのか思い出せなくなる。そういうことです」

「それが今きみがここにいることと何か関係でも？」

「いいえ、ありません」

彼はいささか大げさに聞こえる笑い声をあげた。

そのあとまた居眠りを始めた。メイドがろうそくの明かりをともした金属製の角灯《ランタン》を手に、音もたてず芝生を歩いてやってきた。そして、角灯を私たちが坐っていた石のガーデンテーブルの上に置くと、空のグラスとカップと火の消えた葉巻を片づけた。私は彼女にエル・ドクトルは毎晩こんなふうに寝てしまうのかと尋ねた。エル・ドクトルは死ぬ準備をしている、とメイドは答えた。さらに、よく眠れるように彼の飲みものには毎晩鎮静剤を少量混ぜているとも言った。すぐに角灯のまわりに蛾が集まりはじめた。その角灯の背後から、彼女は冷めた優柔不断とも言うべき表情を浮かべて私を見ると、笑みを浮かべかけた。彼女の雇い主はもう人事不省と言ってもいい状態だった。警官が来たことについて彼女に訊かない手はなかった。ああ、と彼女はうなずいて言った。警官とエル・ドクトルがシェリー酒をふたりで飲みながら話したことはすべて聞いていたと。

廃屋に残っていた大量の血痕のことは警察としても当然無視できない。しかし、だからといって、ことさら事件性を疑っているわけでもない。そういうことのようだった。ただ、その警官は私の素性だけは知りたがった。「まるでわからん」エル・ドクトルはそう答えていた。それに対して警官はこう念押しした。

「要するに、あの夜、先生のところの人間があの男をドクター・アブレゴのところからここに連れてきた。でもって、そもそもあの男はクアステコマテスのホテルで見つけられた男だった。そういうことですね？」

それがふたりのやりとりだった。

「お巡りさんは、少し捜査するあいだはあなたをここに引き止めておくようにってエル・ドクトルに言ってました。ふたりともあなたはほんとうのことを言ってないって思ってます」

「ほんとうに？」

私はわざと憤慨してみせて言った。

「お巡りさんとエル・ドクトルはそう言ってます」とメイドはちょっと気取って言った。

「できれば今夜のうちにここを出たほうがよさそうだな。歩けるだろう――距離は五マイルぐらいだね？」

「そんなにはないです。あなたでも歩けると思います」と彼女は言ったが、確信はなさそうだった。

「明日の朝バスに乗れるような村は近くにないかな？」

「どこに行くんです？」

「南に向かいたい。サン・ミゲル・デ・アジェンデ方面に」

「村まで行ったら、バス停があります。そこからシウダード・グスマン行きのバスが出てます」

午前零時までまだ二時間ほどあった。私は午前二時に部屋から階下《した》に降りていくとメイドに伝えた。その頃にはエル・ドクトルは熟睡しているはずで、メイドは家のどんな鍵も持っていた。車椅子を押すメイドと一緒に家に戻りかけると、家のほうから昼間には聞かれなかった鳥の鳴き声がした。私はメイドに夜は何をしているのか尋ねた。馬鹿でかい家でひとり酒を飲みながら、ジャズのレコードを聞くということだった。金を貯め、いつか故郷で店を持つのが彼女の夢だった。それはただの夢にしろ、少なくとも彼女は私にないものを持っている。そういうことだ。私は二階にあがり、そこに連れてこられてから初めて自分の服に着替え、私が告げた時間になるまで待った。

それよりまえに彼女のほうから来てくれた。金庫から取り出した金と杖を持って。ちゃんと約束を守ってくれた。彼女はキッチンでコーヒーをいれ、サンドウィッチもつくって持たせてくれた。

「ドクターにはなんて言う?」

「わたしが寝ているあいだにいなくなったって言います」

午前二時、彼女は門のところまで私を送り、鍵を開けてくれた。さらに岩だらけの凸凹道まで私を見送ってもくれた。私は金と杖しか持たない老人だった。彼女になんと言えばいいかわからなかった——彼女が私に示してくれたものは老人には忘れられない親切だ。私が歩きだしても、彼女は私の姿が見えなくまで外に立って私を見送っていた。きっとそうすることで、彼女なりのささやかな満足を覚えることができるのだろう。私は何も持っていなかったが、そのことを露ほども心配することなく、ひんやりとした外気の中、夜の残りを歩いた。まわりの丘に咲いているリュウゼツランが祈りのために捧げられた花の身廊のように見えた。神経質で不確かな月明かりのせいだろう、突如として空がドラマティックなものに見えてきた。その月明かりはまわりのものの輪郭をより不明瞭なものにしてはいたが、同時に近くの村に続く小径をしっかり照らしてくれてもいた。

18

路地にはトラクターが停まり、ジャカランダの木が驢馬に木陰を提供しているといった埃っぽい農村だった。世界に光が戻りはじめると、ジャカランダの木の花の淡いラヴェンダー色が驢馬にも移った。ベンチが置かれたバス停があり、すでに何人か女性がバスを待っていた。私はシウダード・グスマン行きのバスの時刻を尋ねた。七時に来るとのことだった。ベンチに坐り、広場で買ったココナツを平らげ、思った。エル・ドクトルが起き出し、私はどこに行ったのか尋ねられたら、あのメイドはどれだけ嘘をつくのか。が、そんなことを考えているまもなく、バスは七時に定刻どおりやってきた。私はうしろの席に坐った。誰も私を見なかった。眼につくはずの私の吊り包帯も。私は運転手に、グスマンでサン・ミゲル行きに乗り換えられるかどうか尋ねた——もちろん《クラロ・ケ・シ》。

バスの中の雰囲気は陽気だった。出発直前に、小さな少年が通路を歩き、乗客のひとりひとりの膝の上に紙でつくったグアダルーペの聖母像を置いていった。交通安全のお守りだ。

私は午前中のほとんどを寝て過ごした。

いきなり眼が覚めたときには、まさに修学旅行の子供の気分だった。バスはアプリコット林やトウモロコシ畑を左右に見ながらすべるように走っていた。ホテルや決してテレビが消されることのない酒場《カンティーナ》の残骸だらけの村も抜けた。

サボテンだらけの谷も通った。サボテンのてっぺんには、何百羽というカラスがまるで自分たちの朝日を待っているかのようにとまっていた。黄金色のアザミゲシの咲き乱れる谷も通った。その谷の両側には正面のコンクリートの壁に二本の骨を交差させた上に頭骸骨を埋め込んだ黄土色の教会が建っていた。焼き畑ではトウモロコシが岩場のてっぺんに向けて土から噴き出したように実っていた。バスが通ると、寝ていた犬たちが体をもぞもぞとさせ、いっとき口を開けた。リュウゼツランの畑が遠のくと、焼かれて煙を立てている畑が現われ、畑の中を歩いて火を叩いて消している農夫の姿が見えた。

道路は勇気を大げさに示すかのようにところどころで曲がりくねり、リュウゼツランの花と刈られた灌木《かんぼく》の斜面を這っていた。高く雄々しく輝く太陽の下、花が何マイルにもわたって咲き誇り、丘の斜面全体が奇蹟に覆われていた。

グスマンではバス停の近くで昼食をとった。暑さがいくらかぶり返していたが、人の群れの中に姿を消して、メキシコ風のサンドウィッチをビールで胃に流し込んでいるだけで気分がよかった。サン・ミゲル行きのバスは昼下がりに出発した。

サン・ミゲルのホテルのフロント係にアトトニルコまで行ってくれるタクシーの手配を頼んだ。サン・ミゲルからアトトニルコまでは北へ六マイルほど。タクシーが来るまで三十分ほどホテルの中庭で日光浴をしてくつろいだ。傷口もだいぶよくなっていた。

　タクシーの運転手はアトトニルコの中央広場で車を停めた。アトトニルコはスペイン人がアメリカ大陸を征服した直後に建てた教会で有名な村だった。モノクロのフレスコ画が描かれた教会の腐食したドアは開け放たれていた。私は売店まで行き、そこにいた女店員に今朝はセニョール・アグアヨに会ったかどうか尋ねた。

　彼女はアグアヨを知っていた。誰もが知っていた。アトトニルコには通りが六本程度しかなく、そのどれもが教会のまわりを這っており、アグアヨはそんな通りの一本に面した家に住んでいた。その家には赤くて長い塀があり、風に吹かれて乾いた囁き声をあげている木が何本か植えられていた。門には鍵がかかっており、塀の向こうの家を見ることはできなかった。私は呼び鈴を鳴らした。

　誰も出てこなかった。もう一度鳴らした。

　ほどなくメイドが現われ、門から顔をのぞかせた。私はヘススはいるかと尋ねた。

「温浴しに洞穴《グルタ》に行ってます」

　メイドの背後に屋敷が見えた。黄色い壁の低層住宅だった。鎖につながれた犬が木陰ではあはあ言っていた。

「温浴？」

「道路脇に温泉があるんです。歩いていけます」

　ヘススはリューマチ治療のために毎朝その温泉にかよっているということだった。

「あなたはセニョール・アグアヨのお友達ですか？」

とメイドは訊いてきた。

私は売店まで戻って温泉のことを尋ねた。道を歩いていけば三十分かかるが、森を抜ける近道があるそうだった。

私はタクシーの運転手に広場で待つように言って、歩きはじめた。

最初のうち、道は野生の木々と丈のある草のあいだを這っていた。ところどころに廃屋もあった。林の反対側に湯気の出ているプールと小さなホテルらしい建物が一軒だけの温泉施設があった。誰もいなかった。いくつかのプールの湯が人工の洞穴に流れ込み、そこに湯気が溜まっていた。日向にデッキチェアが一脚置かれ、背もたれに服が掛けられていた。私が施設に近づくと、林の中から少年が現われ、プールにはいる一日券と水着は要らないかと訊いてきた。私は水着を受け取り、戸外で着替えをした。裸を見られるのを恐れながら。少年が氷水を持ってきてくれ、私は温泉プールにはいり、吊り包帯が濡れないように気をつけながら洞穴まで歩いた。

洞穴は岩場の隙間に小さな岩を詰め込んで簡単に補強しただけのものだったが、それでも高さはかなりあった。湯は胸の高さまであり、洞穴全体が群青色《ぐんじょう》の明かりに照らされていた。私は湯気がこもっている奥の窪《くぼ》みまで進んだ。そこに四十がらみの男が浴用タオルを顔にかけてただひとり、ぽつねんと坐っていた。

私の気配に気づくと、男はタオルを顔から取って、湯に体を沈め、見知らぬ新参者をとくと見た。

私は洞穴の反対側で足を止めた。そのあとしばらくふたりは蒸し暑さに真面目に耐えた。外の世界からはどんな音も聞こえてこず、新しい客がやってきた気配もなかった。ヘスス・アグアヨかどうか尋ねる絶好のタイミングだった。

「あんたは？」と彼は訊き返してきた。

「リンダー夫妻の友達だ」

「なるほど」

そう答え、彼はどうやって夫妻と知り合ったのか訊いてきた。

その答はもう暗記していた。彼らがメキシコで引退生活を始め、このあたりに家を持っていると聞いたのだが――私はすらすらとそう言った。

「ああ、そうとも」

「彼らはこっちに友達がいると言っていて、そのとき聞いたのがあんたの名前だったんだ。で、アトトニルコのあんたの家を訪ねたら、メイドにここにいるって言われたんで、私も来てみたわけだ」

「なるほど」

そう言いながらも、彼は慌てていた。それは眼を見ればわかった。

「腕はどうしたんだ？」

「関節炎だ。こうして吊っていたほうが楽なんだ」

「ここを出て話をしたほうがよくないか？」

「いや、ここでいいよ。居心地は悪くない。この湯気もいい」

われわれは同時に笑みを浮かべた。それはもう衝撃的なほどの笑みを。

「実のところ、おれはリンダー夫妻をあんまり知らないんだ」と彼は言った。「言うなれば、友達の友達だ。彼らに何か用を頼まれたら、その用足しをするって感じだな」

「その用というのはどんな用なんだね？　それともそういう話はサン・ミゲルの警察まで行ってするか？　私は警察に白いグランダムがあんたの家のまえに停まっていたという話をする。警察はその話に興味を持つかもしれないし、持たないかもしれない。あんたはこのところきっと別の仕事で忙しかったんだろうし」

「サン・ミゲルでどういうことが起きてるのか知らないが、おれには関係ないことだ。そもそもなんで関係がなきゃならない？　それよりあんた、いったい何者なんだ？」

「サン・ミゲルで車を盗まれてね。それで困ってるんだ。誰がそんなことをしたにしろ、その償《つぐな》いはしてもらわなきゃならない。だけど、私はあんたを巻き込むんじゃなくて、ミスター・リンダーに直接掛け合いたいんだ。で、思ったわけだ、いくらかあんたに〝寄付〟をすれば、彼の家まで案内してもらえるんじゃないかって。そうすれば、警察に行く話を忘れられるんじゃないかって。すごく単純なことだ。私を案内したのはあんただということはミスター・リンダーが知らなくてもいいことだ。家の近くの道路まで案内してくれたらそれでいい」

「あんた、おれをからかってるのか？」

「そうだ。私もちゃんと自覚してるよ、自分がおかしな話をする人間だってことは。ただ、言っておくと、私は一緒にいて面白可笑しい相手じゃない、実際の話。私にはユーモアのセンスというものがかけらもなくてね」

彼はメキシコ人がよく口にする卑語を吐いた──く《ラ・》そっ《チンガーダ》と。

私はいったん家に帰り、車でまたここに戻ってきて、私を拾ってくれないかと持ちかけた。そして、夫妻がどこに住んでいるにしろそこまで連れていってくれと。そもそもどこに彼らはどこに住んでるんだ？

「まず夫妻に連絡して、彼らがどう思うか訊く必要がある」

「そうしてもいい。そうしないで、彼らを驚かせてもいい。どっちみち彼らにはどうやって私が彼らを見つけたのかわからないんだから」

ヘススによれば、リンダー夫妻はグアナファトの丘に家を買った。〈パシフィック相互保険〉から得た金を使ったのだろう。そして、そこから車で海岸まで降りてきて、パーティやらそのほかの集まりやらに顔を出している。そういうのは金持ちのアメリカ人があまりやらないことだが、彼らは自由気儘《きまま》を愉しんでいるのだろう。

「だけど、あんたをそこに連れていくわけにはいかないよ」

まずミセス・リンダーに連絡して彼女がどう言うか訊いてみる。ヘススはそう言った。

「それはあんまりしてほしくないな。彼らが怖いのなら住所だけ教えてくれ。私ひとりで行くから」

「彼らが怖い？」

傷つけられたプライドに火がつき、ヘススの眼が爆発寸前まで大きくなった。

「おれが怖がってるわけないだろうが！」

「だったら住所を教えてくれ。それで終わりにしよう。あんたがケチなアメリカ人の根無し草を怖がっていなくてよかったよ」

「そういうことなら」とヘススは急に落ち着きを取り戻して言った。「ここを出て、なんか飲もう。住所を書いてやるよ。ほかに誰もいないようなところにいてよかったな」

「こっちも警察に電話しないですんでよかったよ」

「なあ、警察に電話する必要なんか初めからないんだよ」

ヘススの気分はイギリスの天気みたいにころころ変わった。

プールを出て、デッキチェアに坐り、ウェイターが持ってきてくれたレモネードを飲んだ。ある種、そこも悪くないリゾートだった。同時に、落ちぶれたのか、そもそもいいときなどなかったのか、そんなことを思わせるような場所でもあったが。ヘススは今ではだいぶくつろいでいた。自分に関心の眼が向けられているわけではなく、このあと放っておかれることが確信できたのだろう。ウェイターが持ってきた絵はがきに住所を書いてくれた。しかし、はるばるこんなところまでやってきて、得られたのが絵はがきに走り書きされた住所だけとは。私は白いグランダムをアトトニルコに戻した男――独楽をまわすのが好きな男――のことを尋ねた。ヘススはそんな男のことは聞いたこともないと言った。

「おれは金持ちの使い走りをしてるだけさ」と彼はむしろ善良そうに見える笑みを浮かべて言った。「金持ちにちょっとした便宜を図ってやってるだけだ。何者でもないケチな男さ」

そう言って、リンダー夫妻にも会ったことがないとつけ加え、最後に言った。

「リンダーは幽霊なのさ《エル・リンダー・エス・ウナ・ファンタスマ》」

私は絵はがきに眼を落とし、住所を見た。人里離れたミネラル・エル・セドロ教会とカルデロネスという集落にほど近い通りの住所だった。どことも知れない土地でなかなか追いつけない追跡劇をまた始めなければならない。脚の弱い老人には悪い冗談だ。時間をかけるだけの価値があるものかどうか、しばらく考えた。

が、一方、するりするりと身をかわすクソ詐欺師に仕掛けられたこの猫と鼠《ねずみ》のゲームで、やられっぱなしになっているわが身にも我慢がならなかった。ファンタスマの眼が恐怖に光るのをこの眼で見たかった。たった一度でも。そういうことを抜きにしても、私というのは私に危害を加えようとした相手に対して、われながら奇異に思えるほど嫌悪感を覚える人間だ。相手の感情ばかりか動機までちゃんと理解できたとしても。もっとも、そもそも動機というのは常に感情より理解しやすいものだが。

19

その日の午後二時にはもうグアナフアトの安ホテルにチェックインしていた。カンタラナス――〝歌う蛙〟という意味だ――という通りに面した細くて背の高いホテルで、その最上階に部屋を取った。その部屋からだと、市《まち》がやけに下にあるように見え、狭い峡谷に差された靴べらみたいなその市《まち》は、私の知るどんな市《まち》とも似ておらず、市街の灯りと白い家々は昔読んだ本に出てきたベツレヘムを思わせた。陽が沈むのを待って、通りに出て夕食をとった。黒いケープと仮面をつけた学生バンドが広場や路地を歩きながら、マンドリンを掻き鳴らし、あわよくば投げ銭にありつこうとセレナーデを演奏していた。こういう場所でリンダー夫妻が週末の夕食をとっている姿は容易に想像できた。

タクシーを捕まえ、運転手に絵はがきに書かれた住所を告げたときにはもう九時をまわっていた。運転手はその住所を知らなかったが、簡単に見つけられると言った。私としてはそれでよかった。市《まち》を出て、かつてはマドリードをヨーロッパ随一の都市にした鉱床のある丘陵地帯をほんの一マイルほど行ったところのようだった。道は闇の中を曲がりくねって這っていた。時々、群れることなくぽつんぽつんと建っている金持ちの邸宅の威容に出くわした。

丘の麓でタクシーを降ろされた。そこからイトスギにはさまれた私道が丘をのぼっていた。時間はどれほどかかるか、待っていたほうがいいかどうか、運転手が訊いてきた。できたら人目につかないところに車を停めて、一、二時間待っていてくれたらチップは弾むと持ちかけた。

そう言って、私道をのぼった。半分ほどのぼったところで、低層ながら広々とした大農場《アシェンダ》の母屋風の屋敷から、人の話し声と音楽――パーティが開かれているらしい愉しげでおぞましげな騒音――が聞こえてきた。いささか意表を突かれた。着替えをしておらず、他人のパーティに押しかけるには私の服装はいかにもみすぼらしかった。おまけに吊り包帯までしており、入院したらもう二度と出られない病院の待合室にいてこそふさわしいなりだった。そんなことを思っていると、私道に使用人が何人かいきなり現われた。歓迎の松明《たいまつ》とゴムバンドのついたシルクの仮面を持っていた。仮面パーティのようで、来客全員にそうした偽装が与えられるらしい。私のあとにすぐまた来客があり、車が私道の端に停まるなり、四人の客が車を降りてきた。そして、私のあとに続いた。私はその四人を従える恰好で家に向かった。四人はアメリカ人の老夫婦二組で、きらびやかな幽霊の恰好をしていた。過去の幽霊と折り合いをつけるのは私の特技と言っていい。しかし、この老夫婦もポールとドロレスの知り合いなのだろうか。いや、会ったこともないのではないか。おそらくサン・ミゲルに共通の友人がいて、その友人に誘われたのだろう。この集まりはさしずめ中央高地に別荘を持つ金持ちアメリカ人のクラブで、そのクラブには、仕事を引退し、新生活を愉しもうとこのあたりの邸宅を買った金持ちが毎年新メンバーとして加わっているのだろう。そんな彼らにとってレーガン時代はいい時代なのだろう。私はバリー・ウォルドスタインと名乗り、ほかの者たちと同じように汗をかいた顔を仮面で隠し、重厚な柱のあるポーチにあがった。仮面はわれわれにはなじみのないアステカの男神や女神を思わせるもので、執事がそんな仮面をつけた連中にシャンパングラスを差し出している光景は、まさに異様そのものだった。

丘に建つ邸宅に使用人にタペストリー。野心家のファンタスマは人を騙して手に入れた大金でそういうものを手に入れたということだ。なかなかどうして大したものながら、同時に私としては不可解なところもないではなかった。このファンタスマは私のような老いぼれを振り払うのにバスに乗って逃げまわった。その間、ずっとここに隠れていてもよかったのに。もしそうしていたら私はそう簡単には彼を見つけられなかっただろう。そう考え、そこで不意に気づいた。彼のこのすばらしい新生活にとっては私こそが唯一の脅威だったのだ。おそらく私以外ここにいる誰ひとり、ここのシャンデリアがどんな金で支払われたのか知らないのだから。彼が追われる身であることも、この金曜日の夜ここにいる誰ひとり知らないにちがいない。

パーティはタイル張りの噴水池にイトスギといったスペイン風の庭園にまで広がっていた。そこに置かれた立食台には、蓋つき深皿が並べられ、立食台の横にはバーが設《しつら》えられていた。出席者の数はかなりのもので、私は容易にその中に溶け込み、姿を消すことができた。ドラッグの気配が感じられた。あからさまではなかったが。通常のカクテルに強い酒——メスカル酒とテキーラ専用のテーブルがふたつあり、そのテーブルにはイタリアン・ショットグラスが並べられ、ピンクソルトを盛った皿が置かれ、いかにも凝ったやり方でその両方の酒を出していた——にこっそり花を添えるように、お上品な金持ち向けのドラッグが供されていた。それがめあての男たちもいて、段々自制が効かなくなると、体を揺らし、満足げな大声をあげる者もいた。やがてジャズ・バンドの演奏が始まると、屋敷の奥の部屋のテーブルではコカインがさりげなく振舞われはじめた。それらのコカインは十八世紀のテーブルの隅にそっと撒かれ、ティーンエイジャーもロートルも群がっていた。

そこで私は仮面というのはホストにとっても便利なものであることに気づいた。見つけるのがむずかしかった。そもそもここにいるのかどうかもわからない。

もしかしたら、どこか上のほうにいて客を観察しているのか。

庭園に出てみた。美しい女とアメリカ人と地元の人間がティナ・ターナーの奇妙な曲に合わせて踊っていた。イトスギの合間に芝生が闇に広がっていて、ケーキの皿とシャンパングラスを持って寝転び、星を見上げている人たちもいた。そんな彼らは子供に捨てられた巨大なキャンディの包み紙のように見えた。一瞬、私は思った、いったい自分はどこにいるのだろうかと。いったいどうしてこんなところにいるのだろうかと。味覚を大いに愉しませてくれるカナッペもエンパナーダも酒もあるのに、私はドナルドを捜して人たちのあいだを縫って歩いている。なかなか見つからない相手を捜して。

部屋から部屋へ歩いてみた。ピンクとブルーの大理石に似せたパネル張りの壁の部屋がいくつかあった。本棚もあったが、それは明らかに屋敷が今の主に変わるずっとまえに設えられたもののようだった。私は集まった客に訊いてまわった。が、彼はなんと呼ばれているのか？ ドナルド？ それともポール？ 〝セニョール・リンダー〟で試すと、リンダーは少しまえに客に向けてちょっとしたスピーチをしたようだった。

家のさまざまな個所に通じる長い廊下——壁にはモダンな絵が掛かっていた——のひとつを歩いていると、男がひとり近づいてきて歓声をあげた。「ノーマン！」男はそう言って私の腕をつかみ、私を半回転させた。男のうしろには明らかに連れらしい女がいた。このふたりとも酔っており、仮面が取れかけていた。このふたりには逆に訊かれた——リンダーを見なかったかと。

「どこかにいるんじゃないか」私はそう答えた。

「ここに来てくれって言っておきながら、本人が現われないなんてな。まったく。それはそうと、この家のことはどう思った？」

「お城だね」

「嘘でしょ?」と女が言った。

「腕をどうしたんだね?」

「芝刈り機でちょいとね」

そこで男は私を二度見した。

「おいおい、ちょっと待ってくれ――」

私は立ち去りかけた。ふたりは私の答を笑い飛ばすことにしたようだった。

「絶対ノーマンだと思ったんだがな」と背後で男の声がした。

「放っておいてあげなさいよ、ローマン」

そう言って、女は私を見送った。私はかまわず歩きつづけ、煙が充満し、人でごった返している部屋に逃げ込んだ。そのあと玄関ホールに出ると、そこには奇妙なほど誰もいなかった。いるのは明らかにその日のためだけに雇われたメイドとウェイターだけだった。その玄関ホールに二階にあがる大きな螺旋《らせん》階段があった。『風とともに去りぬ』にでも出てきそうな階段だ。その階段をあがっても誰にも咎められなかった。二階の廊下は静かなもので、それぞれの部屋もプライヴァシーの海に身を沈めていた。階下《した》の玄関ホールを見下ろすと、ウェイターがひとり戸惑ったような顔をして私を見ていた。私は口に一本指を立てた。ウェイターはどこかに姿を消した。最近の私は人畜無害な化石のように見えるのだろう。たいていの場合、あまり警戒されない。最初の廊下を歩きはじめると、下の隙間から明かりの見えるドアがあった。誰かに見つかったら、ちょっと酔いすぎてトイレを探しているのだとでも言えばいい。やがてドアの向こうから声が聞こえだした。男と女が話していた。ともに感情を昂らせており、男は怒鳴っていた。顔を平手で叩いたような音がした。女のすすり泣きが始まった。男は罵声をあげた。怒り狂っていた。そこでいきなりドアが開き、仮面をつけた男が薄暗い廊下に頭をのぞかせた。仮面の眼の切れ目越しに男の眼が見えた。途方もない怒りと感情のアンバランスにぎらついていた。

「誰だ？」と男は吠えた。私は片手をまえに差し出してよろよろとまえに歩いた（杖は階下《した》で係の者に預けていた）。女も男のうしろから出てきて、私の名と用を尋ねた。

「あんた、おれの知ってる人か？」と男がまた吠えた。

「トイレを探してるんだよ」と私は言った。

男は部屋のほうを振り向き――女に――刺々《とげとげ》しい声で言った。

「トイレを探してるなんて言ってるが。いや、酔っちゃいないな」

「いや、酔ってるよ」と私は男のことばを正した。

男は改めて私を見た。男の紫の仮面の銀色のスパンコールが光った。

「階段のすぐそばだ。階段を落っこちるなよ、爺さん」

「わたしが案内してあげる」と女の声がした。誰の声か、私にはすぐにわかった。

「いいからほっとけ。年寄りにそこまで恥をかかせることはない」

「なんでもないことよ」

「うるさい。坐ってろ。今のおれは会議をやる気分じゃない」

「自分で見つけるよ」と私は声をわざとくぐもらせて言い、階段のほうに戻った。女は廊下に出てくると、私を見送った。私の声がきっとわかったのにちがいない。しかし、同時に彼女も彼も酔っているのはまちがいなかった。呂律《ろれつ》がまわっていなかった。ふたりとも酔った人間のどこかしら危険をはらんだ傲慢な声音になっていた。

私は階下《した》に降り、庭に出た。彼らは寝室にいた。おそらくふたりだけでコカインでもやっていたのだろう。私はそんなふたりをやっと見つけたわけだ。小型カメラはもう持ってきていなかったが、部屋から部屋に歩きまわったときにそこにあるものはだいたい記憶していた。アンティークの家具、絨毯、鏡、モダンな絵画、ガラス製品、翡翠でできたネーティヴ・アメリカンの工芸品。何世紀にも及ぶ大陸からの略奪品が素人によって蒐集されていた。まさにガラクタの館だ。

十時ちょっとすぎ、彼らの言い方に従えばまだ夜の若いうちに、私は若い女性にダンスを申し込むことにした。その若い女性は吊り包帯をした私の腕を見て、ぼろ靴を見た。それでも私の申し出を受け入れてくれた。性的な貴族の義務《ノブレス・オブリージュ》というわけだ。私たちは芝生の上でワルツを踊った。時間がさらに過ぎた。空では星が自分の場所にじっとととどまっていた。

まだ十二時にもなっていなかったが、屋敷に戻り、トイレを見つけて中にはいって鍵をかけ、仮面を取った。顔が赤くなっていた。仮面のゴムバンドを引きちぎった。それから廊下に出て、ウェイターのひとりを捕まえ、仮面が壊れたので取り替えてくれと頼んだ。

新しいのは濃い緑の仮面で、それで新たな顔を手に入れることができ、新たな気持ちでまた歩きまわることができた。一番大きな応接室に置かれているグランドピアノのまわりに何人も集まっていた。二階で見た仮面——容易に見分けがついた——の男がピアノのまえに坐って弾いていた。覚えていたのは数小節だが、弾いているのはアーティ・ショウの『ブルース・イン・ザ・ナイト』だった。しかし、どうして彼はそんな曲を覚えていて、こんなに軽やかに弾けるのか。私は椅子に坐って聞いた。すると、徐々に全身が冷たくなった。彼がスリムな体形の背の高い男であることは離れたところからでもわかった。誰か他人の悪夢に出てくる洗練された物真似芸人といったところだった。しかし、どうして四〇年代の曲を弾いているのか。そこで彼が私と同年代であることを思い出した。そんな彼がそういう曲を弾かないわけがどこにある？　私は立ち上がってまた庭に出た。その少しあと女たちの嬌声《きょうせい》に囲まれて彼も出てきた。東屋の椅子に坐っている私には誰も気づかなかった。全員テラスに隣接しているプールのほうに行って芝生に坐った。彼らが落ち着くのを待って私もそっとその一団に加わった。彼の妻の姿はなかった。われらがホストと思しい男は取り巻きのきれいどころに囲まれ、芝生に寝そべり、シガレットホルダーにつけた煙草を吸っていた。黒いソックスと部屋履きを履いていた。それがなんと驚いたことに、王冠の刺繍飾りのあるダークブルーのアルバートスリッパだった。あの老医師が履いていたのと同じものだった。が、リンダーのほうがその部屋履きをより効果的に履いていた。彼の成功のひとつの証《あか》しとして履いていた。私はすぐには気づかれないようそっと彼の背後に腰をおろし、仮面のゴムから横にはみだしている彼の白髪を眺めた。ドナルドにまちがいなかった。が、このファンタスマに確実なものなど何ひとつなかった。全身が空気でできているようなものだ。私の気配に気づいたのだろう、いきなり振り返り、笑みを浮かべた。私をちゃんと見ることもなく。魚が側線を使ってほかの魚を察知するようなやり方で気づいたのだろう。彼が体をまえに倒すと、仮面の下の顎が見えた。顎は、残忍に、怠惰に、引き締まっていた。私のことがわかったようだった。が、そのことを気にもしていない様子だった。これまた彼にとってはゲームなのだろう。私にとってはそうではなくても。

20

「トイレは見つかったんだね？　心配してたんだよ。年寄りの膀胱《ぼうこう》というのはとかく厄介なものだからね。でも、また会えてよかったよ」彼の声は休みの日の女性オペラ歌手を思わせた。ラヴェンダー・オイルをべっとりと塗ったようになめらかで、初めて聞いたときと同じくらい甲高かった。「仮面は替えても靴が同じだ」そう言って彼は笑った。「何か飲みものを持ってこさせようか？」

「あんたも飲むならつきあうよ」

まわりにいたウェイターが急に動きだした。

「こちらの紳士と私にも。テキーラをストレートでふたつだ」

私はもうどんなことにも驚かなくなっていた。この数日ずっと追ってきた幽霊が、ファンファーレが鳴ることもなく今眼のまえにいる。特別なところなど何もない。そのカリフォルニア訛りも高価そうな七つ折り《セッテ・ピエゲ》のネクタイも、時計の部品がそれぞれの機能を果たしているのとなんら変わらない。時計のメカニズムと。こんな彼が詐欺師だということはいささか信じられない気がしないでもないが、眼のまえの彼は実物そのものので、少しも大きくは見えない。むしろ小さく見える。が、そこで私はドロレスが彼の青い眼について言っていたことを思い出した。確かに彼の眼の色は地の底の鉱物を思わせる青さで、それがためにどこか恐ろしさがあった。彼は女たちにほんの数語声をかけただけで、魔法のように引きさがらせた。女たちはぞろぞろと立ち去り、パーティのもっと大きな人の塊のほうへ歩いていった。彼は上体を起こすと、テラスの端に置かれている金属製の椅子に坐らないかと私を誘い、私の名を尋ねた。私はノーマン・ペティと答えた。彼はポールとだけ名乗った。さらに自分が今日のパーティのホストで、私がそれを知らないのは奇妙な感じだとも言った。

「もちろん、私はここにいる全員を知っているわけじゃないが」場所を変えると、彼はむしろ陽気につけ加えた。「私があんたを知らないということは、あんたは誰かに誘われたってことかな？」

「ローマンと一緒に来たんだ」

「ああ、ローマン。ということはローマンとは知り合いなんだね？ 私としちゃ虫酸《むしず》が走るような男なんだが、女房がいつも呼ぶべきだと言うんでね。彼とはどういう知り合いなんだね？」

賽《さい》は投げられた。避けては通れない。

「マンサニージョでヨットの上で知り合ったんだよ」

「なるほどな。くそヨットの上じゃいつも誰かと誰かが知り合ってる。賭けてもいいね。あんたも私と同じ趣味なんじゃないかね。釣りだ。ちがうかい、ノーマン？」

「そう、私のことはカジキ男と呼んでくれてもいい。あんたは？」

「カジキ男のほかになるべきものがどこにある？」

酒が運ばれてきて、私たちは一気に呷《あお》った。二杯目がすぐに注がれた。

「知らない相手と酒の一気飲みをするのも私の趣味でね」と彼は言った。「なんだか生き返ったような気持ちになるんだよ。すでに知ってる相手というのはだいたいのところ、退屈きわまりないものさ」

そのあと彼は妻としばらく離れているのもいいことだとつけ加えた。

「うるさくてかなわん。どうして男というのはこういつもいつもガミガミ女と結婚してしまうんだろうね、ノーマン？ それともわれわれが女房をガミガミ女にしてしまうのか。もうこれ以上は言わないが」

「もしかしたらわれわれがガミガミ男なのかもしれない」

「言えてるよ、言えてる、ノーマン。で、カジキはどこで釣るんだね？」

「だいたいマサトランだね。みんなと同じだよ」

「あそこがやはりベストだな」

「カジキを狙うならあそこがメキシコで一番だ」

「確かに。しかし、グアナファアトも悪くない。空気がいい。ここの空気はどうだね？　あんたもわれわれ同様、こっちで隠居暮らしをしてるんだと思うが」

「いや、実際のところ、家を探してるところでね」

「ほう、そうなのかい。だったらいいところに眼をつけたよ」

私たちは二杯目も空け、彼は葉っぱを吸わないかと言ってきた。葉っぱにかけては博物館クラスのコレクションがあるそうだった。が、私は遠慮した。葉っぱをやると、いつも礼儀正しい人間になりすぎてしまうのでと言って。彼は屋敷を見上げた。口元が強ばっていた。私の仕事について訊いてきた。私はニュージャージーの地方紙の新聞記者をしていたと言った。そのあと引退して〝イケバナ〟を始めたとも言った。日本のフラワーアレンジメントのことだ。

「嘘だろ」と彼は言った。

いや、ほんとうだ。私はそう答え、時間のあるときにイケバナをやるとほんとうに心が落ち着くと言った。花は嫌いだが、イケバナは好きだと。やったことは？

それは残念。もう引退したのなら、是非とも——

「誰も引退したなんて言ってないよ」と彼は言った。

「どうしてそう思った？」

「ここはオフィスにかようのに最適のロケーションとはとても言えないと思うがね」

「まあ、そうだな。だったら、ああ、われわれはふたりとも引退した身ということで。じゃあ、ノーマン、言ってみてくれ。この馬鹿でかい屋敷はいくらしたと思う？」

「むずかしい質問だな——百万？」

「いい線だ。だけど、そもそもどうしてここを買ったと思った？」

　彼の訛りがより強くなっていた。カリフォルニアの小さな町の訛りだ。空軍基地の、灌漑《かんがい》設備が単調に並ぶ農場の、国境沿いの酒場の訛りだ。私が調べたところによれば、彼の父親はその昔、製粉所を経営していた。聞いた話だと、小麦粉というのは倉庫の中でよく燃えだすそうだ。でもって、それが爆発すると、エル・セントロの夜みたいな音がするという。誰に聞いたのかは忘れてしまったが、ボンホッファーではない。もしかしたら誰に聞いたわけでもなく、ただ覚えていたことかもしれない。

「私は何も思ってないよ」と私はできるかぎり冷ややかに答えた。

「それはいいことだ。ローマンと来たんだったね？彼と一緒に飲めないというのは返す返すも残念だ。ところで、あんたもなにかね、あいつのことは私と同じくらい嫌いなのかな？」

　彼はそう言ってからくり人形のようなウェイターのひとりを呼んだ。

「セニョール・ローマンがどこかにいないか見てきてくれ。見つかったらここに連れてきてくれ。彼の友達が一緒に飲みたがってる。そう伝えてくれ」

「かしこまりました、セニョール」

　彼は私のほうに向き直って言った。

「どうにもこっちのクソみたいなことばが覚えられなくてね。私には無理だな。覚えようとすると窒息する」

「だったらインドネシア語を試すといい」

「近々インドネシアに行く予定はないんでね」

「そういうことならどうしてメキシコに来たんだね？」

彼は脚を伸ばした。ソックスの上の白い脛が銀色に光った。

「ここが好きだからだよ。あんたは？」

そう言って、彼はいきなり私に笑ってみせた。意外なことにそれは悪意のかけらも感じさせないいい笑みだった。

「私もここに家を買おうと思ってる。何かいい物件はないかね？」

「ローマンが来たら彼に訊いてみよう。そういうことはなんでも知ってるから」

なかなか姿を現わさないローマン。手遅れになるまえにここを脱け出したほうがよさそうだった。私は腕時計に眼をやった。が、彼は私のそんな演技を受け入れてくれなかった。

「まだ帰っちゃ駄目だよ。今にもローマンが来るというときに。きっと涙を流して喜ぶぞ、あの男」

それはそうと、その腕はどうしたんだ、と彼はそのあと訊いてきた。

「芝刈り機でへまをしてね」

「アメリカ人の医者に診《み》てもらったほうがいいぞ。あんまりうまく縫えてないんじゃないか？」

「縫うことぐらいメキシコの医者にもできるよ」

「ミハイル・カラシニコフがなんて言ってるか知ってるかね？　よくこう言ってたそうだ、〝できることなら芝刈り機を発明したかった〟と。世界一有名な自動小銃を発明したことは時々彼を悲しませたんだそうだ。で、もっと人の役に立つものを発明したかったんだとさ。芝刈り機みたいな。まあ、その気持ちはわからなくもないが。だろ？」

そう言って、彼は眼を上げ、私の肩越しに私の背後に眼をやった。私は振り向いた。残念ながら、妻と一緒ではなかった。ローマンだけがウェイターに連れられてきた。どこかしらぴりぴりしていて、不服そうな顔をしていた。来たくもなかったところに連れてこられたことを嘆いているような。私を見ても仮面が変わっていたので、すぐにはわからなかった。が、吊り包帯を見て、廊下で会ったときの記憶が甦ったようだった。そこから離れ、ドラッグとアルコールの反対側の壁まで来てしまうと、そのときのことが何時間もまえにも思えたのだろう。

「ああ」と彼は言った。

「坐ってくれ、ローマン。ここにいる仮面の友人のことはきみも知ってると思うが、今、このノーマンから彼自身のことを聞いていたところだ。で、きみなら彼に適当な家を見つけてあげられるんじゃないかと思って話してたんだ。きみはこのあたりの不動産にはめっぽう詳しいからね。だろ、ローマン？」

「それはどうかな」

彼は坐った。すでに私に怪訝《けげん》な眼を向けていた。

「ノーマンを誘ってくれてよかったよ」とドナルドは続けた。「そういうことをしてくれないと、私は永遠に新顔と出会えないからね。私は新しい人との出会いをいつも愉しみにしてるんだ」

「ノーマンを誘ったことは誘ったけど、でも、よくわからないな——」

大の男が三人、仮面《マスク》をつけて話をしていることがなんだか急に馬鹿げて思え、私は笑いをこらえることができなくなって言った。

「これじゃまるで三銃士《スリー・マスケティアーズ》だな」

「何がわからないんだ、ローマン？」

「最初に見たときには——ノーマンに似てると思ったんだが。今はよくわからない」

「わからない？」

「仮面をつけてるから」

「仮面越しでもわかるもんだよ、ノーマン、ローマンはあんたがノーマンかどうかわからないと言ってる。それっておかしくないか？　このことは仮面を取ってはっきりさせたほうがよさそうだ。そうすりゃ、もうあれこれ思い煩《わずら》う必要がなくなるんだから。ノーマンがここにいたらまちがいなく同意してくれると思うが」

「仮面についてはルールがあるんだと思っていたよ」

「しかし、あんたがノーマンかどうかローマンにもわからないとなると、当然私にもわからないわけだからね」

そこでローマンが笑いだした。

「もういいじゃないか。大したことじゃない。ここにいるのはノーマンなんだけど、なんだかちょっと声がちがって聞こえただけだよ。だいたい彼がノーマンであろうとなかろうとどっちだっていいじゃないか？ よう、相棒、あんたが自分でノーマンと言えば、あんたはもうノーマンだ」

「赤の他人にこの家を歩きまわられ、自分はノーマンだなんぞと名乗られるのは不愉快だ。ノーマンであろうとなかろうと、ここにいるのは私の友達か、私の友達の友達であってもらわないとな」

「私はあんたの友達の友達だ」

「ほう？」

私は背すじを伸ばし、彼をまっすぐに見た。

「私はポール・リンダーの友達だ。もちろん彼のことは知ってると思うが」

いったいこの話にはどんなオチがあるのか、何もわからないまま、ローマンがチンパンジーのような笑みを浮かべて言った。

「笑える」

「さて、もう夜もふけた」ドナルドはそう言うと、ヴェルヴェットの部屋履きを履いた足を少し伸ばした。「長い夜もいつかはお開きにしなきゃならない。不必要に長引かせると混乱するだけということもあるんでね。本名を名乗ってくれ。それで終わりにしよう。なんならタクシーを呼んであげてもいい」

ふたりの男が芝生をわれわれのほうにやってきた。

どう見てもボーイスカウトのレスキュー隊には見えなかった。

「彼らはさよなら委員会かな？」

「ああ、さよなら男組だ。そのまえに名前だけは言ってもらおう」

「フィリップ。私以外にも誰かフィリップを知ってるかね？」

「私にはどういうことなのかまるでわからないんだが」とローマンが不満げに言った。

ドナルドは彼のほうを向いて言った。

「きみは彼を知らない。私も知らない。そんなやつがここにいるんだぞ！」

私はボーイスカウトが来るまえに立ち上がった。が、この楽園から放り出されるまえにドナルドに訊いておきたかった。どうやってポール・リンダーを知ったのか。いったい彼に何をしたのか。が、それだけの時間はなさそうだった。

「ポールはいいやつだったよ」と私は言った。「最後に会ったときもそうだった。なのに、おかしなことに消えてしまった。消えるなんてことは人にはできないことなのに」

「消えた？」とローマンが大きな声をあげた。おそらく彼が知っている、あるいはこれからも知りつづける唯一のポール・リンダーを見つめて。

「あんたは酔っぱらってる」とドナルドは言った。

「別にそれはかまわんが。兄ちゃん《ムチャチョス》たち、ふたりでこの男をつまみ出してくれ」

「〝ムチャチョス〟なんてことばは使わないほうがいい。あまりいいことばじゃない」

「私は言いたいことはなんでも言う主義でね。さあ、行こうか、ミスター・フィリップ？」

「喜んで」

私たち四人はローマンをその場に残し、芝生の上でダンスをしているカップルのあいだを縫って歩いた。

大勢が集まった中にさきほど一緒にワルツを踊った若い女がいた。かなりラリっていた。私は自分の体というか刑務所から束の間外に出ると、いいほうの腕で若い女をくるりと一回転させた。私と一緒に歩いていた三人は、私のその思いがけない行動に虚を突かれたのか、ここで騒ぎを起こして人目を惹《ひ》くこともないと思ったのか、しばらく私の自由にさせてくれた。が、最後にはボーイスカウトのひとりが私の不自由な腕をねじるようにしてつかんだ。痛みが上半身に広がった。その痛みに急《せ》かされ、ポーチまでやってきた。月明かりがメッキでもしたかのように私道を照らしていた。ここまで来れば、声を大きくしても支障はないと思ったのだろう、エル・ドナルドが怒鳴った。

「金を払ってもらおうと思ってきたんだろ？　このクソ爺が。どうやら何も学ばなかったんだな」

そう言って、彼はうしろにさがった。私の腕をつかんでいたボーイスカウトが私を地面に放り出した。私は樽《たる》のように転がり、水漆喰を塗った私道の縁石にぶつかって止まった。

「ほんとうはこいつらにおまえの始末をつけさせるべきなんだろう」とエル・ドナルドは私に呼ばわった。「両手をちょん切って、どぶに放り込んでもいいところなんだろう。誰がそんなおまえを見つけてくれる？　このクソが」

だったらそうしたらどうだ？　と私は内心思った。それが一番簡単な方法だろうし、私としてもそういうことを誰より心配しているわけでもない。彼はそんな真似はしない――少なくともここでは。少なくとも今夜は。隠さなければならないことを自分から新たにひとつつくり出すことになる。目撃者も多すぎる。私は立ち上がると、仰々《ぎょうぎょう》しい植民地風の門のほうへ歩きだした。

「おい、フィリップ」彼の声がうしろから聞こえた。「生憎《あいにく》だったな、このクソ爺！」

何かが私のうしろで乾いた音をたてた。杖だった。それまで私はうっかり忘れていた。ボーイスカウトが放ったのだ。拾って持って帰る価値の充分にある代物だ。私は取り上げ、誇り高く見えるはずの眼を彼らに向けた。

「グアナファアトまでならおまえでも歩いて帰れるだろうよ」彼の声がまた聞こえた。「どこかで飲んだくれてろ、役立たずのクソ爺。飲んだくれるぐらいしかおまえには能がないんだから」

彼らは私が門を通り抜けるまで見ていた。道路に出るなり、それまで体に蓄積されていたその夜の興奮が一気に噴き出したような気分になった。これで終わった。悪ふざけも猫と鼠のゲームも。私はまだ生きている。怪我も大したことはない。この小旅行をどうにか耐え抜いた。結局、こづかい稼ぎの無意味な試練だった。そんな思いが頭の中をぐるぐるまわっていた。斜面を転がる石のように。そんな思いだけが私には頼りになるものだった。確実なものだった。

丘は月明かりに照らされ、ヨタカが鳴いていた。道路の先に運転手の姿が見えた。すでに何時間も経っていたが。人間のそうした忠誠心は何によってもたらされるのだろう？　金だけの問題とは思えない。彼は私に手を振りさえした。私はなんだか救われた気がして呼ばわった、あんたは馬鹿だ、と。

「私も私のターザンを叱りたい《ケ・レチュロ・ミ・ターザン》ね！」と運転手は叫び返した。

私は運転手のところまでゆっくりと丘を降りた。私のまわりのすべてがいったん消え、またすべてが明るい光の中に戻ってきた。車に乗り込もうとすると、運転手が私の背後を示すので、私はドナルドと彼のごろつきがあとを追ってきたのではないかと思った。

振り向くと、女がひとり坂を降りてくるのが見えた。仮面はしていなかったので、ドロレスであることはすぐにわかった。彼女は怒っても興奮してもいなかった。

車のところまで降りてくると、ほとんど私とくっつきそうなほど体を近づけ、うしろを振り返った。誰かにあとを尾けられていないかどうか確かめるように。

「フィリップ、待って」

私としてはその場で追い返してもいいところだった。邪険にすべきところだった。ごろつきが私のような老人を痛めつけるのを彼女はどこかに立ってただ見ていたのだから。しかし、それでも同じことだった。私には彼女を追い払うことなどできやしない。それは私としても認めないわけにはいかなかった。彼女はとても混乱しているような、何かを恐れているような顔をしていた。普段の彼女の顔つきではなかった。罠にかかった小動物のような顔だった。そこで私にもやっとわかった。彼女は誰かに言われて来たわけではないのだ。まったくそうではなかった。むしろ彼女はこれから何かを決めようとしていた。決断しようと。唇を嚙み、その眼は明らかに怯えていた。決断するにも計画するにもほんの数秒しかない。そういうことなのだろう。あまつさえ、彼女の表情にはまた別のものもあった。その夜の彼女はあまりに魅力に欠けていた。自らの恐怖に丸裸にされていた。うわべを飾るものがすべて削ぎ落とされてしまっているように見えた。私はふと彼女の首にできていた痣を思い出し、自分がこれまでずっと誤解していたことにやっと気づいた。彼女が今の生活にどうにか耐えているのは、彼女の出自のせいに決まっているではないか。スラムのせいに。彼女には帰るべき場所がないのだ。彼女はドナルドのような不愉快な男を相手に人生を賭した戦争を今も戦っているのだ。そして、少しずつでも勝利を収めているのだろう。私は彼女のそんな戦争のとば口によろよろと迷い込んだだけだ。その意味を理解することもなく。

「彼に金をせびったりはしなかった」と私は言った。

「何も求めなかった。ただ、さよならを言いたかったんだよ」

そう言って、笑みを浮かべて見せたが、笑みはもとより何も返ってはこなかった。

「で、今は？」と彼女は言った。

「もうやめた。海岸の近くにいい温泉がある。なあ、愉しかったよ。なんだかんだ言っても――」

「いいえ、待って」

人に何かを頼んでいる声音ではなかった。と同時に、懇願とは無縁の声音でもなかった。

「明日ミイラ博物館で会って。その裏の墓地で三時に。あなたが受け取って当然のものを持っていくわ――約束する――それからすべてを説明する」

私がタクシーに乗り込むと、彼女は私に背を向けた。タクシーのヘッドライトが屋敷にきびきびと戻っていくすらりとしたうしろ姿を撫でた。誰も彼女のことを捜してはいないはずだった。彼女に運さえあれば。

21

私はカンタラナス・ホテルでタマーリ（練ったトウモロコシの粉に香辛料と挽肉を混ぜ、トウモロコシの皮に包んで蒸したメキシコ料理）とサルサベルデの夕食をとった。酒は飲まなかった。その夜は夢も見なかった。翌朝起きても、前夜彼女の顔に浮かんでいた絶望が頭から離れなかった。二言三言にしろ、珍しく率直なやりとりができたのは確かだ。しかし、ただそれだけのやりとりをするのに――屋敷を出て私を追って丘を降りてくるだけでも――彼女にしてみれば相当な危険を冒したはずだ。このあとわれわれはふたりだけで会う。彼女と会うのはこれがおそらく最後になるだろうが、私は手ぶらで家に帰ることになるのか、それとも〈パシフィック相互保険〉にもっと証拠を与えられるようになるのか。それ以上のことが起こる可能性も大いにあった。なのに私はどうして彼女を疑っていないのか。いや、これが動物の勘というものだ。ある相手が自分にとって危険な存在でなければ、そういうことは皮膚感覚でわかるものだ。それがため、私は自分の病的な好奇心に衝き動かされるままになっているのだろう。最初からずっと謎に惹かれつづけているのだろう。そうとしか考えられない。

午後、市街電車に乗って、長い坂道をのぼり、ミイ《ムセオ・》ラ博物館《デ・ラス・モミアス》まで行った。その博物館は市《まち》を見下ろす恰好で、貧弱な丘のてっぺんに建っていた。回転腕木に観光客向けのポスター。この土地の土壌に含まれる濃い硝酸塩のために自然とミイラ化した遺体が何体も安置されている博物館で、小学校の遠足の定番のような場所だ。私は墓地にはいってドロレスを待った。墓地には細いジャカランダの木が何本も生えていたが、無言の陽の光の中、弱々しげではかなげに見えた。木にはぼろきれがいくつも掛けられ、それが仏教徒の祈りの旗のように風にはためいていた。また、枝に必死にしがみついている花の残骸のせいで、墓地全体が青みがかって見えた。大天使や聖なる生きものがトランペットを吹く像が墓に立っていたが、そこはかとなくアステカ族の恐怖にさらされているようだった。ここにやってきたフランス人が萎《しぼ》んでミイラになったのも無理はない。砂まじりの風が墓地を吹き抜け、その風にビニールのぼろぼろの旗ははためき、青い花弁は小さな竜巻に巻き上げられて、そのあと墓石の上に降り注いでいた。落ち合い場所としてはなかなか悪くない。

ベンチのひとつに坐り、陽を浴びて待った。グループツアーの参加者が墓地を通り過ぎた。みなおしなべて顔をしかめていた。ドロレスが現われた。そのとき墓地には私たちだけしかいなかった。

彼女はまるで葬式に出るような恰好をしていた。つばの広い黒い帽子にそれに見合った靴。私のために——ロマンティックな意味では彼女の関心をまったく惹くことのできない男のために——ちょっとした努力をして、彼女はそんな恰好をしているように私には思えた。それでも努力はしてくれたのだ。彼女はジャカランダの木の下、記念碑のような墓石にはさまれた小径をやってきた。まるでゆうべ起きたことなど別の人生での出来事のように。手に小ぶりのスーツケースを持っていた。その中にはラス・アダスで私に支払うと約束した金がはいっているのだろう。約束しながら守れなかった約束の金だ。つまり彼女はまた気を変えたのだろう。

「ちょっと歩かない?」と彼女は言った。

迷える娘とその父親のように、私たちは死んだブルジョワジーたちの小径を歩いた。歩きながら、彼女はこれまでに起きたことすべてについて謝った。

「あなたのその腕のこともごめんなさい。ゆうべ彼らがあなたにあんな仕打ちをしたことも。でも、わたしにできることは何もなかった」

何もかも失うのではないかと心配になると、彼女の夫はまったく予測のつかない人になる、とも彼女は言った。その〝何もかも〟には彼女も含まれるのだろう。そんな中、私という存在はささやかな脅威だったのだろう。

「スーツケースには何がはいってる?」

「わたしたちが同意し合ったものがはいってる。これを受け取ってもうわたしのまえから消えて。いい?」

「いいとも」

彼女は私にスーツケースを手渡した。私としては疚《やま》しいところがないでもなかった。それでもありがたく受け取った。これまでのことを考えると、それぐらいの代償があってもいい。

「これであなたもモラルがどうのこうのなんてもう言わなくてもすむわね」と彼女は言った。「所詮世の中はお金なのよ。このお墓を見て。お金と関係のないお墓なんてひとつもないはずよ」

「金がすべてじゃないなどとは誰も言ってないよ」

「でも、あなたはそのことを信じてない。プライドなんてものを持っている。わたしもドナルドもそんなよけいなものは持ってない。幸運なことに」

彼女の言ったことは必ずしも正しくはなかった。私のプライドは時々ほかのものを隠す感傷的な衣装になる。そもそも私は自ら誇れるような感情を彼女に対して抱いていなかった。人間の内なるものを揺らすのは物理的な礼儀正しさだ。柳を揺らす風のような。

「いずれにしろ」と私は言った。「破産を免れるのにきみたちは大変な苦労をした。残された人生、ただ牡蠣《か き》を食べて過ごすだけならもっと簡単な方法もありそうなものだが」

「そんなものないわ。破産していたらすべてが終わっていたわ。新しい人生を始めるためならどんな犠牲だって払う価値がある。で、わたしたちはその新しい人生を手に入れた。ただひとつ問題なのがあなたよ。いえ、あなただった」

「いずれにしろ、いい家を買ったね」

「あら、わたしたちは何も買ってないわ。あそこは借りてただけよ。明日にはもうあそこからいなくなる。さすがにあなたも三度もわたしたちを見つけることはできないでしょうね。それだけは請け合っておくわ」

借りているということについては彼女は嘘をついているのかもしれなかった。そこはどちらとも判断がつかなかった。私はスーツケースを持ち上げた。重かった。いずれにしろ、彼らは約束の金を払ってくれた。なのに私はほんの少しだけがっかりしていた。実のところ、彼女にはもっと期待していたのだ。老人にただ約束の金を払うというのは彼女のすることではない。

彼女はもっと価値のある人間だ。

「私としてはこれを受け取ることを恥じてもいいわけ

だが、正直なところ、私は恥じてない。

「別に恥じることなんてないわ。所詮、わたしたちは同じ穴の狢《むじな》なんだから。あなたとわたしは」

花をつけた木の下で彼女の眼がより可愛く見えた——その不安定さととらえどころのなさに私はそそられた。どうしてもそんな眼になってしまうのだろう。ただ愉しさと悪戯を求めて世界を突き進んでいくような眼に。刹那《せつな》、ドナルドが羨ましくなった。彼の粗野さと陳腐さは彼女にふさわしくない。〝あの男は彼女にふさわしくない〟——これは有史以来、嫉妬するあらゆる男がずっと思ってきたことで、だいたいのところまちがった考えだ。ただ、嫉妬する男はそのまちがいを気にしない。それは私もご同様。

「やっぱりきみが正しかったということか」と私は言った。「このあとやっぱり私は街に戻って新しいスーツを買うことになるんだろう。それが愉しくないことだなどとは言わないよ」

「それでもよ。あなたはわたしにとって理解不能な人ね」

彼女はそのあと私のことをこの世から絶滅したクラシックな人間だと言った。大した目的もなく人跡未踏の道を日々さまよっている人間だと。歳を取るとみんなそうなるの？　そういうことも何も気にならなくなるの？

「私が気にならなくなるのはそういうことじゃない」

「だったら何？」

私は言った。「私はただ何かに最後に参加したかったのさ。それは誰でもそうだ。最後のプレーのテーブルにつきたかった——まあ、よくある話だ」

「それはわたしには理解できないことね」

「きみはまだ若いからね。それにきみはもう最後のプレーをしたし」

「最後かどうかはわからないでしょうが。それでもあなたの言いたいことはわかる気がする。歳を取ったら、いずれわたしもあなたが今言ったようなところまで行くんでしょうね。たぶん」

　そこで私は自分が彼女のことを何もわかっていないことに改めて気づかされた。たぶんドナルドにもわかっていないのだろう。いったい彼女は何者なのか。ドナルドがマサトランのバーで拾ったウェイトレスにはちがいはない。しかし、そのこと自体は何も意味しない。私はマサトランに行ったときにそのあたりの事情を特に調べなかったことを後悔した。今訊くこともできなくはなかったが、紳士たるものあまりそういう質問はしないものだ。それにそういう質問をぶつけたせいで、雰囲気が壊れることも考えられる。雰囲気というのはなんの分別もなく捨ててしまっていいものではない。なにより貴重で、壊れやすいものだ。

　だから質問は胸にしまい、彼女と一緒にいられる時間をただ愉しむことにした。彼女は風に吹きさらされた私のささやかなオデュッセイアの闇を導くただ一本の糸だった。絹のように柔らかで、謎を秘めて輝く糸だった。あるいは、言い方を変えれば、どんな動きをしてもステップがそろうことのないダンスのパートナーだった。人生とはそれが悲劇であるがゆえに耐えがたいものになるのではなく、それが夢と冒険に満ちたものであるがゆえに耐えがたくなるのである。私はそのことを知っている者のひとりだ。そういう者にとって人生は歳を取れば取るほどむずかしくなる。時間との勝負においてそういう者の太陽はとっくに高くのぼってしまっているのだから。

　このあとどうするのかと彼女が訊いてきた。私は仕立屋に行ったら夕食をとってティファナに戻る飛行機の予約をするつもりだと答えた。そのあとは二、三日静養して、〈パシフィック相互保険〉へ行って、残念ながら何もわからなかったと報告するつもりだと。

「わたしたちを見つけたらボーナスが出るような契約でもなかったんでしょ？」

「いや、そういう契約だった。だけど、それを超える額をきみからもらうわけだからね。欲をかこうとは思わない。その点は心配しないでくれ。きみはこれからどうするんだね？」

「南に行くわ。みんながそうしてるように。ラテン・アメリカは広い広いところに行くく。メキシコが駄目ならパナマとかそういうところに行くよ。あなた、パナマまでわたしたちを追ってきたりしないわよね？」

「パナマには行ったことがあるけど、パナマと私とのあいだに何か話し合わなければならないことがあるわけでもないからね」

「それを聞いて安心したわ」

「パナマに行ったら離婚を考えたらいいんじゃないかな——あっちじゃ簡単に離婚できるそうだ」

「パナマ式離婚ね。それもまたひとつの冒険になりそう」

並んで歩きながら、一瞬、私は妄想を抱いた。遅いランチか早いディナーに彼女を誘うのだ。そんなことを思ったそばからその考えははかなく消えた。それでもテーブルをはさんで彼女と坐り、彼女と話ができたらどんなにいいだろうと思った。おそらく彼女は大変な人生を歩んできたのだろう。しかし、それをまだ誰にも話していない。少なくとも亭主にはひとことも明かしていない。私にしても彼女について本人から訊き出せたのは、マサトランのスラムの死の聖母《サンタ・ムエルテ》のことだけだ。

市《まち》が一望できるところまで来て、陽の照る中、私たちはいっときそこに佇《たたず》んだ。気の利いた台詞は何ひとつ思いつかなかった。ただ、これが彼女と会う最後ということにはならないでほしいと思った。こうして一緒にいること自体がむなしい魔法のようだった。少なくとも私にとっては。彼女は今、私のまえから姿を消そうとしていた。私のほうはこのあとスーツを仕立てようとしていた。二日後にはもう世界大戦の避難民には見えなくなるように。

「そろそろお別れね。残念なことがあれこれ起きた。わたしはそのことをほんとうに申しわけなく思っている。その気持ちだけは受け取ってね。さっきも言ったけど——」

「きみが悪いんじゃない」

「ええ、それはそうかもしれないけど、とにかく残念なことだった。でも、残念なことなんてたくさんある。わたしたちはそれを乗り越えなくちゃならない」彼女は明るい笑みを見せ、私の手を握った。

それだけで私は一気に幸せな気分になった。彼女の人生に居坐る粗暴な怪物がそのときだけ姿を消した。

「サヨナラ」と私は日本語で言って手を放した。

「サヨナラ、ミスター・マーロウ」と彼女も日本語で答えた。「階段には気をつけてね。そういう事故ってしょっちゅう起きてるでしょ？」

「猫みたいに九つあった私の命もあとはもう三つしか残ってないからね」

彼女のほうが私を見送った。回転腕木のところで最後に一目見ようと振り返ったが、人混みにまぎれ、彼女を見つけることはできなかった。彼女が傾けてかぶっていたエレガントな帽子さえ。私は路面電車の駅まで歩いた。そのとき私の心の縫い目で何かが裂けた。それが何かはわからない。ただ、これまでの女たちと、これまでに失った愛と、結局築けなかった関係に、一生涯分の別れを告げたような感覚を覚えた。大したことではない。路面電車は次から次とやってくるのだから。あまつさえ、何万ドルも詰めたスーツケースを持って電車に乗るようなときには、落ち込んで当然のようなときでも、普通あまり気分は落ち込まないものだ。それでも、そのときの私は絶えて覚えがないほど金に対して無頓着になっていた。

22

カンタラナス・ホテルの部屋のベッドの上で、スーツケースを開けて中身を数えた。ラス・アダスで合意したとおりの額がきちんとはいっていた。彼女はちゃんと約束を守り、これで私と永久におさらばできたことを喜んでいることだろう。夕刻、私は仕立屋に行ってスーツを二着注文した。サマースーツとダークスーツを。見栄えのするショルダーバッグも買った。そのあとオレンジシャーベットのような色合いの教会の建物の影が差す〈タスカ・デ・ロス・サントス〉で、のんびりとビールを飲みながらファバダ（豚の脂肉やソーセージなどと煮込んだインゲン豆のスープ）を食べた。宵の大半をそこでひとりで過ごした。ついに家に帰らなければならなくなったという、避けがたい事実と向かい合って。家に帰ったら、ゆっくりと下り坂を下っているご隠居の眼をしなければならなくなる。ここでは、老いさらばえたお役御免の身ではなく、生き生きとして、金儲けにも夢中になれているのに。しかし、実際のところ、今の私にあるのは好奇心だけで、それだけでは充分と言えないのも事実だ。

十二時頃カンタラナス・ホテルに戻ると、夜勤のフロント係が私を訪ねて来客があったと言った。しかし、私が不在であることを告げると、帰っていったという。もし来客の予定があったのなら、その旨伝えておいてもらえれば、伝言を受けることもできたのだが、とフロント係は最後に言った。

「誰とも会う予定はないよ」と私は言った。

「でも、その方はお客さまとお会いになるご予定のようでしたが」

「それと今私が言ったこととは矛盾しないよ。だろ？」

その客がまた来たら知らせてくれ、と私はフロント係に言って、自室に戻ると、ドアに鍵をかけ、さらに椅子をドアノブの下にあてがい、しんばり棒がわりにした。それから窓のところまで行って窓を開け、窓敷居に腰かけ、テキーラのグラスを片手に来客を待った。

誰もやってこなかった。私はベッドに横になり、そのうち眠ってしまった。けたたましい電話の音で起こされた。明かりを消したまま、私は窓辺まで行った。ちょうど男がひとりホテルから通りに出てきたところだった。その男はあとずさるようにしてホテルの上階を見上げた。すぐにわかった。遠い夢の記憶に残る幽霊のように。思ったとおり、独楽をまわすのが好きな男だった。いったい何者なのか、正確なところは今もわからないままの男だ。誰がどうして彼をあちこちに向かわせているのかもわからない。しかし、今、ようやくわかった。彼は彼で自分のために動いているのだ。最後には誰もがそうなるように。少しは稼げるはずだと思ったのだろう。向こうに見られるまえに私は顔を引っ込めた。彼は通りを渡り、角にある小さな酒場にはいった。ずっとそこに隠れていたのだろう。私はベッドに戻り、杖を取り、少しだけ刀を抜いた。

それから三十分ほど経って、彼が酒場から出てくるのが見えた。今度は電話は鳴らなかった。私は椅子をどけて少しドアを開け、明かりを消してベッドの上に坐った。

足音が聞こえた。古い階段が軋み、老いぼれの廊下も軋んだ。廊下を半分ほど進んだところで何かがおかしいことに気づいたのだろう。足音がやんだ。ドアが少し開いているのと、部屋の明かりが消えているのに気づいたのだ。それでも、もうそこまでやってきてしまっていた。ドアに近づいたのが、敷居にできた影でわかった。私はことさら脅すつもりもなく言った。

「はいってくれ。あんたと私、ふたりだけのパーティだ」

彼は足でドアを蹴って大きく開けた。廊下の明かりが部屋の中に射し込み、ベッドに腰かけ、いいほうの手に凶兆そのものを握りしめている私の姿が明るみにさらされた。彼は反射的にあとずさった。その姿が私の視界から消えた。私はもう少しで杖から刀を抜きかけた。が、流血は警察に通報したくてうずうずしている老婆たちを起こすことにしかならない。

「なんとも奇妙な再会だな」廊下から彼の声がした。「中にはいったらどうだ?」

間《ま》ができた。そのあと彼はバレリーナのような慎重な足取りで中にはいってきた。

「坐って、足を休ませて一杯やらないか?」

「かまわなければ、おれの好きにさせてくれ」

「いいとも。あんたの足なんだから」

スーツケースは部屋の奥のベッド脇の壁に立て掛けてあった。彼はそのスーツケースのために来たのであって、ほかのものを私から奪おうとは思わないと言った。

「それでも悪いときに来たな、独楽まわし屋《トッパー》さん。今から寝て、リタ・ヘイワースの夢でも見ようと思ってたところなんでね。そんなときにやってくるとはね。今夜は手ぶらで帰ってくれ。明日の朝いつものように朝食をとる。そのときまで待ってくれれば、お互い損のないようにするよ」

「どこのどいつがそんなことを言ってるんだ?」

「私をここでノックアウトしてずらかろうというのは馬鹿げた考えだ。階下《した》にいる男にはもう金を払ってある。だからあんたのことはまずまちがいなく覚えているだろう。だからそうとんがるな。顔の汗を拭けよ。焦ってもいいことはない。テーブルについて坐って、私とプレーしてくれると嬉しいんだがね。プレーしたくないのか? だったら好きにすればいい」

実際、彼の顔からは汗がしたたっていた。床に落ち、彼の靴の脇で跳ねていた。部屋はうだるほど暑かった。が、そこで彼は急にあきらめたように緊張を解いた。頭の中であれこれ計算したものの、結局、答は得られなかったのだろう。恥ずかしがり屋の子供みたいな中途半端な笑みを浮かべて彼は言った。

「いいだろう。取引きしたいのならしてもいい。まずはそのおかしなサムライをどこかにしまってくれ。あんたは自分で思ってるほどには賢くないんだから」

「そうなのかい？　いや、なに、実のところ、私も同じことを思ってたんだ。まあ、それはともかく、浅ましい喧嘩を繰り返すかわりに、明日の朝、〈エル・カナスティージョ・デ・フローレス〉に朝食を食べにきてくれ。場所はわかるだろ？　九時にはそこにいるよ。そこで卵料理を食べながら、お互い憎まれ口を叩き合おう」

「朝食を食べる？」

「そうだ。そういう商売のしかたがあるのはあんただって聞いたことがあるだろ？　お互い大人として商談をしよう」

彼はいかにも信じられないといったふうに鼻で笑った。私の申し出はいたって文明的なものだった。そういう提案にはあまり慣れていないのだろう。

私は立ち上がり、いささか芝居がかって彼のためにドアをさらに広く開けた。彼はいっとき突っ立って考えうる選択肢を考えていたようだったが、最後には部屋を出て階段のところまで廊下を歩いた。そして、そこで立ち止まって私に言った。「一セントもやらないからな。全部おれの金だからな」私のほうはもう金のことはどうでもよくなっていた。金などというものは、悪運と邪悪な精神の象徴のようにしか思えなくなっていた。

彼が一階下の階まで降りたところで、私は階段のへりまで廊下を歩いて彼に呼びかけた。

「人の眼がいっぱいあるところだ。あんたもそういうところならこのまえより行儀よくできるだろ？」

彼は何も言わなかったが、明日の朝に彼がやってくることはまちがいなかった。彼がロビーまで階段を降りるのを見届け、私はまたベッドに戻った。椅子を使ってまたドアのしんばりにした。シャチの群れに追われ、流水の上に取り残されたアザラシの夢を見た。

謝肉祭の直前、空はアンチモン色をしており、暗い灰色に銀色の粉が宙に浮いているように見えた。その光のせいか、ホテルの暗がりから通りに出ると、グラス一杯のシャンパンに深酔いしたような気分になった。春の熱気が市《まち》を囲む不毛の峡谷から忍び寄っており、その日の朝もそれは変わらなかった。

夜が明けた頃、私はスーツケースから金を半分取り出してベッドのマットレスの下に隠した。〈エル・カナスティージョ・デ・フローレス〉には早く行って、いつものチュロスとカフェ・デ・オジャを注文した。コーヒーにはブランデーを少し垂らした。面倒な朝を迎えるにあたり、自分を鼓舞するために。ある一定の歳を過ぎると、朝食時に一杯やろうとやるまいとあまりちがいはなくなるものだが。私はウェイターに私の客が来たらすぐにウエボス・ランチェロスのチョコレート・ソースがけを二人前持ってくるように頼んだ。

そして、外のテーブルでプラーサ・デ・ラ・パスの花壇の花が一ミリ一ミリ育つのを眺めて、独楽《トッパー》まわしが自分の運命と相対するためにやってくるのを待った。〈エル・カナスティージョ〉はゆうべ夕食をとったレストランのすぐ隣りにあり、そこからも奇妙な球体の上にのった女性像が眺められた。流麗な線を描くオレンジシャーベット色をした聖堂は、今は陽に照らされ、ドアが開放されていた。トッパーがやってきた。脚を引きずっていた。奇妙なことに、ゆうべはそのことに気づかなかった。

ゆうべ会ったときよりハンサムに見えもし、疲れても見えた。いずれにしろ、これからヴェストファーレン条約（ヨーロッパの宗教戦争の講和条約）について話し合うにしろ、リンゴ酢入りのポーチド・エッグの正しいつくり方について話し合うにしろ、そういうことをするのに肉切り包丁に頼ろうとする風情ではなかった。ただ、スポーツウェアの上下を着ており、そのせいで必要以上に胡《う》散《さん》臭く見えた。

「よく眠れたようだね」と私は言った。コーヒーを勧めても彼は何も言わなかった。

「よく眠れるのは毎晩のことだ」

「そうみたいだね。朝の光の中であんたを見ると、なんだか奇妙な気がする。あんた、ほぼノーマルに見えるよ」

「あんたもな。朝食はおごってもらえるのかな？」

「もう注文してある。ここは話をするにはいいところだろ？」

彼はまわりを見まわし、すぐ隣りの聖堂にも眼をやった。

「確かに。すごい田舎だ」

私は彼にどこの出身なのか尋ねた。カリフォルニアだった。もちろん。

「ひょっとしたらわれわれは遠い親戚かもしれない。ま、それはともかく、まだドナルドのために働いてるのかね？　できればそういうことはもうやめにしてもらえるとありがたいんだがね」

彼は肩をすくめた。笑みを浮かべようとしたのだろうかと私は思った。が、笑みにはならなかった。男の表情にしては奇妙なジレンマに満ちた表情だった。

「もしかしたらそうかもしれないし、そうじゃないかもしれない。この国じゃ誰もが自分のために働いてるように見えるしな」

「実際、それはそうだからだよ、カウボーイ」

「こっちの卵料理は好きだが」

「ブランデーを飲むかね？」

彼は同意した。われわれのあいだの氷が少し溶けたように思えた。私は下に手を伸ばし、彼の足元にスーツケースを置いて私の考えを伝えた——金は半分やる。それで私のことは忘れて、もうつきまとわない。ただし条件がある。あんたを雇った男について教えてほしい。悪い条件じゃないはずだ。リーズナブルな金が手にはいり、私とあんたとのあいだにはそのあとなんの問題もなくなるのだから。実際、私は金にはもうそれほど執着はしていなかった。それよりリンダー夫妻は次にどこへ行くのか。それが知りたかった。

彼は驚いたような顔をした。

「あんた、おれに金をくれるって言ってるのか?」

「それが私にとって一番簡単な方法なんでね」と私は言った。「彼女は金で私を追い払った。私も金であんたを追い払おうというわけだ。私にとってはそれだけの値打ちのあることだ。あんたはあんたで私の申し出どおりにしたほうがいいと思うがね。そうしてあとはお互い別々の道を歩くということにしたほうが。どうだね? あんたにとっても悪くない取引きだと思うが。この金を受け取ってアカプルコあたりへ行って、命をもうちょっとすり減らすというのも悪い考えじゃないよ。なんでも好きなことをすりゃいい。ただ私のことは放っておいてくれて、今後は会ったこともないような顔をしてくれればいい。見るところ、もう彼らのために動いてるわけじゃなさそうだし」

「そこのところは合ってる」

彼は手を下に伸ばしてスーツケースを持ち上げ、重さを測った。

「朝食付きでちょっとした財産を稼ぐのも悪くないだろ?」と私は陽気に言った。「いいね、これで?」

彼は上着のポケットに手を入れると、ウェイターが見守る中、独楽を取り出してテーブルの上でまわした。そして、三度まわして言った。「よかろう。それでいいよ」

「ただ、最初にいくつかあんたに質問をしなきゃならない」

まず私はポール・リンダーの本名を知っているかどうか尋ねた。彼は首を振った。そこでどういうわけか、彼のハスキー犬のような淡いブルーの眼に活力が戻った。ジン夫妻が以前持っていたヨットで働いていたことがあり、カレタ・デ・カンポスに当日彼もいたということだった。夫妻はそのヨットをパナマで売ってしまったようで、何があったのかということも、ヨットが誰の手に移ったのかということも、もうわからない。トッパーはそう言った。しかし、実際のところ、何があったのか。ミスター・トッパーはフォークを持った片手で卵料理を食べていたが、その腕全体が小刻みに震えていた。見ると、吊り包帯をしたほうの手をきつく握りしめていた。その夜、彼もヨットに乗っていたが、そのときには寝ていたということだった。ただ、あとからほかの乗組員の話を聞くと、夜遅くまで大量の酒が消費され、乗組員はボスたちにこき使われていたそうだ。私はリンダーの死体を浜辺に引き上げる手伝いをしたのかどうか尋ねた。彼はポケットに手を入れ、独楽を取り出し、にやりとして指を一本立てた。そういう質問はしても意味がない。おれは何も見てないんだから。そういうことか？　答えたくなければ答えなくていい——と私は言った——ただ、ドナルドには嗜虐《しぎゃく》趣味があると聞いた。また、頭がおかしくなるようなことはなくても、ほんの些細な挑発でもすぐにキレる男だとも。

「で、私は彼の奥さんは虐待されてるんじゃないかと思ったんだよ。正確なところ、あんたはどう思う？」

「それがあんたにどんな意味があるんだ？」

「大した意味はないよ。それでも事実を知りたくてね」

「あんたの推理ははずれちゃいないよ。おれたち——おれのほかにもふたりいた——はその夏マサトランで雇われたんだが、全員秘密を守るという誓いを立てさせられた。その頃はまだ彼はドナルドだった。ポールになるまえだった。そういう名前のことについちゃ、税金とかFBIとかが関わってくるからだとおれたちは説明されてた。だけど、手にはいる儲けの分けまえは、ちゃんと払ってくれるということだったんで、誰もそんなことは気にしなかった。でも、あんたにしても、おれはなんで途中で気を変えたのか、その理由は知りたいよな？」

「いや、別に知りたいわけでもないが、言いたいのなら言ってくれ」

「そうか、そういうことなら、黙ってるよ。ただ、これだけは言っておこう。ドナルドというのはくそ盗っ人野郎というだけじゃなく、女房に対してもひどい亭主だった。あんなやつとは誰も長くはつきあえないだろうが、それはあの女房も変わらないだろう。あの男が女房を殴ってるところを何度か見たことがあるけど、あんたにもわかるだろ、そういうやつらはどんなやつらか。女房にそういうことができるやつは目下の人間にはもっとひどいことをする。あんなやつとずっと一緒にいたら、いつか背中を刺されることになる。金を持ってるから行く先々で人は寄ってくるかもしれないが、長続きするやつはひとりもいない。そう、それよりあの夜何があったのか、だよな——もちろんおれが考えたことじゃない。それはわかるよな？　そもそも馬鹿げたことだよ」

「誰の考えだったんだ？」

「それは自分で突き止めるんだな。もっとも、今となっちゃどうでもいいことだが」彼は腕時計に眼をやった。そのあとその眼は忙しげにあちこちに向けられた。

「そろそろ行かないと。まあ、おれとしちゃあんたに礼を言うべきなんだろうな。正直、思ってたよりずっといい結果になったよ」

「悪運みたいに転がり込んだ悪臭芬々《ふんぷん》たる金としかほかに言いようがないが、まあ、それでもせいぜいその金で愉しむといい」

彼は言った——おれにわからないのは、どうでもいいような情報があんたにはどうしてこの金より値打ちがあるのか、それだよ。まるですじが通らない。だけど、すじが通ろうと通るまいと、なんでおれがそんなことを気にしなきゃならない？

「そういうことだ、アインシュタイン」と私は言った。「あんたが気にしなきゃならないことじゃない。でも、最後にひとつだけ訊かせてくれ」

私は尋ねた——グアナファアトを発ったとしたら、彼らはどこに向かったのか。根無し草の億万長者としても永遠に旅をしているわけにはいかないはずだ。どこか身を落ち着けられるところに向かったはずだ。あんたには何か心あたりはないだろうか。

「あのふたりはどこに行ったのか。そんなこと誰にわかる？　彼らは根っからの流れ者なのさ。詐欺師夫婦——いや、夫婦というのは表向きのことだな。あんな夫婦はほんとの夫婦とは言えないよ。詐欺から詐欺へ石みたいに転がりつづけるしかないんだろう。それが彼らのほんとの姿だ。愉しむだけ愉しんでその代価は払わない。そういう流れ者なんだよ」

「そんな子供じみた話は信じられない」

「だとしても、彼らはおれの悩みの種じゃないよ、セニョール。金をもらってこの通りを歩いてさっさと退場するよ。あんたと同席してうまい朝食が食えた。だけど、今日からにしろ明日からにしろ、もしあんたが彼らを捜したいのなら、おれなら南に行くね。メキシコシティに。大都市のほうが身を隠すのには都合がいいからね。でもって、メキシコシティにはドナルドのお気に入りのグラン・ホテル・シウダード・デ・メヒコっていうホテルがある。そこに行けば、もしかしたらばったり出くわすかもしれない。そういうことってわからないもんだよ。だろ？　もっとも、おれがあんたならそんなことはしないが」

「だろうな」

私は、そう、やはりどうしても釈然としないのだった。私にはやるべき仕事がまだ残されていた。そんなことを説明しても、ミスター・トッパーは百万年経っても理解しないだろう。

「考えてみるよ」と私は言った。「考えて不幸せな気持ちになったら、そのホテルを訪ねてみるよ」

彼は立ち上がった。もう二度と会うことはないだろう。払わなくてもいい金を払ってやった相手。私にとって彼はただそれだけの男だ。

「やつらに会ったら」と彼は立ち去るまえに言った。「やつに伝えてくれ。あんたの金は腐っててもそれでもおれは好きだったってな。もしかしたら、やつはあんたを雇って今度はおれを殺させようとするかもな。くたばっちまいな《アスタ・ラ・ムエルテ》、このクソ爺さん《ペンデホ》」

私はひとりで朝食を食べおえ、歩いてホテルに戻った。ずいぶんと気分がよくなっていた。夕方、注文してあったスーツが出来上がった。そのうちの一着を着て、通りの端に見つけた小さなレストランで夕食をとり、結局、そのレストランの店主とチェッカーをし、その日の早いうちに買ってあった葉巻《コイーバ》を店主に一本進呈した。

ここ何年かで初めて休暇を取った気分になれた。明日の朝、眼が覚めたら何をするか。そんなことは何も決めなくてよかった。人には逃げなければならないときも追わなければならないときもある。どんな動物もそのちがいとそのときを知っている。いつ逃げていつ追わなければならないか。気づくと、吟遊詩人《トルバドゥール》と彼らの奏でるマンドリンの通りに立っていた。通りをぶらぶら歩いた。道《カミーノ》、道《カミーノ》、道《カミーノ》とつぶやきながら。若者たちはそんな私を風に吹かれて通りに落ちたボール紙を見るような眼で見た。眼と脈があるだけの脱落者を見るような眼で。安らかに死ねるように自分の知っている木のもとへと、あるいは陰へと自らの肉体を引きずる動物を見るような眼で。ホテルの階段が何マイルも何マイルも続いているように思えた。蠟《ろう》でできた手が汚れた壁に線引きをして私を導いた。またアル中になってしまったのだろうか？　大風の中を進む船の夢を見た。大波が船の甲板を呑み込み、海の藻屑と化す危険がすぐそこにあるような夢だ。音をたてて水流が私のすぐ脇を通り過ぎ、船は一度波に持ち上げられたあと沈んだ。海底には硬貨やらグラスやら六分儀やらカクテルシェーカーやら、いろいろなものが沈んでいた。私はそんな海底を漂い、銀色の砂の大きなベッドに横たわり、眠りに落ちた。船が転覆し、海に投げ出された甲板長のように水と塩に満たされて。

23

意外なことに、眼を開けたときにはやるべきことがわかっていた。起きるとすぐ寝室の鏡でひげを剃った。薄手のサマースーツに着替え、ロビーに降りて宿代を払い、通りでコーヒーを買った。もう一着のスーツも身のまわり品も全部小さなショルダーバッグに詰め込んであり、カンタラナス・ホテルに残してきたものは何もなかった。チェックインしたときにもチェックアウトしたときにも誰にも見られなかった。私もまたファンタスマになりつつあった。

夜が明けてから、まだ三十分も経っていなかった。私はタクシーで市《まち》を出て、丘の上のリンダー邸に向かった。屋敷が建っている丘の麓で降ろしてくれるよう運転手に言った。木々のあいだからはカッコーの鳴き声が聞こえ、林の空所からはハチの群れのいささか威《い》嚇《かく》的な羽音が聞こえた。丘を歩いてみてそのとき初めてわかったのだが、屋敷はまわりを背の高い木に取り囲まれ、すぐにはその姿が見えなかった。門のベルを鳴らしても誰も出てこなかった。見ると、門は閉まっていなかった。

それよりなにより屋敷自体、誰かがいるようには見えなかった。試しに声を出してみたが、使用人にしろ誰にしろ、誰も出てこないことは試すまえからわかった。芝生には空き瓶が散乱し、ポーチの上ではたぶんアメリカ人がやってくるまえからそこにいるような猫が一匹寝ていた。私は家の中にはいった。中は先日見たときと少しも変わっていなかった。金メッキの施された鏡にしろ、キリム（中東、東ヨーロッパ、中央アジア各地のけばのないつづれ織りの敷物やカヴァー）にしろ、屋敷に初めから備え付けられていたのだろう。先夜あがった階段のところまで来て、階上《うえ》の埃っぽい暗がりを見た。住所不定の彼らは鞄に荷物を詰め込んだら即、市《まち》を出てしまったらしい。

私は階段に腰かけ、煙草を吸ってしばらく考えた。トッパーの言っていたことはたぶんあたっているのだろう。もう誰にも追われていないと思い、彼らはここを引き払い、大都会にもぐり込んだのだ。彼らがそんなことをしたのが私のせいだと思うと、ちょっと自尊心がくすぐられたが、私は今でもまだ彼らを追っていた。ただのプライドから。そう、あらゆる人間にとって最悪の動機から。

階段をあがり、先夜歩いた廊下を歩いた。廊下に面した部屋のドアはどれも開いていて、どの部屋もパーティの残滓のようなグラスであふれていた。それを見るかぎり、彼らは朝起きると、さっさと荷造りをして、いささかもためらうことなくこの家を出ていったように見えた。彼らが言い争いをしていた部屋にはいった。しわくちゃになったシーツが床に落ちており、煙草の吸い殻がいたるところに散らばっていた。閉められた鎧戸の隙間から洩れる薄明りの中、私は大きなダブルベッドに腰かけた。何かに興奮しているような鳥の声が庭から聞こえてきた。ふたりがそのベッドに横になり、今後の計画を立てたり、愛し合ったりしているさまを想像してみた。が、そういった甘くやさしいシーンを心に呼び起こすことはできなかった。改めてまわりを見まわした。ベッドと窓のある壁の隙間に何かがあった。気づくなり飛び上がった。何か生きものがいるのではないかと思ったのだ。が、それは異様に大きな頭陀袋《ずだぶくろ》だった。ワイヤで口が閉じられていたが、中にはいっているものがなんであれ、それは生きものではなかった。

最初、ゴミだろうと思った。彼らが持っていく気になれなかったがらくたとか。しかし、中身は何か柔らかいもののようで、その不規則な輪郭は人間を思わせた。不快きわまりないことながら、それはまちがいなかった。ドアのところまで戻り、階段のほうを見た。脈拍以上に胸がどきどきしているように感じられた。誰かがやってくる気配はなかったが、まず階下《した》に降りて、玄関のドアの鍵をかけようと思った。

結局、それはしなかった。頭陀袋のところまで戻ると、そばに膝をついた。人は誰しも苦しんでいたり大怪我を負っていたりする同胞に出会うと、先祖返りのような第六感が働くものだ。指でつつくと、そこだけ少しへこんだ。まず思ったのは、あの豚野郎はとうとうやってしまったということだった。彼女を殺してしまった。そう思った。恐怖に体が勝手に固まりだした。自分ひとりで頭陀袋のワイヤを解いて中身を見るなど無理だ。急に吐き気を覚えた。私はワイヤを解くかわりに争った跡がないかどうかバスルームに行った。あった。乾いた血の濃い赤が白と黒の格子模様を覆っていた。ポロックというよりロスコといったタッチで。洗面台には両の刃の内側に髪の毛がへばりついた鋏があった。

寝室に戻り、初期の冷たいパニックが過ぎるのを待った。今すぐにでもここから立ち去るべきであることはわかっていた。そもそも来るべきではなかったことも。しかし、そういう理性的なことが私にはなんらかの理由でできなかった。そこで恐怖にびくっと震え上がった。頭陀袋が勝手にほんの少し動いたような気がしたのだ。ドアのところまで行った。汗が首すじを伝った。階段まで行くと、いつのまにか猫が中にはいってきていた。階段の下に立って、口のまわりを舐めながら私を見上げていた。私のほうは今やただひたすら焦っていた。階段を降りて廊下を半分ほど進んだところで、玄関のほうからかなり大きな音がした。誰かがやってきたのだ。ドアが勢いよく開けられた。この状況で人は私という存在をどのように判断するだろうか。

逃げようととっさに思った。廊下の途中にあった部屋のひとつに駆け込み、できるだけそっとドアを閉めた。そこは小さな応接室で、窓には格子がはいっており、窓から庭に出ることはできなかった。それでも部屋のどこかに隠れようとしたはずだ、はいってきた複数の人間がドアをひとつひとつ乱暴に開けて、その中を確かめている気配がなければ。それにそもそも身を隠せるような場所がその部屋にはなかった。私がやったのではない。それは証明できる。いや、証明はできない。わが身の潔白を示すものは何もない。にもかかわらず、部屋の真ん中に置かれたテーブルについて坐って待っていると、不可解な安堵に包まれた。

ジーンズに丈の短い革のジャケットというふたりの刑事に引き連れられた警官隊だった。部屋に飛び込んではなにやら大きな声をあげていた。警官どうし声をかけ合っていた。私の部屋のドアを開け、中にはいってきたのは年嵩の刑事だった。

私を見て、明らかに驚いていた。杖とショルダーバッグを持ったアメリカ人の老人。しかし、彼が私に驚いたのは私のそういった外見であって、私がそこにいることと自体に驚いたのではなかった。そう、通報があったのにちがいない。

スペイン語は話せるかと訊かれた。

「お聞きのとおり」

彼は部屋の外の警官になにやら命じ、私に身分証明書を見せるよう言ってきた。私は今ここには身分証明書を持っていないことについて、実に凝った言いわけをした。だったら、こんな誰も住んでいない屋敷で何をしてるんだ？

私はほんとうのことを話した。せんだってここで開かれたパーティに出席したのだが、その礼をホストに言いにきたのだと。

「ホストというと？」

「リンダー夫妻」

「どういう夫婦だね、そのリンダーというのは？」

そのことについては話せることがいっぱいあったが、それをこの刑事に言うわけにはいかない。

「たまたま出会ったアメリカ人だ」

「そこに坐っててくれ。動かないように」

彼はそう言って、ドアを乱暴に閉めると、テーブルのところまでやってきて、私と向かい合って坐った。

歳は四十半ばで、髪には白いものが交じる小柄な男だった。鑿《のみ》で彫ったような顔だちで、引き締まりすぎるほどよく引き締まった体をしていた。名前はアンギアノ。おそろしくきれいな手をしていて、爪をきれいに切りそろえ、ちゃんと手入れまでしていた。あまりいそうにない警察官だった。しばらく何も言わなかった。それから脚を組み、部屋を見まわし、どこかしら不快げな表情をした。

「二階にはあがったかい？」と彼は言った。

「いや、ずっとここにいた」

「頭陀袋に入れられているのは誰だ？　彼はあんたの知ってる人か？」

私はその三人称にまちがいはないのかどうか尋ねた。アンギアノは私の質問を手で振り払うような仕種をした。今や屋敷全体がすさまじい勢いで家宅捜索されていた。

「ひとり旅かね？」と彼は続けて訊いてきた。

「結婚してないんでね」

「結婚してるかどうか訊いたんじゃない。ひとり旅かどうかって訊いたんだ」

「そのようだね」

彼は立ち上がると、ドアのところまで行って引き開け、騒がしい廊下に向かって呼ばわった。彼の部下が何人か廊下を駆けてやってきた。彼は振り向くと、私を睨んだ。警察署まで連行するつもりのようだった。私としては言われたとおりにするしかなかった。部屋の中に駆け込んできた警官たちに手錠をかけられた。外の廊下では頭陀袋が二階から降ろされてきたところで、そのまわりに立っている警官はみな鼻を押さえていた。最もふさわしい人物に疑惑が降り注ぐ中、警官たちはみな興奮し、みな道徳主義者になっていた。こういう場面ではよくあることだ。私は犯罪者がこれまたよく見せる驚いた顔をして引き立てられた。鋏で男を切り裂いたあとのこと、逃げるだけの元気はもうなさそうな体《てい》で。彼らは私を外に押し出した。道路にはさらに警官がいて、無線機がしゃかしゃかと乾いたおしゃべりをしていた。警官たちの腰につけられた拳銃がやけに暑苦しく見えた。小さな刑務所たるパトカーまで歩いた。猫が私たちのあとについてきた。アンギアノが私と一緒に後部座席に乗り、われわれは市中に戻った。そこの警察署には地下にベッド付きの監房があった。アンギアノが書類仕事をするあいだ、私はそこにショルダーバッグと一緒に入れられた。私はミスを犯した。が、それは私の人生で最初のミスでもなければ、致命的なミスでもなかった。

24

彼はコーヒーをふたつ持って戻ってきた。監房に私たちふたり。ただひとつの窓の外からの鳩の鳴き声と、テーブルの上に吊り下げられた蛍光灯の音以外、何も聞こえなかった。彼の雰囲気に焦りはなかった。ただ、何かを決めかねているようではあった。いったいどういうことなのか、彼は知りたがった。その質問に対して私は何も知らないと答えた。頭陀袋に入れられて階《う》上《え》の寝室で死んでいたのは誰なのか、彼が知らないのと同じように私も知らないと。

「あんたのことは調べさせてもらったよ、ミスター・マーロウ。この数週間、あんたはクアステコマテスのホテルに滞在していた」

「あっちにも行ったかもしれない」

「しかし、あんたはリンダー夫妻の友達じゃない。あんたは私立探偵でこのあいだの夜にはあの屋敷から叩き出された。だから、あんたはミスター・リンダーに恨みを持っていたと証言する者もいるかもしれない。そういうことだったのか？」

「お屋敷から叩き出されることには慣れていてね」

その私の軽口に彼は薄く笑った。いくらか緊張を解いたようにも見えた。

「そうなのか？　そういうことに慣れるというのもなんだかね。私はお屋敷から叩き出されたことは生まれてこのかた一度もないよ」

「あんたは警察官だからね」

「メキシコじゃそんなものは屁《へ》のつっぱりにもならない。お巡りであろうとなかろうと、叩き出されるときには叩き出される」

いずれにしろ、私はその夜どうして叩き出されたのか。彼は訊いてきた。

「それは、まあ」と私は肩をすくめて言った。「金持ちというのはどんな人種か、あんただって知ってるだろ？」

「夫妻は金持ちだったのか？」

「と思うよ」

「あんたは彼らを脅して金をせびろうとしていた。そういうことなのか？」

「今にして思えばそれも悪い考えじゃなかったな」

「このあいだの夜について言えば、それはいい考えじゃなかったのか？」

「私は何か考えがあってパーティに行ったわけじゃないんだ。ただ、調べてる男に会いたかったんだ。だから、そう、その点はあんたの言うとおりだ。私が彼を調べてたというのは」

遅かれ早かれそれはわかることだ。それなら早いほうがいい。アンギアノに知られてまずいことは何もない。むしろそれで私に対する嫌疑も薄らぎ、早く釈放してくれるかもしれない。

「何を調べてたんだ？」

彼は記録をつけていた。半分ぐらいは真実を明かしたほうが得策に思えた。あとは自分で想像してくれるだろう。

「〈パシフィック相互保険〉？」

「そう、サンディエゴの保険会社だ」

そんなふうに半分くらい真実を明かしていった。

「それでもあんたとしちゃ、夫妻を見つけて、その気になれば脅迫できた。そういうのはありえないことじゃないと思うが」

「そう思うのなら好きなように思えばいい」

彼はまた薄い笑みを浮かべた。

「あるのは思惑ばかりなりってか」

「いや、それだけじゃないだろう。まずもって死体があるんじゃないのかね？　いったい誰が死んだのか、それはもうわかったのかな?」

　私も知りたくてね、と私はつけ加えた。

　そんなやりとりを繰り返すうち、彼はどこかの時点で私は嘘をついているわけでもないと判断したのだろう。ため息をつくと、テーブルの上で組んだ自分の手を見た。結婚指輪をはめていたが、それが奇妙にいかめしく、場ちがいなものに見えた。ほとんど可哀《かわい》そうな代物にさえ見えた。彼もその指輪を見つめていた。その指輪が何か啓示でももたらしてくれるかのように。

「男の死体だ。しかし、誰なのかはわからない。プロの手並みで損壊されてるんだよ。指にはいわゆるやすり《ファイル》がかけられ《・ダウン》てたし、顔はなくなってた」

　汗がまたどっと噴き出した。手がじっとりと冷たくなったのがわかった。私は椅子の背にもたれた。体の中の空気が全部出てしまったような気がした。

「鑑識が今調べてるところだが、うちはそういう方面の人材が豊富というわけでもないんでね。こういうことはメキシコシティに応援を求めなきゃならない。幸い新しい道路ができて、メキシコシティまでは四時間しかかからなくなったんで、明日の朝には専門家が来てくれる」

「いわゆるやすり《ファイル》がかけられ《・ダウン》てた?」

　彼は三度《みたび》笑みを洩らした。

「指紋を消すためにな。そういう言い方をするんだよ」

　しかし、それは相当熟練を要する作業なのではないか、と私は言った。

「ひかえめに言ってもね。私自身、見たのはこれが初めてだ。ただ、見るかぎり、見事な手口だった。誰にしろ、自分のやってることがちゃんとわかってるやつの手口だった」

「それで被害者が誰なのか特定できないんだね?」

「今しばらくは。あんた、ほんとに知りたそうにしてるね。もうちょっとであんたの話を信じそうになったよ。だけど、私立探偵というのはハリウッドの俳優並みっていうからね。あんた、ハリウッドの俳優なのかい？」

「よくてボリウッドだな」

「ふうん。ということは、歌って踊れるのか？　それでも私としちゃ知りたいね。いったいその夜あんたはあの屋敷で何をしていたのか。探偵がやることにしちゃ、危険すぎるし、そもそも奇妙すぎる。誰かを追いかけてる場合、普通はもっと距離を置いてやるもんじゃないのか？」

それはそのとおりだった。だからその点については私は素直に認めた。

「それでも私はあの屋敷にいる彼らを見たかったんだよ。ただの好奇心だ」

「好奇心？」

「そういう子供みたいなところが私にはあってね。小さな生きものをいじめたりするのと同じ心理だ」

「ほんとうに？」

彼は私が言ったことをいっとき考える顔つきになった。こいつは胸くその悪くなるような性癖の持ち主なのだろうか、とでも思ったのだろう。

それでも、ふたりのプロのあいだに芽生えた愛が損なわれることはなかった。果てしのない戦争もギャグも腹の探り合いも嘲《あざけ》りも。ペナルティ付きのチェスゲームさながら。

「あんたは彼らをいじめたかった。そういう心理はわからないでもない、追いかけているうちに相手が憎くなるというのは。そういう感覚はわかるよ、相手を破壊し、粉々にして塵《ちり》に変えたいというのは。それがあんたの思ってることか？　ここにいる連中はそれがあの男の顔をあんたが破壊した理由だと確信してる。だけど、こうしてあんたと話してみて——私にはそういうことがあんたにできたとは思えなくなってきた。鋏ひとつであんな芸当をやるというのは、それはもう天才的な外科医にしかできないことだよ。そんな腕があんたにあるとは思えない」

そう言いおえるまえに彼は一度私の手に眼をやっていた。

「それでもあんたとしちゃ彼らを痛めつけたかった。実際、そうしようと思ってたんじゃないのか?」

「かもしれない」と私は正直に言った。

その私の正直さには彼に考えを変えさせるだけの効果があった。

「そうか」そう言って、彼はため息をついた。「いずれにしろ、殺されてたのが誰かということはあんたにもわからないんだな?」

「そもそもどうして自分の家で人を殺さなきゃならないのか。理解に苦しむよ。もしかしたら、彼らにも恨みを晴らしたい相手がいたのかもしれないとしても」

「いや、これは怨恨《えんこん》じゃない。怨恨で顔面の外科手術をやったりはしない。これは復讐じゃなくて隠蔽《いんぺい》だよ」

となると、被害者はただの被害者ではなくなる。

私は哀れなローマンのことを思った。あの男にはどこかいじめられっ子を思わせるところがあった。また、ドナルドとローマンとのあいだには何かがひそんでいるようにも見えた。何か利害関係があったのか。しかし、そうだとしても顔をつぶすというのは理屈が通らない。

「被害者の背丈は?」と私は言った。

「かなりの長身で、年配の男だ。たぶん七十前後の」だったら、ドナルドだ。私は内心そう思った。そうとしか考えられない。となると、これですべてが終わったということか。私の個人的なミッションも含めて。

アンギアノは尋問をそこで終えた。その日の残りは簡易ベッドに寝転がり、声や足音が警察の迷宮にこだまするのを聞いて過ごした。警官たちはまるで私のことなど忘れてしまったか、私の収容場所をまちがえたか、そのどちらかのようだった。

今後起こりうるあらゆる可能性を考えた。が、これと思えるものはひとつもなかった。私は自分が今どこにいるのかということも考えた。古い市《まち》の地下。スペイン人がつくった下水道や路地や地下食糧庫や地下墓場の隙間にいる。空気はかすかに硫黄《いおう》のにおいがした。外の光が薄れかけると、タマルとコーラの夕食が出た。想像したより悪い展開でもないのではないかという気がしてきた。夜も誰にも眠りを妨げられなかった。首都からの鑑識班の到着を待っているのだろう。翌朝十時まえ、アンギアノがやってきた。今回は昨日よりいい身なりをしていた。自分より位の高い人間と会っていたのかもしれない。今回もコーヒーを持ってきてくれ、雰囲気は昨日よりさらに少しだけよくなっていた。

「鑑識班がやってきて、今遺体を調べてる。殺された男のことは何も知らないということだが、あんたのそのことばが段々信じられるようになってきた。とはいえ、現場にいたのはあんたひとりだからな。なんにも知らないと言っても、ここにいる全員を信じさせるのはやっぱりむずかしいよ。私自身、半分はまだ信じてない。私はこう思ってる。あんたは二階にあがり、頭陀袋に詰められてた男が死んでいることはしかと確めた。でも、だからといってあんたがあの男を殺したことにはならない。あれだけのことをしたら相当血が出るはずだが、あんたは血一滴浴びてなかった。つまり、あの男が殺されたとき、あんたはそばにはいなかった」

「すばらしい推理だ」

「ああ、別にすばらしくはないけどな。当然の推理だ。それでも、あんたはあの家の借り手を知っていた。もしかしたら、その借り手が今どこにいるかも知ってるんじゃないのか？　そういうことなら、私にはあんたにそのことを問い質《ただ》す権利がある」

私はすべてを否定した。

「だけど、頭で考えていることはある？」

私は首を振った。「考えていてもあんたと同程度のことだよ。彼らは姿を消すのが好きな夫婦だ。もしかしたら今頃はパナマあたりにいるのかもしれない」

ややあってから、彼は言った。「あんたの依頼人に電話して、あんたの言ってることは嘘じゃないことがわかったよ。だからこっちとしてはあんたを釈放しなきゃならない。正直、したくはないがね。でも、ほかに選択肢はなさそうだ。もう帰ってもいい」

「それは残念。ここの静けさにやっと慣れてきたところだったのに」

それはまんざら嘘でもなかった。私を取り巻くばかばかしさから逃れられたここでのひとときには妙な安堵があった。

「このあとどこへ行くかは教えちゃくれないと思うけど、こっちとしちゃあんたを尾行することもできなくはない、もちろん。そういうことは私の権限の範囲内でできる。なんといっても、人ひとり死んでるんだからね」

「確かに」彼の言いたいことはよくわかった。「でも、もうあきらめるよ。家に帰るよ」

私は私があの屋敷にいるという通報は誰からあったのか尋ねた。彼はただ肩をすくめた。そういうことは彼の情報であって、私の情報ではない。いずれにしろ、私の行動を二、三日、あるいはそれ以上遅らせたがっていた誰かが通報したのだろう。私は言った――その通報者の通話記録を調べて、誰だったのか突き止めるのも悪い考えじゃない。

「遅すぎる」と彼は答えた。

私たちは署内の陽の光と新鮮な空気が存在する場所にあがった。上の世界の空気は光と鳥の鳴き声と埃と煙草の煙のにおいに満ちていた。そんなことさえ私は奇妙なほど早く忘れていた。彼は出口まで私につき添った。私たちはそこで立ち止まり、保険金詐欺について少し立ち話をした。結局のところ、保険金詐欺はどれも似たり寄ったりだ、と彼はさして関心もなさそうに言った。ただ、今回は人の顔を鋏で切り刻むなどということがからんでいる。それはおよそ月並みなこととは言えない。そう言って、何か必要が生じたら電話してくれと私に名刺を渡した。そういう楽観主義的なところも彼にはあるわけだ。今私に必要なのはバス乗り場までの足だね、と私は応じた。私の行き先など彼らには容易に調べられるだろう。だからそんなことは気にしても意味がない。

「ほんとうに家に帰るのかい?」

「そのことはもう充分考えた。アップルパイとパイプが私を待っている。それにのんびり過ごせる朝のビーチが。悪い暮らしじゃない」

私たちは暑い陽射しが照りつける通りに出た。彼の白いシャツがすばらしい高級品であることがそこで初めてわかった。

「ほんとうにそう思っているふうには聞こえないが」と彼は笑いながら言った。

「ホテル暮らしにもそのうち飽きる。ふかふかの絨毯付きのホテルでも。ホテルはどこも同じにおいがする」

「それは言えてる」

私は彼と握手をして、コーヒーの礼を言った。

「私があんたならメキシコシティには行かないね」と彼は言った。

「貴重な忠告として受け取っておくよ」

「受け取りたいように受け取ればいい。でも、もし行くのならウルグアイ通りにいいホテルがある。それはそうと、自分の金だとあんたが言う以上、あんたが持ってた金はそのまま持たせてあげるよ。ほんとうはそうじゃないことが私にはわかってるが。だからこれは私の好意だと思ってほしい。いつかその好意に報いてもらう日が来ないともかぎらないからね」

そう言って、彼は私に背を向け、署内に戻った。私をバス乗り場に送ってくれる車がやってきた。乗り場に着くと、まっすぐ切符売り場に行って、メキシコシティ北駅行きの片道切符を買った。少年にまたグアダルーペの聖母像を膝に置かれるのには閉口したが、それは避けようのないことだ。それにヒマワリの種。そして風。うしろの席に坐り、窓を開け、運転席の上にある時計を見ることなく、過ぎる時間を頭で数えた。私もまた根無し草になったような気がした。そして思った。それこそ私がずっとあこがれてきたことではないのか。自分では気づかないまま、私はこれまでずっと、ただ転がるだけで苔《こけ》の生《む》さない石ではなく、苔生す石になりたかったのではないか。

25

メキシコシティにはこれまで一度だけ行ったことがある。二十年まえのことで、ホテル住まいのアメリカ人の女遺産相続人と話をするためだった。その女相続人は死ぬほど酒を飲んでおり、私の役目はそれをやめさせることだった。そのときにはロスアンジェルスに帰るまえに太陽のピラミッドに行ったりもした。それ以降こっちで仕事の用事はなく、来るのは二十年ぶりだったが、それでもメキシコシティがもはや一九六八年のメキシコシティでなくなってしまったことは知っていた。あの頃、メキシコシティはアメリカ大陸で一番美しい市《まち》だった。が、都市の遺伝子にはたいてい腐敗の二文字が書き込まれている。それはテナユカ（メキシコシティ北部の地区）の北の郊外に来ただけでもうわかった。淀んだ川にバラック地区。生えているのは冬を思わせる裸の木ばかり。冷蔵庫専門店と骸骨みたいな骨組みだけの未完成の建物に縁どられた、黴臭い巨大な低木地帯。建物の屋上には歪んだ十字架に貯水槽。貯水槽は陽に焼かれ、ピンクか薄いピンクに色褪せている。同じような光景を以前見たような気がした。たぶん何年もまえに見た夢に出てきたのだろう。その夢が今現実となって眼のまえに現われたのだ。そうにちがいない。

くすんだ色のコンクリート造りのモーテル群も、煙に窒息しかけている淡い緑とバラ色のバラック群も、鋼鉄製のパイプを棘のように突き出して、差し掛け小屋の海の中に放り込まれた発電所も、どれも悪夢の中で見ていた。しなびた公営住宅の奥の子供部屋には、子供騙しの赤い飾り付きのクリスマスツリーが立てられ、真っ昼間の光の中、そのてっぺんで天使が輝いている。たとえ地獄図を想像してさえ、化学会社の〈ユニオン・カーバイド〉とタイヤ会社〈ファイアストーン〉の誇らしげな旗に支配されたこの光景を思い描くことはできまい。それに対抗するように、泥まみれの街灯の柱にはコミュニストの旗が掲げられているが、そんなことをしても何も変わらない。送電線の下で輝く祠だけが美しい。ブロンズ色の原っぱで牛の群れが草を食《は》んでいる。三時に北駅でバスを降り、タクシーを捕まえて、ウルグアイ通りにある通りの名と同じ名のホテルまで行くよう伝えた。そのホテルはD・H・ロレンスの時代からある古いホテルで、暗い色の背の高い建物だった。屋上に誰もがはいれるラウンジがあり、そこからだとグラン・ホテル・シウダード・デ・メヒコがほぼ見えた。

チェックインすると、部屋にアイロンを持ってきてくれるように頼み、自分でスーツにアイロンをかけた。それから屋上にあがり、夜の帳が降りるまで、中央広場から打ち上げられる花火を眺めて過ごした。空気の澄んだ日で、背景の空の色が淡い青から黒に変わるまで、ポポカテペトル山の頂上が望めた。通りは静かなもので、街角で旅行者相手に商売をしている露天商のおもちゃの鳥の鳴き声がなければ、閑散としているといってもいいほどだ。グラン・ホテルに電話して、ミセス・リンダーに取り継いでもらいたいと頼んだ。

フロント係の若い女は言った。「ミセス・リンダーは外出なさっています。何かご伝言はございますか？」

「夫人はホテルのレストランを予約してるかな？」

「いいえ」

「さしつかえなければ訊きたいんだが、夫人はご主人と一緒だっただろうか？」

若い女はためらった。ミセス・リンダーに同伴している男は明らかにミスター・リンダーではない。そう思っているのだろう。よく存じ上げません、と彼女は言った。そのあと茶目っ気を帯びた沈黙が続き、そのお互いの沈黙で共通理解が生まれた。

「いつホテルに帰ってくるかわかるかな？」

女の口調が皮肉っぽくなった。

「わたくしどもでは、お出かけの際、お客さまにいつお帰りかなどとは尋ねたりしませんので」

私は電話を切って、屋上に戻った。

そこで思った。最善策はグラン・ホテルまで行って、いったい何が起きているのか、この眼で確かめることだ。

グラン・ホテルは礼拝堂が建つ交差点のひとつの角にあった。いかにもオールドタイマーが好みそうな、独裁者ディアス時代の遺物のような建物で、アールデコの内装とステンドグラスで有名な人気スポットになっている。私は彼女も私と同じ行動を取ることを期待して、まっすぐ屋上のテラスバーに向かい、そこで待つことにした。下の広場では人々が忙しく行き交っていた。かなり離れているので、人ひとりひとりが小さな蝿のように見えた。羽もなく、悪意のあるヴァイタリティもない蝿のように。そんな人々の中に縦笛を吹いている男たちがいた。それに合わせてミステク族の衣裳をつけた男たちが踊っていた。子供の頃に見ておくべきだったのに見ることの叶わなかった光景。男たちのさまを見ていると、なぜかそんな気がした。標高七千フィートの高地の空気は薄く、あらゆるものがそれぞれ異なる光に輝いていた。そのバーでかなり待った。が、ドロレスは姿を見せなかった。人口何百万という都市で、もはや眼のまえに現われないことがわかっている相手を待つことに意味があるとは思えない。私と彼女のあいだにはすでになんらかのつながりができており、そのことはおそらく彼女も感じ取っているはずで、だから、私にまだ追われていると察知したら、彼女はきっとそれに見合った行動を取るだろう。

しかし、ホテルには耳がある。客に呼ばれるウェイターやベルボーイという耳だ。

テラスのバーで私の給仕をしたウェイターはわずかなチップで、ミセス・リンダーは毎朝とても早くおひとりで朝食を召し上がりにおいでです、と教えてくれた。

「彼女はここに来て何日ぐらいになる?」

「ここにお見えになったのは二日まえです。今朝はタクシーを呼んで、テペヤックにいらっしゃったようです。階下《した》の者たちの話では」

そこは有名な寺院のある郊外だと彼は教えてくれた。グアダルーペの聖母の聖堂があるところだと。

「アメリカの方がどうしてそんなところにいらっしゃるんでしょうね?」とウェイターは言った。

いい質問だ——と私は答えた——もしかしたら敬虔《けいけん》なカソリックなのかもしれない。それで彼女は何時に朝食を食べにくるんだね? 明日の朝、同じ時間に私も来ようと思うんだが。

一瞬、ウェイターの顔が険しくなった。が、すでに金を受け取ってしまっているわけで、黙ってうなずいた。私は心配は要らないと言ってやった。彼女は私の古い友人なんだと。

夕方、夕食をとりにまたウルグアイ通りに戻った――埃っぽいレストランでホワイトソースのかかったエンチラーダを食べた。そのあとホテルでもらった地図を頼りにガリバルディ広場まで歩いた。酒場はどこも大繁盛で、旅行者のチップめあてのマリアッチ・バンドが広場を練り歩いていた。私は一軒の酒場でエル・エレクトルカドールの機械を見つけた。その店はただでそれを提供しており、私は刺激を求めて試してみた。求めた刺激は簡単に得られた。そのあと男だけが真面目に飲んでいる店で頭がおかしくなった。テキーラ。悪くなかった。テキーラの合間のビール。歳を取れば取るほど私はテキーラを大胆に飲むようになっている。それでも、夜が明けた頃には、すでに起き出し、〝結婚式〟に向けて着替えもできていた。

グラン・ホテルに歩いて向かい、まずフロントデスクで訊いてみた。ミセス・リンダーはもう朝食をすませただろうか。フロント係の若い女性は眼を上げた。いささか疑わしげな眼ながら、こざっぱりとした身なりをして杖をついている老人に対する敬意もうかがわせる眼つきだった。

「はい、もう出かけられました」

「それは残念。また行きちがいになってしまった。で、彼女はテペヤックに行ったんだろうか?」

彼女は少し驚いたような顔をして、ホテルの玄関のほうを見やった。そこではボーイたちがタクシーを呼び止めようと待ち構えていた。

「ええ、そうです。タクシーをお呼びしましょうか?」

「これはこれはご親切に」

「どういたしまして。ここから車で四十分ほどです」

ホテルの玄関まで戻ると、私はミセス・リンダーはテペヤックのどこへタクシーで行ったのか、ひょっとしてわからないだろうか、とボーイたちに尋ねてみた。行き先はカルバリオという小路にある宗教グッズの店で、その店では寺院を訪ねてやってくる巡礼者に料理も出しているということだった。どうしてボーイたちはそこまで詳しく覚えていて、なんのためらいもなく話してくれたのか。思えばそれはいかにも奇異なことだ。

26

タクシーの運転手はグアダルーペ寺院の真ん前にある蠟人形館のまえで私を降ろし、そこからカルバリオ小路までの行き方を教えてくれた。カルバリオ小路は狭い小径で、伸び放題の曲がりくねった木々が小径の両側に生えており、それらはその背後に建つ建物より古そうだった。そんな小径の中ほどにドームをふたつ備えた教会があり、その両脇に小さな店が並んでいた。その中に診療所とグアダルーペの聖母の家へと続く門があった。門のそばにも木が何本か生えていたが、それらの木の枝が頭上で交じり合い、小径に完璧な木陰をつくっていた。隅にアイスクリーム屋が一軒あって、コーンに入れた色鮮やかなアイスクリームが壁に描かれていた。ボーイたちが書いてくれた所番地に見合う店が教会と聖母の家とのあいだにあった。その店のショーウィンドウは、金ぴかのケープをまとった聖母マリア——ただしその頭は砂糖でできた骸骨《カラベラ》だったが——の小さなビニール人形と献納用のろうそくで埋め尽くされていた。ちょうど店を開けたところのようで、中年の女がカソリックの希望とゲテモノに満ちた彼女の洞窟の明かりをつけていた。店のドアを開けると、洞穴のような店の奥でベルが鳴った。中年女性は顔を起こした。その表情を見るかぎり、彼女には私はよく来る客のひとりには見えなかったようだ。同時に、私は直感した。ドロレスはこの店を直前に訪ねている。私はその思いをそのまま女店主にぶつけてみた。

「アメリカ人は誰も来なかったけど」と彼女はどこか勝ち誇ったように言った。

「だったらついさっきまでここにいた人でいい——どっちに行った?」

「ここに来た人はそのあとみんな寺院に行くわ」

そこで私は大鎌を持った聖母の小像が売られているのに気づいた。女の死神というのは珍しい。これがドロレスの言っていた死の聖母《サンタ・ムエルテ》だろうか? ドレスをまとい、頭蓋骨に金の頭巾《ずきん》をかぶって大鎌を手にした小さな像が並べられ、きらきらと光り輝いていた。全身白いものも黒いものもあった。色は緋色と緑で、金の刃の大鎌を持ったいくらか大きめの像もあった。それらのまわりには青と黒のろうそくが置かれ、七色の帯に巻かれたろうそくもあった。それは薬草類、と女主人は説明してくれた。民間医療薬に、護符に、呪いをかけるための香水。青いろうそくは知恵を表わし、黒のろうそくは黒魔術に対抗するもので、金色は財産を増やすためのものだそうだ。

私はドナルドの写真を見せた。女主人は首を横に振った。そこで私は遅まきながらドロレスの写真を持ってこなかったことに気づいた。

「ここにさっきまでいた人は女性だった?」

女主人は否定したものの、どこかあやふやだった。それで答はわかった。さらにいきなりわかったこともあった。

「いつここを出た? 十分も経ってないんじゃないのかね?」

彼女なりに賢明な判断だと思ったのだろう。とりあえず否定はした。が、同時にさかんにまばたきをしていた。

外に出て、戸を閉めると、ドアのガラスが揺れた。寺院に向けてできるだけ速く歩いた。広場は石ころと巡礼者だらけで、太陽の下、私はそこに坐り込んだ。空気が薄くてすぐに息があがった。まずまちがいなくドロレスはこの群衆の中にいるはずだった。私は寺院にはいった。アラブの遊牧民の金属製のテントのような形状をした建物で、広場の反対側に建っている十六世紀の旧聖堂と対《つい》を成していた。聖壇の上方にはインディオの聖人がバラを集めている絵と、聖母の神秘的な姿が浮かび上がって見えるマントが掛けられていた。その下では遺物の下で祝福を受けられるよう、オートメーション化された儀式として動く歩道が信者を移動させていた。外では近くの市場のスピーカーががなり立て、その音が物乞いや聖母の記念品を売る露天商の上に降り注いでいた。私はそうした人々の中をゆっくりと歩いた。手足の不自由な人や眼の見えない人をよけて歩いた。そして、巨大な金属製のテントを出かかったちょうどそのとき、彼女が身廊のほうに歩いていくのが見えた。

黒を身にまとい、濃い緑のスカーフを頭に巻き、靴はローヒールで、肩にショルダーバッグを掛けていた。私に気づくこともなく——おそらくはまわりの誰にも気づくこともなく——ゆっくりと身廊を歩いていた。私は安全な距離を置いてあとを追った。動く歩道に乗った彼女はマントの下へと運ばれた。

そのあと歩道から降りると、身廊に戻り、この世の不幸な人々の中に交じってひざまずき、十字を切った。そして振り向くと、陽光の射す外に出て、洗礼堂《バウティステリオ》のほうに向かいはじめた。そのそばに何かの入口があった。最初、私は大きな公園かと思ったが、実のところ、そこは墓地だった。テペヤックの墓地だった。そこにも人が大勢いたが、彼女はその中にはいると、何百という人たちで混み合った大きな通路を歩きはじめた。どっしりとした石の天使や家族の霊廟《カンポサントス》や個人の墓石の中、私は彼女のあとを追った。彼女は人の群れからどこかしら隔絶されたような場所にある墓石まで歩いた。私と彼女とのあいだにはほんの少しの墓石しかなくなった。

ちょうどそのとき、ほかのどんな雲ともつながっていない小さな細長い雲が現われ、太陽のへりにかかった。その雲はそのあと銀色に輝きながらなめらかに太陽を横切った。それにつれてまわりがいっとき暗くなった。彼女が眼を上げた。その眼が私の眼と合った。が、私のことがわかった気配は見られなかった。ちょうどそこへ若い男がどこからともなく現われ、見るからに親しげに彼女に近づき、彼女に腕をまわした。

27

彼らは腕を組んで広場のほうに戻りはじめた。私はふたりを視野にとらえつつあとを追った。男はメキシコ人のようで、歳は三十ぐらい、引きしまった体型で、身なりもよく、彼女と並ぶと、まさに絵に描いたような見事なカップルの出来上がりだった。そんなふたりに関して特筆しなければならないことなど何もない。私はと言えば、もちろんがっかりしていた。それでも理屈は理屈として理解できた。悔悛者と手足の不自由な人たちであふれる広場で、老齢がいきなり私の上にのしかかってきた。そんな気がした。私は老人で、彼らは若者だった。おまけに彼らは私にはない優雅さをまとっていた。

ふたりは広場のへりで別れ——軽くキスを交わし——彼女は宗教グッズの店のほうに戻っていった。まわりを気にする様子もなく、カルバリオ小路を歩き、角でタクシーを拾った。一時間後、われわれはまたグラン・ホテルに戻っていた。私はホテルの手前でタクシーを降り、彼女がはいったあとだいぶ経ってから中にはいった。

まずチョコレートショップに寄ってヌガーの小さな箱を買った。ボーイたちはそれぞれ忙しくしており、ロビーにはいっても私に気づかなかった。私はフロントデスクに行き、このヌガーをミセス・リンダーに届けてもらえるかどうか尋ねた。さしつかえなければ、ミセス・リンダーの部屋番号を教えてもらえれば、自分で持っていってもかまわないと言った。ロビーは到着客でごった返しており、よけいな仕事を増やしたくなかったのか、フロント係はあっさり部屋番号を教えてくれた。三階の部屋だった。私は階段をあがり、廊下に人の姿が見えなくなるのを待って、彼女の部屋のドアをノックした。

　応答はなかった。従業員の誰かにかわりにノックしてもらおうと思い、しばらく探すと清掃係が見つかった。私はヌガーの箱をその清掃係に手渡し、プレゼントの送り主については何も言わず、宿泊客に進呈してくれないかと頼んで部屋番号を伝えた。

　清掃係はそのあとしばらくして私のところに戻ってくると、ちゃんと仕事を果たしたことを報告してきた。とてもきれいな若い女の人が出てきて、プレゼントを受け取ってびっくりしていたと。

「ひそかに彼女に恋していてね」と私は言って唇に一本指を立て、ウィンクしてみせた。

　真実を含む嘘というのは全面的な嘘より常に効果があるものだ。

　彼女が包みを開け、ヌガーと私が書いたカードを読んでいるところを想像した。私はカードにこう書いた——〝黒後家蜘蛛《ブラックウィドウ》〟と。

　ドアマンのひとりにドロレスと連れの男が外出したら知らせてくれるように頼んだあと、その日の残りは自室で時間をつぶした。知らせはなかった。夕刻、屋上にあがり、カイピリーニャを飲みながらグラン・ホテルを眺めた。ヌガーはまちがいなく彼女を気味悪がらせたことだろう。自分はまだ追われていると思っただろうか。私との約束は破られた。そんなふうに考えただろうか。いずれにしろ、ドナルドが顔を消され、グアナフアトに置き去りにされたことはもうまちがいない。彼がまだ彼女と一緒にいるなら、私としてもさすがに彼らにかかずらうつもりはなかった。しかし、今やまるで別の話になっている。ドロレスは新たな男と新たな人生を始めた。おそらくこれまでずっと計画していたのだろう。自分の人生を新たに生きるということが彼女の動機だったなら、そのことはうまくいったように見える。新たな男に新たな身分に自分の金。

そういうものがすべてそろったのにどうしてこれ以上、老人と一緒にいる必要がある？　嫉妬と憎しみが私の心に湧いた。私は新しい彼女の恋人を、その若さを、憎んだ。中途半端な怒りも覚えた。が、そういう感情が収まると、あまり気にならなくなった。若い恋人は確かにハンサムなやつだが、まずまちがいなくぼんくら野郎だ。あの男が彼女と一緒にいられるのはどうせいっときのことだ。最後には捨てられるだろう。ドナルドのように。私のように。おいおい——私は自分に言い聞かせた——落ち着け、若造。彼女はもう風とともに去ってしまったんじゃないのか。それが彼女の望みだったんじゃないのか。やがて彼女も歳を取る。歳を取り、ハンサムな使用人と屋敷で暮らすことになる。その頃にはこっちはもうどこかの家のマントルピースの上の埃になっている。

階下《した》のバーでもそうなっているだろう。

そのバーではカラフルなサスペンダーをつけ、完璧な英語を話す大男がカウンターの中にはいっていた。ホテルで唯一話ができそうな男だった。私は〈ローズ〉のライムジュースでギムレットをつくれるかどうかその男に尋ねた。

「お安い御用です」

その夜、バーは閑散としていた。男によれば、宿泊客はみんな謝肉祭を見にヤウテペックというところに借切りタクシーで出かけているということだった。その謝肉祭は世界最大という評判もあるということだった。

「ほんとかね。そのヤウテペックというのはどこにあるんだ？」

「テポストランというところの南側です。テポストランはどこにあるのかなんて訊かないでくださいよね」

「いや、聞いたことがない」

そこでふと思いついたことがあった。

「それはここから南か北か、どっちだね？」

「真南にくだって山を越えたところです。雨が降ってなけりゃ、車で三時間ですね」

「メキシコの謝肉祭はまえから見たかったんだが、これまでまだ見たことがなくてね。映画の中でしか」

「映画の中のことなんか絶対ひとつも信じちゃ駄目ですよ」

「私は映画の中以外のことは何ひとつ信じられなくてね」

「それならお好きに。ご注文のギムレットです」

　それはこの上なく美しく、この上なく冷たく、この上なく透き通った緑のギムレットだった。

「私は疑いの余地なくちょっと頭のおかしな《メシュガ》男でね」と私は言った。

「はい？」

「ちゃんとそろったカードでプレーしてるわけじゃないってことだ」

　そう言って、私はこめかみのあたりを指で叩いた。

それで男にもわかったようだった。

「なるほど」

　そう言って笑い、まるでギムレットの両脇を固めるかのように両手をカウンターの上に置いた。

「お客さんは面白い人だ。こちらへはどういうご用件で？」

「どんなふうに見える？」

「女ですか？」

「ほかに何がある？　彼女のことはあんたもここで見かけてるんじゃないかな」

　そう言って、私はドロレスの容姿を説明した。

「何回か見えてますね」と彼は言った。「グレナディンのソーダ割りしかお飲みにならないけど」

「ボーイフレンドと一緒だったと思うんだが」

「いや、そんなふうには見えませんでしたね。でも、お客さんにはちょっと若すぎるんじゃありません？　私なら敬して遠ざけておきますね」

「現役に別れを告げるときというのはいつ来るんだろうね？　人の狂気というのは終わることがない。願わくは死ぬまで」

「確かに。そのほうがいいですよね。でも、彼女もたぶん謝肉祭めあてで来たんですよ。たいていの人がそうですからね」

私は二杯目のギムレットを頼み、今度はライムを薄くするように注文をつけた。テポストラン、ヤウテペック。私は闇に自らを投げ出すことを思い描き、それも悪くない今後の展望だと思った。

「で、その謝肉祭はいつあるんだね？」

「明日です。お客さんも行くべきですよ。お尋ねの女性は見つからないかもしれないけど、行って損はないと思いますよ」

ほろ酔い加減で部屋に戻り、依頼人に電話をかけた。しばらく連絡をしていなかった。彼らが業を煮やして私の報酬について考え直すまえに近況報告をした。何を話すか。それは二日まえの夜に決めてあり、台詞も練習してあった。だからわれながら説得力のある報告になった。グアナファトでジンはどのような最期を迎えたのか、感情を交えず詳しく話した。その後のことは調べようがないとも伝えた。長いモノローグになった。彼らは私の話を辛抱強く聞いた。金は消えた。最初の計画は水泡と帰した。私は今メキシコのホテルにひとりでいて、もうこれ以上やることは何もない。家に戻ろうと思う。

「しかし、女房のほうは？」と横からもうひとりが割り込んできた。

「彼女もまた霧のように消えてしまった。ここは彼女のホームグラウンドだからね。金は彼女が持ってるのかもしれないし、持ってないのかもしれない。その点についても調べようがない。私としてはやれることはすべてやった気分だ。メキシコの警察には、報告書をあんたたちのところに送るよう頼んでおいたから、自分の眼で確かめるといい。ご期待に添える調査ができなかったことは申しわけないが、メキシコ人がよく言うようにこれもまた人生《セ・ラ・ヴィ》だ。もっとも、〝セ・ラ・ヴィ〟はフランス語だが。念のために言っておくと」

「メキシコじゃフランス語なんか使わないんじゃないですか？」

「そうかね。まあ、それならそれで。私はこのことばをしょっちゅう言ってる。それでみんな幸せってわけだ。一応言っておくと、明日には帰国するつもりだ」

「要するに、保険金がどこに行ったのかはわからなかったんですね？」

「金というのは追いがたく捕まえがたいものだよ」

「それは〝わからなかった〟ということですね？」

「まったくもってそのとおりだ。愉しい休暇の苦い結末ではあったがね。それでもわれわれは明日に向かって生きていかなきゃならない。いずれにしろ、もう終わりだ。領収書は要るかな？」

28

山を越え、テポストランへの道がクエルナバカへの道とぶつかったところで雨がやんだ。そこはクリーム色の花をつけた、ひげ剃り用のブラシのような背の低い木々に覆われた急峻な丘陵とカースト台地の影が差す植民地風の町で、時刻は正午、丘陵の尾根はいかにもオペラ向きの霧に浸っていた。私はショルダーバッグを肩に掛け、ひとりで町の中心部にはいった。通りの両脇には黒っぽい火山岩でつくった塀に囲まれた庭園があり、人々の話し声がよく聞こえた。またナワトル語だ。空き部屋のある宿《ポサダ》を見つけた。肝臓色の壁の田舎の邸宅風の古い宿で、一階のテラスを取り囲むようにして部屋があった。オーナーはイベリア半島のダークグリーンの眼をした、縦にも横にも寸法の豊かな女性だった。私は世間話を装って、謝肉祭のこととほかの宿泊客のことをその女性に尋ねた。それほど世界的に有名な祭りならホテルはどこも満室なんじゃないのかね？

そのとおりだと彼女は答えた。しかし、それは祭りのときだけだとも。午後にはみんなヤウテペックに行くけれど、お客さんにも乗り合いタクシーの手配をしましょうか？

「実はメキシコシティから友達が来るのを待ってるんだが、ひょっとしてもうこっちに着いてるかどうか確かめてもらえないかな？　ミセス・リンダーというのだが」

彼女はのんびりと宿帳を調べ、そういう名前の客はいないと言った。

「ひょっとして別のお名前で予約なさったのかも」

私はドロレスとアラヤでも試した。そのふたつを組み合わせた名も。やはり空振りだった。

「そうか。三十歳ぐらいの女性なんだがね――」

私は彼女の容姿を説明した。

「残念ながら、宿を予約するのに自分の見てくれを説明する人はあんまりいませんからね。それにもしかしたらその人、妻帯者と一緒だったりして。あれ、ひょっとしてお客さんがその妻帯者だったりして……？」

「私はいまだ結婚指輪の跡ができたことのない男でね」

「そんなこと、わたしは信じないわね。こんなハンサムな男の人が――」

むら気が一瞬、血管を駆けめぐった。が、そんなことが起きたのとほとんど同じくらい急にまたもとに戻った。一陣の突風が廃墟に吹いて、粉塵がいっとき舞い上がったようなものだ。

「それはともかく」と彼女は続けた。「お客さんの言った人かもしれない人が現われたら知らせますね。でも、それはこっそりとやったほうがいいかしら？」

「きみには人の心が読めるんだね！」

「人の心が読めなくて宿屋の女主《おんなあるじ》が二十年も務まりますか」

「しかもそれだけがきみの才能じゃない、もちろん」

部屋にあがり、蚊帳を吊ったベッドに横になった。時間はもうとっくに流れてしまった。私はそう思った。そして、空っぽの皿だけが残った。しかし、最後の月日にあってこその謝肉祭なのではないか。謝肉祭というのは、老人が仮面の陰からほんの少し輝いて、まだ精神が萎れていないふりができる祭りだ。夜になると、教会のまえのコンクリート敷きの広い広場で花火が始まった。私はよれよれのパナマ帽をかぶって散歩に出た。サパティスタ人民解放軍（貧しい先住民を主体とするメキシコのゲリラ組織）のメンバーが焚き火のまわりに立っていた。壁には彼らの主張が落書きされていた。裏切者は出ていけ《トライドーレス・フェラ》！　しかし、裏切者とは誰なのか？　町を見下ろす山脈に築かれた彼らの先祖の白いピラミッドがその町からも見えた。〝二匹のウサギ〟とも呼ばれるテポステカトル——リュウゼツラン酒と酔っぱらいの神さま——の王座だ。広場のベンチに腰をおろし、サボテンのアイスクリームを食べながら、革命家の抗議の声を愉しむ私を見下すというのは、それはもうさぞ神的なことなのだろう。私はふと思った——これだけの年月を経て、それがなんと呼ばれていようと、ようやく革命と謝肉祭が始まったのではないか。すべての花火が打ち上げられ、ダンスが始まったのではないか。心の不秩序が歌のエンディングを歌のハイライトにする。私は今夜こそ最後の夜にしようと決めていた。明日になれば今度こそほんとうに荷物をまとめて家に帰るつもりだった。ラ・ミシオンに帰ったらすぐに釣りと昼寝、それにテキーラも愉しめるよう心の準備もちゃんとして。広場のそばの酒場にはいった。眼がもうすっかり別の世界に行ってしまっている農民であふれている安酒場だった。午前零時すぎにはもう歌える歌は一曲もなくなっていることだろう。

夢の中では人は老いないという。夢の中ではみな若いままで、人生の正午と言える三十歳のときの服装をしているという。だから、夜には一九四〇年や一九五二年の頃の壮大な家に住んでいたかつての依頼人がやってくる。ふんだんに供されるウィスキーに、性的な意味合いに満ちた辛辣《しんらつ》なジョーク。広大な芝生と私道には陽光が燦々と降り注いでいる。彼らには私が誰かもわからず、私のことなど文字どおり歯牙《しが》にもかけていない。彼らにとっては私はゴミ同然の存在なのだ。金で買われた殺し屋なのだ。しかし、彼らのまわりの女たちは自らの体の中で何かがうごめくのを感じ取る。動物と酔っぱらいの常ながら。正午には何もかもが美しく新しく見える。

午前零時を過ぎると、私は立っていることさえままならなくなり、酒場のひとつのウェイターにホテルまで送り届けられた。私たちはその道々、一緒に歌を歌った。ウェイターは私にお客さんが今週一番の酔っぱらいというわけでもないと言った。そして、私を部屋まで連れていって、ベッドに寝かせてくれた。私は服を着たまま暗い心のまま一晩眠りこけた。森の中の難民キャンプで自分の墓を探している夢を見た。墓は橇《そり》に似た形をしており、木製で派手なペンキが塗られていた。銃声を聞いたような気がして、いっとき眼が覚めた。実際のところ、銃声だったのか、サパティスタのメンバーがただかんしゃく玉を鳴らして憂さばらしをしただけなのか。ゆうべどこにいて、何をしたのか思い出せなかった。サボテンのアイスクリームのことしか思い出せなかった。雨が一晩じゅう降ったようで、幽霊たちが庭園に集まり、五、六ヵ国の言語で話をしていた。トプシー・パールスタインがやってきて、ナワトル語を話していた。遠くの闇の中では過去からのナイトクラブが喇叭《ラッパ》を吹いており、コニーアイランドの遊園地の乗りものの音が聞こえた。

　翌朝、女主人がつくってくれた朝食をテラスで食べた。女主人は給仕をしながらこんなことを言った。ゆうべ遅く私が説明した容姿に見合う女性がやってきて部屋を取ったけれど、今朝早くヤウテペックに出発したと。私はその女性の名前を尋ねた。

「ジン」

「変わった名だね」と私は言った。

「名前なんて誰だって好きな名を名乗れるでしょうが。ここは自由の国なんだから」

　雨はまだ降っていたが、だいぶ小降りになっていた。地平線上で雷が震えていた。宿のそばの斜面に、枝からコインほどの大きさの暗赤色の莢《さや》を垂らした、奇妙にかさかさした木が生えていた。ヤシの木は一晩で花を爆発させていた。〝大地の詩は決して死なない〟（イギリスのロマン派の詩人キーツの詩の一節）。

　ヤウテペックまでは車で一時間の距離だったが、まさに何世代ものイカれた男たちによって誤って置かれ、果てしない谷の中に埋もれてしまったようなところだった。そこに行き着くまでの道行きもまるでジェットコースターにでも乗っているみたいで、丘を越えて谷をくだるたびに胃がひっくり返った。こんなところへはもう二度と来ないぞ。私は心の中で自分にずっとそう言い聞かせつづけた。しかし、それはどうしても最後に一目見たいものを見にいく道行きでもあった。ヤウテペックは私が犯罪者を捜しにいく最後の場所になるだろう。町の中心地からほんの少しはずれた原っぱに、儀式のための三十フィートほどの高さの柱が立てられ、色付きの縄を渡したほかの柱のまわりを踊り手が歯の隙間から口笛を吹きながら、飛んだり跳ねたりして踊っていた。祭りはもう始まっていた。そこを離れて眺めると、五人のうち四人はなおも柱のまわりを飛び跳ねていたが、ひとりが高い柱の下に坐り、小さな太鼓を叩きはじめていた。

音をたてて降りしきる雨の中、私はリボンに花を一輪挿した麦藁帽をかぶり、テキーラを片手に持ち、歩いて町中に――踊り手たちが掻き乱すカオスの中に――はいった。民族衣裳をつけたブラスバンドに、ピラミッドを逆さにしたような金襴《きんらん》の帽子をかぶった男たち。私はなんだか家《ホーム》に帰ったような気分になった。そういう気分になって当然ではないか。つまるところ、私には家《ホーム》と呼べるようなところはどこにもないのだから。男にはそういう場所を持つ者と持たない者がおり、予言者であり狂人でもあるのが後者だ。そんな私は今、長い鼻とカールしたひげをした何世紀もまえの征服者たちの何千という仮面に囲まれていた。その顔は私に似ていなくもない。私の顔の何千というレプリカ。彼らはすり足で動き、腰をくねらせ、肩を上下させていた。そのセクシュアルな動きに合わせて、身につけているビーズと房飾りとまがいものの真珠が滝のように流れて揺れた。気づくと、私も杖を片手に彼らに交じって踊っていた。解き放たれ、見捨てられた者として。前世ではクールで計算高い男だったとしても、前世と同じくらいの度合いでクールでもなく、計算高くもない男として。泥の中、犬が近くの市場から何かの腸《はらわた》をくわえ、引きずって歩いていた。斧を手にした氷屋の少年が売り込みの声をあげていた。やがて雨があがり、高く舞い上がる太陽とともに暑さがぶり返してきた。くたびれきった酔っぱらいが酒場《カンティーナ》やレストランのテーブルについて体を休める、天蓋付きの市場では豚が解体されていた。そんな市場で私も体を休めるうちに昼が夜に変わり、謝肉祭も遠い過去のエピソードになった。気づくと、私は通りの端に立っていた。迷路はそこで終わりだった。私は見知らぬ人々の中にいて、これ以上ないくらい幸せだった。思えば、これまでずっと私は見知らぬ人々の中にいて、彼らに軽口を叩き、誰からも尊敬を集めることなく生きてきた。

夜が深まると、市場のすぐそばを流れている運河か川か何かの土手まで歩いた。割れたガラスの破片がそこらじゅうに転がっていた。気を失って、通りに仰向けになって寝転がっている人たちがいた。見るかぎり、なんの後悔もなく空を見上げていた。カーヴしながら土手に沿って延びている道があり、私はざわめきがいくらか収まって聞こえるところまでその道を歩いた。そこで土手に腰をおろした。紙吹雪《ふぶき》とつぶれたピニャータが濡れた路面に貼りついていた。遠くに観覧車が見えたような気がした。そのまばゆい明かりを受けて、若い女を連れたステットソン帽の男たちも見えたような気がした。実際にそんな光景が見えたのかどうか。どちらでもよかった。嬌声に音楽に観覧車の箱の中の若い女。紙吹雪が雪のように見え、腸をくわえた犬がすばしこいトカゲのように見えた。私は空《から》になったテキーラのボトルを脇の草むらに置いた。

通りの反対側に酒場らしきものがあった。プラスティック製の椅子が道路にまであふれ出していて、電飾の下で祭りの衣裳をつけた女がひとりファンタを瓶から飲んでいた。銀の縁取りをした紫の衣裳で、スパンコールと房飾りで覆われた帽子をかぶっていた。千年ほどまえのペルシャ帝国の役人みたいだった。つけているのは、金の顎ひげと黒いアイラインをひいた眼をした、明るいピンクの男の仮面だった。私のほうを見た。私は私に向かって微笑んだのだと思った。そのとき、何年ものあいだ頭をよぎりつづけていた無意味なことばが初めて意味を持ったような気がした――〝草原で草を食むサテュロス（ときにヤギの姿でも表現される、酒飲み騒ぎと好色で知られる半人半馬）がごときわが者たちよ、そのヤギの肢《あし》とともに道《どう》化《け》た踊りを踊るがよい〟（十六世紀のイギリスの詩人クリストファー・マーロウの詩の一節）。

女が顎ひげの仮面を持ち上げ、それを頭の上まで持っていった。酒場の明かりを受けて女の顔があらわになった。ドロレスだった。悲しみのドロレスだった。土手に坐っている私に気づいたのだ。

彼女はファンタの瓶を掲げてみせた。そして、思いがけず、あの明るい笑みを浮かべた。私のほうには彼女に掲げてみせるものが何もなかったので、ただ笑みを返した。この数日間に起きたことはほんとうに起きたことではなかった。そんなことを思わせるひとときが過ぎた。彼女は仮面をもとに戻すと、通りに出て、人々が踊り狂っている市場のほうへ歩いていった。一瞬、私はあとを追おうかと思った。が、もはや自分が何をなぜ追いかけているのかわからなくなっていた。

かわりに私は酒場にはいり、テキーラの最後の一杯を飲んだ。そして、バーテンに尋ねた。

「さっきの女性は誰だったんだね？」

バーテンはただ肩をすくめた。バーテンなら誰でもやるように。そして言った。

「市《まち》の人でしょう。謝肉祭にはよく来るんですよ。暴力に魅かれるんでしょうね」

しかし、暴力とはなんなのだろう？

バーテンが言ったのはもちろんジョークだった。それでも私には納得できた。暗がりから銃声が聞こえた。爆竹とはまちがえようのない乾いた音だった。そろそろ狂乱の頂点が近づいていた。それはすなわち大いなる満足の頂点でもある。私はバーテンに尋ねた――私のような歳の人間はこのあと何をすればいい？　原っぱに出てまだそこに残っている連中と踊るとか？　バーテンの眼が私の知るべきことを語っていた。私は彼のその眼に同意した。金も払わず立ち上がり――彼は手を上げることさえしなかった――音楽と銃声が聞こえているほうにぶらぶらと歩いていった。誰かきれいな人を相手に静かにワルツを踊りたかった。喧噪《けんそう》の中に彼女を捜しても見つからなかった。しかし、私はほんとうに彼女の顔を見たのだろうか。井戸の底のどこかにでも見たのだろうか。もう誰も覚えていない昔の映画の中にでも。そういう顔が私には多すぎる。それがために、そういう顔を見る機会に一度も恵まれないのだ。もう長いこと。たぶんそれが私の最大の不幸なのだろう。慌てることはなかったのに。

エピローグ

ひと月後のエル・セントロ。夕方五時。砂嵐が猛威を振るい、どこの通りもブロンズ色の靄と化していて、コンティキ・モーテルのネオンも消されていた。そのモーテルの中国人オーナーは私を覚えていなかった。私は同じ部屋を取った。ベッドに横になったときには外はほぼ暗くなっていた。砂が窓を叩き、ドアの下の隙間からもはいり込んできた。一階からオーナーの娘がヴァイオリンを練習する音がまた聞こえてきて、私はまたボンホッファーとアダムズ・アヴェニューの店で会うことにした。その店に着いたときにはもうすっかり暗くなっていた。店は閑散としていた。彼は外からの淡いグリーンの光を浴び、窓ぎわの席に背中を丸めて坐っていた。いかにも休息を取っているといった風情で、自らの仕事に驚くほど無関心に見えた。ミルクシェークをすでに注文しており、それを赤と白のストライプのストローで飲みながら、新聞のクロスワードパズルを解いていた。

　このまえ会ったときと変わらなかった。絶滅の危機にいきなり見舞われないかぎり、カニみたいにじっと耐えているように見えるところは少しも変わらなかった。おもむろに眼を上げた。スウィッチがはいったらすぐに敏捷《びんしょう》に動きだしそうな、ユーモアと皮肉の両方が込められた眼だった。

「また帰ってきたわけだ」そう言って、彼はストローを一度ミルクシェークの中に沈めた。ストローはすぐに浮かび上がった。「いい旅行だったかい？」

「どこにも傷痕はできなかった。そういうことを訊いたのなら答えておくと。いや、ひとつかふたつはできたかな。メキシコシティはまえに行ったときよりよくなっていた」

「へえ。あそこはますますスモッグの海の中に沈んでるんだと思ってたよ」

「かもしれない。とはいえ、スモッグというのは人生最悪のものというわけでもない。そう言えば、スモッグは見なかったな。春のヴァージニアみたいだったよ」

「ヴァージニアには行ったことがなくてね」と彼は言った。

　私は坐った。彼はクロスワードパズルをしまった。

「ロードキル・バーガーを食べよう」と彼は続けて言った。「もちろんほんとのロードキル（車に撥ねられて死んだ動物）の肉じゃないけど。味がそんな感じなんだ」

「たとえロードキルであってもお互いなんの問題もない」

　アイスバケットに入れて運ばれてきたクアーズ・ビールをそれぞれ一本ずつ飲んだ。

「ひどい砂嵐だ」と彼が言い、うなりをあげている外の砂をふたりで侘《わ》びしげに眺めた。

「このまえ私が来たときにも砂嵐が起きていなかったかな？」と私は言った。

「そのとおりだ。まるでイナゴだね。あんたが連れてくるんだよ」

「私はきっとひどい訪問者なんだろうな。私の祖国にとって」

彼は返答がわりにまだかぶったままの帽子を指で少し押し上げた。

ハンバーガーが紙皿にのせられ、チーズをかけたポテトフライとコールスローとピクルスと一緒に運ばれてきた。通りを錆《さ》びだらけのメキシコのピックアップトラックが何台か通り過ぎた。乗っている者までは見えなかった。ライトに照らされた窓がその枠の中に、ビールを飲み、ポテトフライを食べているふたりのグリンゴを映していた。

「こっちはあんたが行っちまったあとけっこう忙しくしてた」とボンホッファーが言った。「遺灰は誰のものだったのかは結局わからなかった。身元不明者の遺骸の残留物と登録したんだが、何も出てこなかった。おれにできるのはせいぜいそこまでだ。それでもあんたに頼まれた男の住所はわかったよ。リンダー・シニアの。今ここにある」

彼はそう言って、テーブルの上をすべらせ、警察のメモ用紙を一枚私のほうに寄こした。

「行って話してみたらどうだね？　まあ、話しやすい相手ではなさそうだけど」

「よくやってくれたよ。ありがとう、ミスター・ボンホッファー」

「地獄から生還した男のためだ。なんでもするよ」

私はメモ用紙を取り上げ、住所を見た。カリフォルニア州グラミス、ホースシュー・レーン。

「知ってるかもしれないが、砂漠のど真ん中で、湖の向こう側だ。調べたところじゃ、近所の警備つき高級住宅地の管理人をしているようだ。いや、正確には、していた、か。そこの管理会社の話じゃ二年まえに辞めたそうだ」

「結婚はしてるんだろうか？」

「わからない。だけど、このご仁は電話を持ってない。電話もないようじゃ、結婚はむずかしいんじゃないかね」

「孤独な老人か。それはそれで悪くないんだろう」

「おれならできるだけ慎重に近づくね。孤独な老人というのは基本的に性格が悪いからね」

「わかってる」そう言って、私はため息をついた。

「ウィスキーの一本でも持っていくといい。それでいくらかは機嫌がよくなるかもしれない」

「こっちの機嫌も」

私たちはそのあとしばらく黙々と食べた。私は閑散とした通りを眺めずにはいられなかった。エル・セントロという市《まち》が嫌いだった。が、嫌いである理由をちゃんとひとつひとつ挙げられるかというと、そうでもなかった。ありすぎるせいもある。しかし、ひょっとして以前は好きな市《まち》だったということはないだろうか。思い出せなかった。

「結局、何ひとつ明らかにできていなければどうなっていたのか」と私は言った。「実際、どこにも行き着かない細道を歩いているようなものだった。ひとつの手がかりがまた別の手がかりに結びついても、結局、そこで立ち消えになってしまうようなものばかりだった。それでも、小さな船を買えるぐらいの見返りはあった。それだけは今度の件に関して唯一よかった点だね」

「船？」

「小さな双胴船だ。こっちに帰ってきて、すぐポポトラ（バハ・カリフォルニア州中部の港町）にいる友達から買ったんだ。これで時間ができたらいつでも釣りができる。で、きっとあっちで死ぬことになるんだろうね、もちろん。『老人と海』みたいに」

「それは大いに考えられる」

彼は眼をこすり、砂漠の老人のほうはどうするつもりか訊いてきた。

「そこまでやって終わりにするかな」

「どういう話が聞けるかわからないわけだからね」

私は〝ロブスターの巣穴〟とも呼ばれているポポトラのことを思った。道路脇に捨てられたアーチがあり、近所の農民が民家を提供する商売をしている。そこがこれからの私の住処《すみか》になる。船に乗り、波の合間から、石膏《せっこう》でできた聖母像や牛の頭蓋骨を売るポポトラの少年たちを眺めることになる。そんな少年たちのいる光景の中に私もいる。小さなトルティーヤを食べながら、少年たちと岸壁の下に赤く見える岩間の潮だまりを眺める。一杯やれる日暮れどきになるまで〈バハ・サン〉紙を読む。そういう日々を繰り返す、大いなる眠りが訪れるまで。

それでも、ボンホッファーが言ったことは正しいと思った。何が聞けるかわからない。コンティキ・モーテルに戻ったときにはそのことを考えていた。ソルトン湖の向こう側のグラミス温泉まで翌朝車で行くことを。そこにホースシュー・レーンという通りがあり、リンダー・シニアはその通りのどこかに住んでいる。〈グラミス・ノース・ホット・スプリング・リゾート〉から歩いて行けるところに。私の知らない砂漠の隅に。われらが美しい人生を嫌い、そうした人生にまつわるあらゆるものから逃れようと、孤独な者や社会の落伍者が集まるおそらくは無認可のキャンプ地に。

翌朝七時、私は海辺に行った。ゆうべとは打って変わった朝だった。明るさが戻っていた。ドーナツをコーヒーで胃に流し込み、ウィスキーを一本用意した。車の助手席にドロレスからもらった金の残りを入れたスーツケースを置いた。そして、砂漠を南北に走っている長い水路を見に出かけた。そんな場所でそんなものを見ようなどというのは、かなり変わった考えと言えるだろう。

水路はスラブ・シティから延々とグラミスまで延びており、私は右手に山、左手に海を見ながら水路に沿って車を走らせた。途中、メスキートの中にヒッピー・アートで彩られた小屋やトレーラーの小さな集落が点在していた。週末ともなると、リンダー・シニアもこういう場所のどこかにやってきたりするのだろうか。グラミスがこういう場所以上に神に見放されたところであることは、容易に想像がついた。

実際、そうだった。〝ガス・ライン〟とか〝システム〟とか——信じられないことに——〝温泉〟などという名前の通りがあるところだった。一見、工業施設か、今は使われていない空軍基地かと見まがうようなところだ。道路の左手には養魚場があり、水路の向こうには凸凹の荒れ地が広がり、ガス・ライン・ロードなる道路がミルクチョコレート色をした丘の尾根まで延びていた。

グラミスの町中には通りが三本か四本しかなく、ホースシュー・レーンを見つけるのはむずかしくもなんともなかった。実際、蹄鉄《ホースシュー》の形に曲がった通りで、その通りに囲まれるようにしてトレーラーパークがあり、灌木の向こうに八台か九台のトレーラーが見えた。私は通りの反対側のヤシの木陰に車を停めると、通りを渡ってトレーラーパークにはいった。実際にそこにあったのは一握りのトレーラーとひとつの屋外便所だった。山から熱い風が吹き、砂がやってきて去っていくたび、道路沿いに植えられた丈のない砂漠の柳が風にしなって、乾いた音をたてた。

子供がふたり道路でボール遊びをしており、私はその子供にミスター・リンダーの家はどこかと尋ねた。子供は見晴らしのいいところに置かれた一台のトレーラーを指差した。が、リンダー爺さんは今は水路のほうにいると言った。よく見れば、ここからも見えるところにいると。

「水路で何をしてるんだね？」

「毎朝釣りをしてるんだよ」

「こんなところに魚がいるのか？」

「いないよ」

私はコーチェラ・ロードのほうを眺めた。砂漠が広がり、その向こうの水路のそばにじっと動かない小さな人影が見えた。

道路から手を振ってみた。が、彼のほうからは見えないようだった。こっちから歩いていくしかなさそうだ。私はスーツケースとウィスキーと紙コップをふたつ持って歩きだした。

焼けつくような灰色の砂の中を歩いた。ヤシの木とメキシコハマビシが刺々しい空を背景に奇妙なほど黒っぽく見えた。アメリカケムリノキの小さな青い花が咲きはじめていた。濃い緑の水に向けて道が先細りになっている近くにリンダー・シニアと思しい、オーヴァーオールを着た老人が古びた竿を手に、へりにゴミの浮く水路の中に釣り糸を垂らして坐っていた。

私の足音が聞こえたのだろう。すでに半分うしろを振り向いて、片眼の隅で私を監察していた。まさに砂漠の精だった。ワイヤと棘でできた年老いた精。格子のシャツを着た人間転がり草。脇の砂地に煙草の缶とパイプが置かれていた。私はそばに坐ってもいいかどうかまず尋ねるのが得策だと思った。

「足が悪いのかね？」私の影が彼の上に落ちると彼は言った。

「よくなってる」

「エル・セントロの人か？」

「いや、そうでもない。ゆうべはそこに泊まったが」

「スーツケースの中には何がはいってる？」

「キャンディだ」

彼は笑みを浮かべ、また緑の水のほうを向いた。強い陽射しが容赦なく彼の眼を射した。が、彼は眼を細めもしなかった。

「あんたがなんで来たのか、おれにはわかるよ」

「別にこっちも隠すつもりはないよ」と私は言った。

「飲むかね？」

彼は私が持ってきたウィスキーの瓶のラベルを見た。マルス・シングル・モルト。

「なんだね、それは？」

「日本のウィスキーだ。横浜の友達が送ってくれるんだ」

「たまらんね」

「それはイエスということかな？」

「もちろんイエスだ」

私はウィスキーをふたり分注いだ。これで老人同士の平和協定が結ばれた。

彼は一口飲んで、驚いたように眼をぐるっとまわした。

「こりゃいい。スコッチのフェイマス・グラウスよりずっといい」

「あんたはそれを飲んでるのかい、フェイマス・グラウスを？」

「ニランドに行くと買える」

「なるほど。まあ、いずれにしろ、〝バンザイ〟ということで」

「しかし、奇遇だな」と彼は言った。「おれは一九四二年のミッドウェー海戦を戦ったんだよ」

「だったらオールドタイマーのあんたにダブル・バンザイだ」そう言って、私は彼のほうに向けて紙コップを掲げた。

「酒をどうも。あんたはおれの名前をもう知ってるようだが、あんたはなんていうんだね？」

私は彼に告げた。彼はウィスキーにまた口をつけた。

今度は長々と飲んだ。

「遺灰のことを訊きたい」と私は言った。

「あんまり詳しくはおれも知らん。ポールがメキシコで死んだっていうんで遺灰を取りにいっただけなんでな。だけど、あいつが出かけるまえの晩、なんだか嫌な予感がしたんだよ。ボスに雇われてヨットで働くとか言ってたが。そのボスはこっちに来て、ヨットの乗組員を探してたんだ。ボスは食いつめてるやつを探してた」

「また妙な募集要項だね」

「いや、妙でもない。ボスというのはだいたいそういうもんだ。よけいなことはしゃべらず、言われたことだけやるやつがいいんだよ。ボスというのはそういうもんだ。仕事が終わったらどこかに消えてくれて、言われたことはなんでもやるやつだ。そういうやつを欲しがるのは妙なことでもなんでもない」

「しかし、息子さんはこれが初めての仕事だった」

「いや、まえにも同じことをしてたのかもしれないな。ただ、おれには言わなかっただけで。今回はいい金になるってことだった。で、出てったきり、もう戻らなかった」

「私が来たのは——そう、あんたに謝りたかったからだ」

「謝るって、何を？」

「息子さんを見つけられなかったことを」

彼はどこまでも冷ややかな眼で私を見た。

「あんた、あいつを捜してたのか？」

「ある意味では。ただ、かわりに息子さんの金を見つけた。で、それはあんたのものだと思ったんだ」

私はスーツケースを彼の脇に置いた。が、彼は見向きもしなかった。

「おれはトレーラーで寝てた」と彼は言った。「で、眼が覚めたら、とうの昔に死んだ親父がいて、あいつは死んだとおれに言った。でもって、その日の朝に火葬されたってな。親父がそう言ったんだよ。で、おれは着替えをして、エル・セントロの警察まで行って、火葬はどこでおこなわれたのか訊いたんだ。言うまでもないが、親父は嘘なんかついちゃいなかった。あれは夢じゃなかった」

「それで遺灰を持ち帰ったんだね？」

「持ち帰らせてくれたんでね。おれは身分を証明するものは何も持ってなかった。それでも警察はおれに持ち帰らせてくれた」

「その遺灰は今はどこに？」

彼は少し離れたところを見やった。まわりを金色のウチワサボテンに取り囲まれて、青い花をつけているアメリカケムリノキの木立があった。

「あっちへ連れていってやった」と彼は砂漠を指差して言った。「あそこが一番よさそうだと思ったんでな」

私は紙コップの中のウィスキーを飲み干し、新しく注いだ。私たちはしばらく無言でウィスキーを飲んだ。暑い陽射しが胸の奥まで射しているような気がした。

要するに私はずっとまちがった場所にいたわけだ。キャンディ色の山のほうまで延びている平原の遠くで、エゼキエル書に出てきそうな竜巻が起こり、砂塵《さじん》を巻き上げ、空を背景に移動していた。もしかしたら、霊界の動きに眠りを邪魔された彼の遺灰が舞っているのだろうか。私はそんなことを思った。そのうち砂塵は収まった。私たちはともに無言のまま長いことそこに坐っていた。たぶんそのときを壊したくなくて。言わずにおかれたことによけいなことばを加えたくなくて。

著者の覚え書き

別の著者の心の中に足を踏み入れるというのはそもそも危険な僭越《せんえつ》行為だが、それでもそれは別の著者が生み出した別のキャラクターの心の中に足を踏み入れるほどには、危険なことでも僭越なことでもないだろう。そう思いはしたものの、私はマーロウの虚構の伝記の範囲内にとどまろうと思った。まずひとつ、マーロウの生年月日は昔から曖昧なままで、チャンドラー学者のビル・ヘンキンはこう書いている――〝(マーロウは)一九三三年に三十三歳、一九五三年に四十二歳、一九五八年に四十三歳六ヵ月であることが可能な時間の世界に生きている〟。チャンドラー自身は一九五一年の手紙の中でマーロウは三十八歳だと述べている。これらのことから推測されるマーロウの生年は、一九〇三年(『大いなる眠り』が一九三六年の設定であるので)から一九一五年のあいだということになる。私はこの推定年から考えられる最も新しい年を選択し、著者の特権としてそれに見合った年を加えた。

言うまでもなく、のちの幾多のマーロウの生まれ変わり――たとえばロバート・アルトマン監督の『ロング・グッドバイ』はマーロウの一九七三年ヴァージョン――は新作者にもっと大きな特権が許された結果である。このアルトマンの名作でマーロウを演じたエリオット・グールドは一九七〇年代のハリウッドとメキシコを駆け抜けている。ただ、アルトマンもテポストランの通りで原作の解釈を終えていた。私は本書を書きおえてからそのことに気づいたのだが、これはもう不器用すぎる偶然としか言いようがない。まったく意図したことではない。それは断わっておきたい。あるいは、指摘だけはしておきたい。

私は人を当惑させる夢のようなチャンドラーのプロットにも忠実でいるよう努めた。それはそうしたプロットこそ、チャンドラーが焦がれた悪夢でもあり、おとぎ話でもあるような質感を作品に与えるものだと私には思えたからだ。『大いなる眠り』のプロットなど謎だらけで、当時、その映画版である『三つ数えろ』のシナリオを書いていたウィリアム・フォークナーも原作のプロットについていくことができず、ついにはハワード・フォークス監督がチャンドラー本人に尋ねたそうだ。端役ながらオーウェン・テイラーを殺したのは誰なのかと。するとチャンドラーは認めたそうだ。私にもわからない、と。それでもそんなことは大した問題ではないのだ。もちろん。

マーロウのもともとの名――初期の短篇におけるマロリーという名――は十五世紀の『アーサー王の死』の著者であるサー・トマス・マロリーに敬意を表したものだったというのは、よく指摘されることだが、実際、マーロウは奇妙で物悲しい遍歴《へんれき》の騎士の理想を抱く男だ。ただ、かつてチャンドラーは親しい友人モーリス・ギネスに宛てた手紙にこんなことを書いている――〝私には淋しい通りや孤独な部屋にいて、困惑しながらも決して打ち負かされることのないマーロウがいつも見えるんだよ〟と。理由は自分でもよくわからないのだが、なぜかこの短い一文が、すばらしい先達《せんだつ》の後塵を拝して、さらに新たなマーロウをつくり出すための私のガイドとなった。このキャラクターの創造者がよく言っていたとおり、可能性の誇張のような人物をつくり出すガイドに。

ローレンス・オズボーン

二〇一八年三月　バンコクにて

謝辞

こうした機会を私のところに持ってきてくれたエド・ヴィクター、グレアム・C・グリーン、シャーロット・ホーントンに感謝する。彼らがいなければ、子供の頃から憧れてきた作家レイモンド・チャンドラーの影に宿ろうとするなどあまりに畏《おそ》れ多く、とても私にはできなかっただろう。

訳者あとがき

チャンドラーの没後、マーロウものの長篇は本書のまえに三作書かれている。まず第一作は『プードル・スプリングス物語』（菊池光訳）で、チャンドラーの同名の未完の遺稿をロバート・B・パーカーが書き継いだ。第二作は同じパーカーによる『夢を見るかもしれない』（文庫化に際して『おそらくは夢を』に改題　石田善彦訳）で、第三作は文芸作家ジョン・バンヴィルがベンジャミン・ブラックの筆名で書いた『黒い瞳のブロンド』（小鷹信光訳）。本書はこれら三冊の後塵を拝しての第四作となるわけだが、ひとつ特徴的なのは、三作中二作がともにチャンドラーのオリジナルの続篇——第二作は『大いなる眠り』、第三作は『ロング・グッドバイ』の続篇——だったのに対して、オリジナルとはなんの関係も持たないまったくの新作であるところだ。加えてマーロウの年齢。御年七十二歳。老人探偵というのはもちろん作者ローレンス・オズボーンの発明ではない。この未曾有《みぞう》の老人時代、ことさら珍しいわけではない。とはいえ、本書の老探偵はこの新時代の新たなキャラクターではない。人物像のすでに固まった、私立探偵の代名詞のようなあのフィリップ・マーロウである。なかなか思いきった設定とは言えるだろう。

そんなマーロウ老のもとに保険会社から調査依頼が舞い込む――ドナルド・ジンという保険契約者がメキシコの海で遊泳中に水死し、すでに多額の保険金も支払われている。また、その水難事故にとさら不審な点があるわけでもない。それでもなにぶんメキシコでのことなので、念のため現地に行って、事故の詳細を調べてもらえないだろうか――マーロウは現在メキシコのエンセナダの近くに住み、隠居暮らしを送っている。それでもお金はいくらあっても困らない。それに退屈しのぎにもなる。そんな理由からマーロウはこの「ヒーローになる必要のない仕事」を引き受け、現地カレタ・デ・カンポスに赴く。そして、昔ながらのやり方で調査を開始する。すると、次々に不審な点が出てくる。まず水死体の身元がすぐに判明したのは、身分証を持っていたからだということがわかる。しかし、普通そんなものを身につけて泳ぐだろうか。もしかしたら、死んだのはドナルド・ジンではないのではないか。これは保険金詐欺を目論《もくろ》んだ偽装殺人で、ジンはまだ生きており、死んだ男になりすましているのではないか。そう思ったマーロウはジンがなりすましていると思われるリンダーという男の足取りを追って、マサトランをはじめメキシコ各地を転々とする……

といったストーリーそれ自体はおなじみのもので、探偵が失踪者を追うというのは、私立探偵小説の定番と言っても過言ではない。著者オズボーンはそれを様式のように本書に取り入れている。加えてこれまたハードボイルドにつきもののアクション・シーン。マーロウと謎の男〝トッパー〟との対決シーン。七十二歳のマーロウに見合って派手さはないが、それだけにリアリティの大いに感じられる印象に残るシーンだ。マーロウ老が手にするのが日本映画の『座頭市』にヒントを得た仕込み杖というのも、われわれ日本人読者にはなんだか嬉しい。

それはともかく、本書からは古きよき時代のハードボイルドに対する著者の敬意が随所に感じられる。それでも、マーロウ・ファンにもそうでない読者の方にも訳者がなにより自信を持って本書をお勧めできるのは、あのマーロウの七十二歳の現在の老境が活写されているところだ。それがこの本の一番の手柄だろう。

これは訳者自身が本書のそんなマーロウとほぼ同年だからだとは思うが、それにしても本作のマーロウ老の老いた言動と老いた思いに我が意を得たりと何度膝を叩いたか知れない。嬉し恥ずかし、おもに女性と酒にまつわることながら。

これまた私事になるが、探偵や刑事を主役に据えたいわゆるハードボイルドというジャンルの小説を読んでよく覚える疑問がある。この探偵、この刑事はどうしてこんな行動を取るのかという疑問だ。「職業意識」というひとことで片づけられる場合もなくはない。また、七〇年代から八〇年代にかけて、個性豊かな探偵があまた輩出したネオハードボイルド時代には、探偵の「掟《コード》」ということがよく論じられた。探偵はそれぞれ独自のコードを持っており、そのコードに従って行動しているというわけだ。が、実際のところ、そういうものとは関係なく、たいていの探偵が、ま、無茶をする。自分でもよくわからない動機に衝《つ》き動かされて無謀な行動に出る。ホラー映画で若くて可愛くて馬鹿な女が自分から危険な場所に足を踏み入れるのとよく似た、お約束のような愚かな行動だ。そういうことをしないと、話が盛り上がらないということもあるのだろうが、旧作のマーロウも――短篇も含めると――何度も暗闇でうしろから殴られて気絶しているはずである。

本書のマーロウの場合、金と気ばらしを理由に保険会社の依頼を引き受けるというのは、わからないでもない。が、そのあとのマーロウの行動はおよそ理に適《かな》っていない。だから本人も自らを訝《いぶか》しみ、何度も自問してはその都度言いわけを考える。ただの好奇心だとか、プライド――〝あらゆる人間にとって最悪の動機〟――だとか。ドナルド・ジンの妻ドロレスに「(あなたが) こんなことをすることにどんな意味があるのか、あなたはどう思っているのか」と問われると、「それはいい質問だ」などと答えてさえいる。

ただ、後半にはいり、ジン夫妻からひどい仕打ちを受けたあとはこんなことを思う。「今の私にあるのは、ジン夫妻と対決しなければならないという思いだけだった。彼らに傲慢さの代償を払わせたいだけだった」やられたらやり返す。このまま黙っていてはいけない、と父親がいじめっ子にいじめられた息子を諭《さと》すシーン。アメリカのホームドラマによく出てくる。英語で言えば get even。本書のマーロウも途中からそう思うわけだが、これはハードボイルドと呼ばれるアメリカの多くの私立探偵小説の探偵にあてはまる行動原理だろう。

ただ、この動機はあくまでもやられたからやり返すということであって、実のところ、マーロウ老には最初からもっと別の動機がある。それが一番大きな動機で、著者オズボーンはさきの訳者の疑問に明確に答えてくれている。読めばすぐにわかることで、自明の理のような答だ。だからマーロウにも最初からわかっている。それでもわからないふりをして最後になってようやく自ら認めるのだが——もしかしたら読者の興を殺《そ》ぐことになるかもしれないのでここでは伏せるが——この動機の提示に訳者は一番膝を打った。

ハードボイルド作品には魅力的なヒロインが欠かせない。でもって、そのヒロインと主人公がどう関わるかというのが作品の大きな読みどころとなる。当然、かかるヒロインは魅力的であればあるに越したことはないはずだが、マーロウものの長篇七作すべての新訳者、村上春樹氏は『リトル・シスター』のあとがきにこう書いておられる。「チャンドラーの女性登場人物の造形（そしてその描写）は、男性登場人物のそれに比べて、なぜかポテンシャルが落ちる。男たちの姿は本当に生き生きと鮮やかに描写されているのに、女性たちの姿にはどこかみんな『書き割り』みたいな雰囲気がある。（中略）彼女たちは、小説的に言うなら、自発的に動いていない」

なるほど。確かにマーロウものに出てくるヒロインは案外印象に残らない。みなとりあえず〝いい女〟ではあるのだけれど、〝生身感〟に乏しい。言うなれば記号としての〝いい女〟のようなところがある。ヒロインとからむマーロウが酸《す》いも甘いも嚙み分けた大人の男というよりどこかしら少年っぽく見えるのは、もしかしたら相手がそんな存在だからかもしれない。では、本書のドロレスはどうか。与えられた役まわりはステレオタイプながら、〝生身感〟は大いに感じられるように思うが、これは訳者の欲目か。いずれにしろ、本書ではマーロウのほうがヒロインとは関係なく、ぐるっと一周して少年に戻っている。

チャンドラーのマーロウは「卑《いや》しい街をゆく白馬の騎士」であると同時に、弱者に寄り添う探偵でもあった。本書のマーロウもそれは変わらない。「ほかの人間の企みのために自らの意志に反して浜辺に放り出され（略）他人の都合の犠牲になったもの言わぬ負け犬」に思いを寄せずにはいられない。そんな心やさしきマーロウへのオマージュのようなエピローグ。このエンディングの老人ふたりの無言の語らいに訳者はぐっときた。老境とはたいていほろ苦く淋しく切ないものだ。が、思いがけなく初恋のように甘酸っぱいものにもなるのではないか。本書はそんな希望を老人に抱かせる。見事な老人小説だ。

著者ローレンス・オズボーンを簡単に紹介しておくと、一九五八年、ロンドンの生まれで、〈ニューヨーク・タイムズ・マガジン〉や〈ニューヨーカー〉や〈プレーボーイ〉にジャーナリストとして長く寄稿したのち、二〇一二年に上梓した長篇小説 *The Forgiven* が好評を博し、〈エコノミスト〉紙が選ぶ二〇一二年のベストブックの一冊にも選ばれている。本書はそんな著者の長篇六作目となる。放浪癖のある人のようで、ポーランド、フランス、イタリア、モロッコ、アメリカ、メキシコ、イスタンブールなど世界各国を転々としていた時期があり、現在はバンコク在住。尚、本書は惜しくも受賞は逃したが、今年度のアメリカ探偵作家クラブ賞最優秀長篇賞の候補になった。

二〇一九年十一月

HAYAKAWA POCKET MYSTERY BOOKS No. 1951

田《た》口《ぐち》俊《とし》樹《き》

1950年生，早稲田大学文学部卒，
英米文学翻訳家
訳書
『八百万の死にざま』ローレンス・ブロック
『卵をめぐる祖父の戦争』デイヴィッド・ベニオフ
『あなたに似た人〔新訳版〕』ロアルド・ダール
『捜査官ポアンカレ―叫びのカオス―』レナード・ローゼン
『殺し屋を殺せ』クリス・ホルム
（以上早川書房刊）他多数

この本の型は，縦18.4センチ，横10.6センチのポケット・ブック判です．

〔ただの眠《ねむ》りを〕

2020年1月10日印刷　2020年1月15日発行

著　者　ローレンス・オズボーン
訳　者　田　口　俊　樹
発行者　早　川　浩
印刷所　星野精版印刷株式会社
表紙印刷　株式会社文化カラー印刷
製本所　株式会社川島製本所

発行所　株式会社　早　川　書　房
東京都千代田区神田多町2－2
電話　03-3252-3111
振替　00160-3-47799
https://www.hayakawa-online.co.jp

（乱丁・落丁本は小社制作部宛お送り下さい
送料小社負担にてお取りかえいたします）

ISBN978-4-15-001951-8 C0297
Printed and bound in Japan

ハヤカワ・ミステリ〈話題作〉

1933 あなたを愛してから デニス・ルヘイン 加賀山卓朗訳

レイチェルは夫を撃ち殺した……実の父を捜し、真実の愛を求め続ける彼女の旅路の果てに待っていたのは？　巨匠が贈るサスペンス

1934 真夜中の太陽 ジョー・ネスボ 鈴木 恵訳

夜でも太陽が浮かぶ極北の地に一人の男がやってくる。彼には秘めた過去が――『その雪と血を』に続けて放つ、傑作ノワール第二弾

1935 元《がん》年《ねん》春《はる》之《の》祭《まつり》 陸 秋槎 稲村文吾訳

不可能殺人、二度にわたる「読者への挑戦」気鋭の中国人作家が二千年前の前漢時代の中国を舞台に贈る、本格推理小説の新たな傑作

1936 用心棒 デイヴィッド・ゴードン 青木千鶴訳

暗黒街の顔役たちは、ストリップクラブの凄腕用心棒にテロリスト追跡を命じた！　年末ミステリ三冠『二流小説家』著者の最新長篇

1937 刑事シーハン／紺青の傷痕 オリヴィア・キアナン 北野寿美枝訳

大学講師の首吊り死体が発見された。他殺と見抜いたシーハンだったが事件は不気味な奥深さを……アイルランドに展開する警察小説

ハヤカワ・ミステリ〈話題作〉

1938 ブルーバード、ブルーバード

アッティカ・ロック
高山真由美訳

〈エドガー賞最優秀長篇賞ほか三冠受賞〉テキサスで起きた二件の殺人に黒人のレンジャーが挑む。現代アメリカの暗部をえぐる傑作

1939 拳銃使いの娘

ジョーダン・ハーパー
鈴木 恵訳

〈エドガー賞最優秀新人賞受賞〉11歳の少女はギャング組織に追われる父親とともに旅に出る。人気TVクリエイターのデビュー小説

1940 種の起源

チョン・ユジョン
カン・バンファ訳

家の中で母の死体を見つけた主人公。昨夜の記憶なし。殺したのは自分なのか。「韓国のスティーヴン・キング」によるベストセラー

1941 私のイサベル

エリーサベト・ノウレベック
奥村章子訳

二人の母と、ひとりの娘。二十年の時を越えて三人が出会うとき、恐るべき真実が明らかになる……スウェーデン発・毒親サスペンス

1942 ディオゲネス変奏曲

陳 浩基
稲村文吾訳

〈著者デビュー10周年作品〉華文ミステリの第一人者・陳浩基による自選短篇集。ミステリからSFまで、様々な味わいの17篇を収録

ハヤカワ・ミステリ〈話題作〉

1943
パリ警視庁迷宮捜査班
ソフィー・エナフ
山本知子・川口明百美訳
停職明けの警視正が率いることになったのは曲者だらけの捜査班!? フランスの『特捜部Q』と名高い人気警察小説シリーズ、開幕!

1944
死者の国
ジャン＝クリストフ・グランジェ
高野 優監訳・伊禮規与美訳
パリで起こった連続猟奇殺人事件を追う警視が執念の捜査の末辿り着く衝撃の真相とは。フレンチ・サスペンスの巨匠による傑作長篇

1945
カルカッタの殺人
アビール・ムカジー
田村義進訳
一九一九年の英国領インドで起きた惨殺事件に英国人警部とインド人部長刑事が挑む。英国推理作家協会賞ヒストリカル・ダガー受賞

1946
名探偵の密室
クリス・マクジョージ
不二淑子訳
ホテルの一室に閉じ込められた探偵に課せられたのは、周囲の五人の中から三時間以内に殺人犯を見つけること! 英国発新本格登場

1947
サイコセラピスト
アレックス・マイクリーディーズ
坂本あおい訳
夫を殺したのち沈黙した画家の口を開かせるため、担当のセラピストは策を練るが……。ツイストと驚きの連続に圧倒されるミステリ